책을
먹는
자들

THE
BOOK EATERS

책을 먹는 자들 | 2권

서니 딘 지음 | 한지원 옮김

윌북

추천의 글

여기 공주와 기사의 이야기가 있다. 마녀와 악마의 이야기도 있다. 마법의 세계. 저주의 비밀. 이 환상적인 동화는 엄청나게 재미있다! 심장을 두근거리게 만들고 페이지를 계속 넘기게 만들고…… 모든 기대를 배반한다. 원치 않는 결혼과 출산의 굴레에 갇힌 소녀이자 책 먹는 공주 데번. 공주는 그 저주받은 핏줄로부터 달아나고자 한다. 그리고 정말 그렇게 한다. 증명한다. 자신을 구원할 수 있는 건 오직 자기 자신뿐이라는 것을. 그것이야말로 가장 고귀한 결말이라는 것을. 우리의 공주 데번. 책을 먹는 건장한 여인. 이 사랑스러운 존재의 이야기가 더 많이 퍼져나가기를.

강화길_소설가, 『대불호텔의 유령』 저자

『책을 먹는 자들』을 한 입 베어 문다면 어떤 맛이 날까. 고전적이면서 동시대적이고, 잔혹하지만 다정하다. 박진감 있는 전개가 감상을 재촉하는데, 교차하는 사건 속에 수많은 진실이 깃들어 있어 쉽게 눈 돌릴 수 없다. 작은 괴물을 지키는 좀 더 큰 괴물의 용기, 공주로 태어났으나 괴물이 되기를 선택하는 여자, 오랜 시간 특권과 폭력으로 여성을 길들여온 어떤 종족. 우리를 유혹하는 이 새로운 이야기가 그리 낯설지 않은 까닭은 무엇일까. 폐쇄적인 사회의 오랜 구습에 불복하는 별난 여자들은 주인공에 적합한 재질이고, 그들 이야기를 섭취한 여자가 그들의 후예가 되는 것은 너무나 자연스러운 현상이다. 그러니 읽지 마세요, 영양분으로 삼으세요. 여러 겹의 섬세한 특성이 한 권의 이야기에 조화롭게 수렴된 맛을 즐겨보시길. 애서가로서? 아니, 미식가로서.

박서련_소설가, 『더 셜리 클럽』저자

평생을 강인하게 사신 내 어머니와
내겐 재로우 같은, 소중한 친구 존 오툴에게

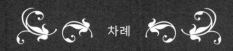

차례

제 **3** 막

마녀의 시간

왕자는 이성을 잃고 절망하다가 탑에서 떨어졌다.
다행히 목숨은 건졌지만 가시덤불에 눈을 찔리고 말았다.
그는 눈이 먼 채 숲속을 헤매며 오로지 뿌리와 열매만 먹었고
사랑하는 라푼젤을 잃은 것을 슬퍼하며 울기만 했다.

그림 형제,
「라푼젤」

추방된 왕자

5년 전

데번은 그 누구도 세일럼만큼 사랑하지 못할 거라고 생각했다. 상처가 아물어 흉터가 되면 피부가 더 두껍고 단단해진다는 둥, 한번당하면 다음엔 조심하게 된다는 둥, 시간이 모든 것을 치유해준다는 둥 세상에는 온갖 상투적인 말들이 넘쳐났다.

그런 말들은 다 틀렸다.

아니, 틀린 건 데번이었다.

데번은 이스터브룩 저택의 게임 룸 소파에서 두 번째 아이를 출산했다. 양수가 터진 후에도 계속 〈파이널 판타지〉를 플레이하며 초기 진통을 견뎠기 때문이다. 통증이 너무 심해 더는 컨트롤러를 쥐고 있지 못할 정도가 되어서야 재로우가 도움을 요청하도록 내버려두었다. 그때쯤엔 모로 누워 꼼짝할 수 없었고 다른 데로 이동할 수 있는 상태가 아니었다.

그 후, 갓 태어난 아들이 품에서 퉁퉁 부은 눈을 크게 떴을 때 데번의 가슴은 다시 쩍 소리를 내며 열렸다. 마치 첫 번째 경험에서 아무것도 배우지 못했다는 듯이.

"남자아이야." 가장 가까이에 있던 고모의 말에 실망 어린 속삭임이 터져 나왔다.

이 저택의 40명 가까운 어른 중 고모는 겨우 셋뿐이었다. 데번은 그들 중 누구의 이름도 알지 못했고 지금까지 말 한마디 해본 적이 없었는데도 그들은 데번의 분만을 도왔다. 여자들이 서로를 위해 마땅히 해줘야 하는 일이었기 때문이다.

"남자아이라고? 너무 잘됐다!" 고모들 때문에 가까이 오지 못하고 방구석을 맴돌던 재로우가 말했다. "기분이 어때, 데브?" 그가 열두 살짜리 소년의 목소리로 물었다. 마냥 들뜬 모습이 어린아이 같아 보였다.

"난…… 기분이……." 고모들이 태반을 가져가고 어지럽혀진 방을 치우며 수선을 떠는 동안 데번은 가슴에 안긴 꿈틀대는 살덩어리를 내려다봤다.

주문을 기억하자, 데번은 생각했다. 신경 쓰지 말자, 정 주지 말자, 세일럼에 대해서만 생각하자…….

주문은 효과가 없었다. 되뇌던 말들은 날아가버렸고, 또다시 마음을 빼앗기고 말았다. 결국은 가문에 빼앗기고 자신의 영혼에 치명적인 상처를 남길 또 다른 작은 생명체에게. 이번에는 남자아이였기 때문에(끔찍하도다!) 상황이 더 안 좋았다. 신부보다 더 나쁜 존재로 자라게 될 것이다. 어쩌면 기사가 될 것이고 남편이 될 수도 있으며, 둘 다가 될 수도 있다. 여자에게 고통을 주고 공주를 사냥하게 될 것이다. 그래도 데번은 어찌할 도리 없이 이 아이를 사랑할 것이다. 그리고 이 아이를 잃은 것을 영원히 슬퍼할 것이다.

동화책은 절대 말해주지 않았지만, 그 순간 데번은 사랑이 본질적으로 선하지 않다는 것을 깨달았다.

물론 사랑이 선한 영향력을 줄 수도 있다. 그걸 부정하는 것은 아니다. 시인이라면 사랑이 방을 환히 밝히는 전기와 같다고 노래할 것이다. 사랑은 우리를 저 먼 곳으로 데려가는 영혼의 강이며, 우리의 가슴을 따뜻하게 덥혀주는 마음의 불이라고도 할 것이다. 하지만 전기는 우리를 감전시킬 수 있고 강은 우리를 물에 빠뜨릴 수 있으며 불을 우리를 태워버릴 수 있다. 그러니까, 사랑은 파괴적일 수 있다. 그것도 아주 치명적인 방식으로.

결정적인 건, 좋은 것과 나쁜 것이 동등하게 제공되지 않는다는 것이었다. 사랑이 마치 동전의 양면처럼 전깃불과 전기 충격이 균형을 이루는 상태라면 데번도 받아들일 수 있을 것이다.

하지만 사랑은 그렇게 작동하지 않았다. 어떤 사랑은 항상 나쁘기만 했다. 뼛속까지 전기가 흐르고 폐에 물이 차고 심장이 잿더미가 되는 일의 끝없는 반복이었다.

그래서 데번은 아들을 바라보며 사랑을 느끼면서도 애초에 이 아이를 원한 적 없다는 뒤틀리고 복잡한 심정에 빠졌다. 비통함과 체념이 섞인 사랑이었다. 데번은 이 애착에서 결코 좋은 것이 나올 수 없다는 걸 알면서도 이 아이를 사랑했다.

"데브." 재로우가 데번의 이름을 거듭 부르며 현실로 데려왔다.

데번은 왈칵 눈물을 쏟았다.

시끄러운 소리에 놀란 아이가 입을 크게 벌리고 울기 시작했다. 벌어진 아이 입에서 톡 튀어나온 빨대 혀가 돌돌 말렸다 펼쳐졌다.

"아, 안 돼." 금발의 고모가 절망에 빠진 빅토리아 시대 여인네 처럼 두 손으로 입을 가렸다.

아이의 혀를 확인한 다른 고모들도 순식간에 얼굴이 창백해졌 다. 이 사태를 누가 '남자들'에게 알릴 것이며 얼마나 기다렸다가 말할 것인지 열띤 토론이 오갔다.

데번은 눈물로 시야가 흐려진 와중에도 우는 아이의 혀를 다시 입속에 집어넣으려고 애썼다. 사람들이 혐오하는 그것을 치우기 만 하면 문제를 감쪽같이 숨길 수 있을 것처럼. 긴 혀는 따뜻한 스 파게티 면처럼 데번의 손가락에 감겼고, 아이는 여느 아이들처럼 손가락을 빨며 즉시 안정을 찾았다. 고모들이 뒤에서 논쟁을 벌이 는 동안 데번은 눈물이 증발하는 것을 느끼며 꼼짝 않고 있었다.

"젠장." 재로우가 말했다. "매틀리가 돌아오면 길길이 날뛰겠는 데." 재로우는 역겨워하기보다는 걱정하는 눈치였고, 데번은 그런 그에게 감사했다.

"그럴 만도 하지. 이게 무슨 일이라니." 가장 나이 많은 고모가 말했다. "기사들에게 알려야 할 거야. 그들의 휘하에 들어갈 용이 하나 더 늘었네. 불쌍한 괴물 같으니."

"매틀리나 다른 사람들이 어떻게 생각하든 상관없어요." 데번 의 말에 다들 놀란 얼굴을 했다. "내 아들은 아름다워요."

"이 아이는 커서 영혼을 먹게 될 거야." 논쟁을 벌이던 여자 한 명이 말했다. "생김새가 문제가 아니란다. 그 아이가 커서 뭐가 될지가 문제지!"

"우리가 언제부터 인간을 신경 썼죠?" 데번이 받아쳤다. "인간 영혼 좀 먹는다 한들 그게 뭐가 그렇게 큰 문제인가요? 게다가 앤 아직 아무도 먹지 않았어요. 아직 아기일 뿐이라고요!"

"언젠가는 이 아이도 젖을 떼고 허기를 느끼게 될 거야." 나이 많은 고모가 숨을 들이쉬며 말했다. "용은, 먹을 수만 있다면 뭘, 아니, 누굴 먹는지 상관하지 않는단다. 기회만 생기면 **너도** 잡아먹으려 할걸."

"리뎀션이 있……."

"리뎀션은 영혼을 먹어야 할 필요성을 없애줄 수는 있어도 먹고 싶다는 **욕망**을 없애주지는 않아. 리뎀션을 얼마나 많이 먹든 이 아인 평생 영혼을 갈망할 거야. 용은 절대 믿을 수 없는 위험한 존재란다. 관리의 대상일 뿐이지."

"그래도 이 아인 아름다워요." 데번이 말했다. "그리고 제 아이예요." 손가락을 빠는 것만으로는 성에 안 차는지 아이가 다시 빽빽거리기 시작했다. 데번은 아이에게 가슴 한쪽을 내주며 얼렀다. 세일럼을 낳으면서 배운 것들이었다. "아이 이름은 뭐예요? 매틀리가 골라둔 이름이 있나요?" 아이는 세일럼처럼 젖을 물지 않았다. 느낌이 좀 이상했지만 곧 익숙해질 것이었다.

"이 아이에겐 이스터브룩 가문의 이름이 붙지 않을 거야."

매틀리가 조용히 방에 들어와 뒤에 서 있었다. 그를 보기 위해 데번은 고개를 돌렸다. 그의 흰 바지와 흰 셔츠가 어두컴컴한 방에서 사정없이 눈을 찔렀다.

"우리 가문의 이름이 붙지 않을 거야." 그가 재차 말했다. 어깨와 목에 긴장한 기색이 완연했다. "기사들이 아무 이름이나 지어 주겠지."

방 안에 어색한 침묵이 흘렀고, 데번은 검정 피로 얼룩진 자신의 맨다리와 맨가슴, 땀에 젖은 얼굴을 의식하며 경직된 자세로 누워 있었다. 매틀리가 나타나자 무방비하게 노출된 자신의 몸이 어쩐지 외설적으로 느껴지는 것 같았다. 터무니없게도, 죄를 짓고 하느님 앞에 서서 자신의 알몸을 처음 의식한 이브가 된 기분이었다.

재로우가 후드 재킷을 벗어 데번과 아기에게 덮어주며 속삭였다. "이거 덮어. 둘 다 감기 걸리면 안 되잖아."

"고마워." 데번이 속삭였다.

아까 그 나이 많은 고모가 마치 수녀처럼 두 손바닥을 맞대며 말했다. "맷, 지금은 때가 아니야. 산모가 아직 숨도 못 돌렸는데……."

"때가 아니라니? 아버지가 아들 보는 데 무슨 때가 필요하지?" 그가 불쾌한 듯 얼굴을 일그러뜨렸다. "이게 웬 낭비야. 망할 레이븐스카에게 돈 뜯겨가며 이놈에게 먹을 거며 입을 거를 갖다 바쳐야 하게 생겼군. 결국엔 기사들이 데려가 자기들 권력 지키는 데 필요한 졸개로 쓰일 놈한테 말이야. 예전에는 용이 태어나면 용의 운명은 집안에서 **알아서** 하게 두지 않았나? 저 녀석은 태어나면서 죽었어야 했어."

데번은 분노에 사로잡혀 할 말을 잃었다. 데번의 이글거리는 눈빛을 포착한 매틀리는 눈을 가늘게 떴다. "젠장. 여자애 하나 낳는게 그렇게 어려웠나? 윈터필드가에서는 잘만 낳아주더니."

"성별은 남자 정자에 따라 결정돼요." 데번이 응수했다. 미처 추스를 틈도 없이 튀어나온 말이었지만, 뭐 어쩌겠는가? 그게 빌어먹을 사실인데. "당신이 실패한 걸 가지고 날 탓하지 말아요."

그 순간, 매틀리의 손이 데번의 뺨을 거세게 내리쳤고 데번은 일순간 눈앞이 깜깜해졌다. 데번은 아들을 두 팔로 꼭 감싼 채 소파 뒤로 벌렁 넘어졌다. 무거운 연장이 타일 바닥에 떨어지기라도 한 것처럼 귀가 쩌렁쩌렁 울렸다. 주위를 둘러싼 소음 같은 고모들의 비명이 혼란을 가중시켰다.

매틀리가 두 손으로 데번의 목을 짓눌렀다. 그와 맞서 싸우려면 아이를 내려놓아야 했지만 매틀리가 데번 대신 아들을 공격할까봐 되레 아기를 더 꽉 붙들었다. 출산으로 이미 기력이 쇠하고 지칠 대로 지친 상태였는데 이제 숨도 못 쉬는 지경이 되었다. 긴장과 통증이 목에서 가슴, 머리, 눈까지 퍼져 나갔다.

형에 비해 키가 작고 체격도 왜소한 재로우가 고함을 지르며 형에게 달려들었다. 데번은 계속 귀가 웅웅대서 그가 무슨 말을 하는지 알 수 없었다.

매틀리는 동생의 공격을 피하기 위해 데번의 목에서 손을 뗐고, 데번은 할딱할딱 가쁜 숨을 몰아쉬었다. 기절하기 전 마지막으로 본 광경은 고모들이 떼로 달려들어 두 남자를 떼어놓으려고 하는 모습이었다.

몇 시간 후 데번은 자신의 침대에서 깨어났다. 목이 퉁퉁 붓고 화끈거리는 것이 꼭 누군가 파쇄기에 넣고 갈아버린 것 같았다. 침 한번 삼키는 것도 큰 용기가 필요했다.

그나마 매틀리는 가고 없었다. 데번은 아이들을 사랑하는 것 이상으로 그를 증오했다. 강풍이 폭풍으로 변하듯 데번의 마음속에 서서히 증오의 바람이 쌓여가는 것을 느낄 수 있었다.

데번은 가만히 누워 잠시 상상했다. 실크 넥타이로 저택의 값비싼 샹들리에에 묶여 흔들리고 있는 남편을. 하지만 환상으로는 성에 차지 않았고, 결국 짜증만 날 뿐이었다. 증오의 칼날이 무뎌지고 있었다. 어쩌다 한 번씩 나오는 비장의 무기가 아닌, 품고 살아가는 익숙한 감정이 되어버린 것이다.

한쪽 팔이 저려왔다. 아래를 내려다보니 아기가 팔에 안겨 곤히 자고 있었다. 다친 곳은 없어 보였다. 분노에 휩싸인 아버지에게도 털끝 하나 상하지 않은 완벽히 순수한 모습이었다.

데번은 팔을 풀고 몸을 돌리다 창가에 구부정한 자세로 앉아 휴대용 게임기를 만지작거리고 있는 재로우를 발견했다. 작은 녹색 화면 아래 '게임보이'라는 문구가 새겨져 있었다. 재로우는 데번의 작은 움직임을 아직 눈치 채지 못했고, 데번 또한 지금까지 그가 방 안에 있었다는 걸 전혀 모르고 있었다. 게임에 집중할 때 재로우는 놀라울 정도로 조용했다.

'안녕'이라고 말하려 했지만 데번의 입에서 나온 것은 기침뿐이었다. 목에서 타는 듯한 통증이 느껴졌다.

"일어났구나." 재로우가 돌아보며 외쳤다. "마실 걸 가져다줄게!" 욕실로 사라진 그가 어디에선가 컵을 찾아내 세면대에서 물을 받아 왔다. 데번은 물을 마시면서 칼을 삼키면 이런 느낌이지 않을까 생각했다.

물을 다 마신 뒤 재로우의 얼굴에 희미하게 남은 멍 자국을 가리켰다. 형과 싸우다 다친 건지, 얼마나 다친 건지 알아야 했다.

"아, 내 걱정은 하지 마. 난 멀쩡하니까. 근데 우리 좀 다른 방식으로 대화하는 게 좋을 것 같은데." 그가 얇은 책자 한 권을 꺼내 머뭇거리며 보여주었다. "먹는 게 좀 힘들겠지만 다 나아서 목소리가 나오려면 몇 주는 걸릴 테니 이걸 먹어둬. 내가 잘게 찢어줄 수도 있는데 그러면 내용을 하나도 습득하지 못할 거야. 영양소를 하나도 못 얻는 거지."

데번은 엄지손가락으로 책자를 쓸었다. 표지랄 게 없는 책이었다. 페이지를 감싼 딱딱한 종이에 다음과 같은 제목이 인쇄되어 있을 뿐이었다.

모스부호: 학습과 연습
(개정판)

데번이 혼란스러워하며 눈썹을 치켜세웠다.

"우리 누나 빅." 재로우가 착잡한 얼굴을 찡그리며 자신의 귓불을 잡아당겼다. "누나가 모스부호에 관심이 있었어. 스파이 스릴

러랑 고전 추리소설에도 관심이 많았지. 어렸을 때 우린 제임스 본드 놀이를 하면서 모스부호로 메시지를 주고받곤 했어. 꽤 유용했지.”

그제야 이해가 갔다. 그는 글자 없이도 유사한 방식의 소통을 데번에게 가르쳐주고 싶었던 것이다. 목소리를 내지 않아도 되는 언어. 데번은 미소를 지으며 그의 손을 꽉 쥐었다.

“네가 좋다고 하니 다행이다.” 재로우가 물을 한 그릇 떠 와 종이를 한 장씩 찢어 물에 적셔 부드럽게 한 다음 데번에게 건넸다. 종이가 너무 젖어서도 안 되고 찢어져서도 안 되었다. 손상된 걸 먹으면 정보를 흡수할 수 없기 때문이다.

책은 톡 쏘는 맛이 났다. 정전기가 이런 맛일까. 쓰지도 않은 밋밋한 맛이 났으며 잉크나 종이에 금속이 함유되지 않았음에도 약간의 금속성이 느껴졌다. 데번은 음식을 삼킬 때마다 느껴지는 고통을 참아내며 천천히 먹었다.

“참고로 점과 선을 손으로 쓴다고 생각하면 효과가 없을 거야. 우리 뇌는 점과 선도 쓰기의 일종으로 받아들이거든. 하지만 손가락으로 두드리는 건 괜찮아. 일종의 속임수인 셈이지.”

데번이 눈을 위로 굴렸다. 망할 수집주와 그놈의 규칙들. 손끝을 바라보며 눈을 찡그렸다. 두드리면 손가락이 아픈데.

“아! 네가 그 말 하니까 생각났다. 잊어버릴 뻔했네.” 재로우가 주머니 속에 손을 넣더니 골무를 꺼내 데번의 손가락에 끼워주었다. “이제 두드리는 게 좀 수월하겠지?”

재로우의 행동에 데번은 깜짝 놀랐다. 신랑이 신부에게 반지 끼

위주는 장면이 떠오르는, 묘한 친밀감을 주는 행동이었다. 물론 데번에게 반지를 끼워준 남편은 없었다. 어차피 오래 지속될 결혼이 아니었기 때문에 가문들은 결혼반지를 생략했다. 어쨌든 이건 전형적인 동화 속 한 장면 같았다. 책 속의 공주들은 늘 골무로 무언가를 하고 있었으니 말이다.

데번이 그의 손바닥에 대고 두드렸다. 고마워.

"이거 정말 괜찮지? 배우기도 얼마나 쉬워! 글쓰기에 뒤지지 않는다니까!" 재로우가 웃었다. 데번이 몇 년간 본 그의 미소 중 가장 환한 미소였다. "그리고 고맙긴 뭘. 조금만 천천히 쳐줄래? 머릿속에서 해석이 빨리빨리 안 되네."

천천히. 알았어. 그다음 말을 치고 나서 데번은 바로 후회했다. 재로우의 얼굴에서 미소가 싹 사라졌기 때문이다. 매틀리는 어딨어.

"아…… 어디 휴가 갔다나 봐." 그는 이제 데번의 눈을 마주치지 못했다. "네가 형 앞에 나타나지 않는 한 형도 당분간 네 앞에 나타나지 않을 거야."

아무리 이스터브룩가의 아들이라도 넘지 말아야 할 선이라는 것이 있는 모양이었다. 데번은 그들이 선을 그어놓았다는 데 안도해야 할지, 그 선이 제대로 그어지지 않았다는 데 분노해야 할지 알 수 없었다. 아마도 둘 다였을 것이다.

그런데 넌 괜찮아?

"난 괜찮아. 가벼운 몸싸움이었을 뿐이야."

데번은 그의 말을 믿지 않았다. 단순히 치고받는 싸움 그 이상이었다. 데번이 그 말을 모스부호로 치기 시작하자 재로우가 한 손을 들어 제지했다.

"어, 있지. 네가 정신이 들어서 다행이야. 사실 난 이걸 주려고 왔어." 재로우가 게임보이를 데번의 무릎에 올려놓았다. "아기 보는 일이 좀 지루하다며. 이게 지루함을 달래줄 거야. 어차피 목이 나을 때까지는 게임 룸에 잘 내려오지도 못 할 것 같고."

손에 쥐어보니 게임기는 보기보다 더 가볍고 견고했다. 하지만 이건 네 거잖아.

"내 거지만 네가 가졌으면 좋겠어. 우리는 진짜 가족이니까. 가문 말고 가족. 원래 형제들은 이런 걸 주고받고 하는 거야.

빅도 네 가족이잖아. 데번이 잠시 주저하다 두드렸다. 친누나이자 진짜 누나.

재로우가 경계하는 눈빛으로 데번을 바라보다가 이내 고개를 끄덕였다. "응, 누나가 보고 싶어. 누나도 널 좋아했을 텐데."

재로우, 빅은 어딨어.

"누나도 너처럼 결혼과 출산을 힘들어했어. 현실을 받아들이지 못하고 소란을 피웠지." 그가 한숨을 쉬었다. "그러다 매틀리의 신경을 거슬렀고 결국 집을 떠나게 되었어. 가문들은 누가 문제를 일으키면 그런 식으로 해결하기 좋아하지. 친구도 없고 도와줄 사람도 없는 곳으로 보내버리는 거야." 재로우는 눈가가 붉어졌지만 눈물을 흘리진 않았다. "가끔 누나와 전화를 하긴 하지만, 그래도 예전 같진 않아."

너무 미안해. 모스부호로 변환된 데번의 사과는 한심하고 진부하게 들렸다. 어떻게 말하든 그렇게 들렸을 것 같긴 하지만.

"빅도 너처럼 고분고분하게 굴면 아이를 다시 볼 수 있게 해주 겠다는 거짓말을 믿었어. 그러다 진실을 깨닫고 망연자실했지." 전기 벽난로의 불빛이 후광처럼 재로우의 곱슬머리를 비추었다. "저번에 너한테 자식들을 다시 보게 될 일은 없을 거라고 했던 건 널 겁주려고 한 말이 아니야. 경고하려고 한 거야. 여자들이 가볍 게 여행을 떠나거나 파티에 갈 수 있을지는 몰라도 자기 자신이 사 는 저택 근처에는 절대로 갈 수 없다는 걸."

그래서 같이 도망가자고 한 거야? 데번은 씁쓸한 체념에 빠졌다.

"그래."

아이가 울음소리를 내며 잠에서 깼다. 데번은 아기를 가까이 끌 어안고 진짜 부모 대신 책에서 배운 보편적인 방법대로 아기를 얼 렀다. 그러자 잠시 칭얼대던 아기가 어깨에 기댔고, 데번은 손바닥 으로 그 작고 보송보송한 뒤통수를 감쌌다.

어쩌면 데번은 기사들에게 감사해야 하는지도 모른다. 그들이 용을 살려두지 않았다면 전부 죽을 운명이었을 테니 말이다. 그렇 다고 마지못해 돌봐주는 것에 감사한 마음이 드는 건 전혀 아니었 다. 어린 용이 겁을 먹으면 누가 안아주기나 할까? 그럴 것 같지 않 았다. 용들은 막사에서 자라는 게 상식이었다. 그 이상의 자세한 정보는 알지도 못했다.

데번은 아기의 검은 곱슬머리에 얼굴을 묻고 익숙한 냄새에서 위안을 구했다. 데번은 이 아이를 빼앗기게 될 것이다. 그리고 이 아이는 데번이나 세일럼처럼 상대적으로 안락하고 특권적인 삶이 아닌, 어떤 기준에서 봐도 열악하기 그지없는 삶을 살게 될 것이다.

동화 속 공주는 늘 모든 것을 얻었다. 진정한 사랑을 찾고 해피엔딩을 이루고 자식들을 지키고 괴물이나 마녀를 물리쳤다. 하지만 인생은 그렇게 돌아가지 않았다. 아무도 데번에게 해피엔딩을 써주지 않았고, 우주는 그의 삶에 딸을 허락하지 않았다. 이제 바랄 수 있는 최선은 아들이라도 지키는 것이었다. 그렇지 않으면 둘 다 영영 잃게 될 터였다.

윈터필드 안뜰에서, 오지 않는 엄마를 애타게 기다리는 열 살 된 세일럼의 모습이 데번의 머릿속을 가득 채웠다. 배신감과 버림받았다는 상처는 세월이 흐를수록 더 커질 것이다. 더 최악은, 루턴이 데번을 속여 세일럼은 이미 엄마의 존재를 까마득히 잊었을 수도 있다는 것이다. 데번이 엄마를 잊은 것처럼.

그 생각을 하자 마음이 아파왔다. 알고 있는 단어들로는 설명할 수 없는 종류의 아픔이었다.

하지만 품에 안긴 이 아이를 더 끔찍한 운명에 맡겨야 한다는 사실이 더욱 고통스러웠다. 데번은 둘 중 하나를 선택해야 했다. 사실 선택이라고 할 수도 없었다. 세일럼은 이미 자신의 손을 떠난 아이였고, 데번이 더 필요한 건 이 남자아이니까.

아이가 품에 파고들자 데번은 손을 뻗어 골무 낀 손가락으로 나무 테이블을 두드렸다. 나 좀 도와줘.

재로우가 눈을 깜박였다. "도와달라고? 어떻게? 뭘 해줄까?"

이 아이를 데리고 아일랜드에 갈 수 있게 해줘. 네가 저번에 말했던 것처럼.

재로우가 입을 열었다가 도로 닫았다.

이 아이가 용이라는 건 나도 알아. 상황이 달라졌다는 것도. 하지만 리템션을 훔칠 수만 있다면……

"아, 데브." 그가 자세를 바꾸자 침대 스프링이 푹 내려앉았다. "너 진짜 타이밍 못 맞춘다."

데번은 두려움에 가슴이 쿵 내려앉았다. 그게 무슨 뜻이야?

"나 글래드스톤 영지에서 살게 됐어." 그가 지친 목소리로 말했다. "빅이 쫓겨난 바로 그 오두막이래. 본채에서 조금 떨어져 있는." 재로우가 놀란 데번의 표정을 보고 얼굴을 붉혔다. "사실 상황이 더 나빠질 수도 있었어. 처음엔 날 기사단에 보내려고 했거든. 근데 내가 나이가 너무 많다고 기사들이 싫다고 했대. 그나마 다행이지 뭐."

데번은 자기 때문에 재로우가 이곳을 떠나게 됐다는 생각에 속이 상했다. 매틀리에게서 데번을 보호해주려다가 이런 처벌을 받게 된 것이다. 오래전 램지가 자기를 따라 서가에 갔다가 그런 처벌을 받은 것처럼. 두 번 다 데번이 입만 조심했어도 일어나지 않았을 일이다.

작별 인사를 하러 왔구나. 데번은 공포가 와락 엄습하는 것을 느꼈다. 게임보이는 작별 선물이고.

"맞아. 미안해." 그가 사과할 차례였다. "마음 바뀌면 말해달라고 한 건 진심이었어. 그치만 네 부탁을 들어주진 못할 것 같다. 나 오늘 떠나거든. 사실 여기 오면 안 되는데 널 안 보고 가려니 도저히 발걸음이 떨어지지 않아서."

근데 왜 모스부호를 가르쳐줬어? 어차피 넌 지금 떠날 거면서.

누군가 재로우의 이름을 부르며 문을 쾅쾅 두드리는 소리에 둘은 화들짝 놀랐다.

"잠시만요!" 재로우가 어깨 너머로 외치고는 다시 데번을 돌아봤다. "그거야 네가 말을 못 할 것 같아서 그랬지, 이 바보야! 내가 고모들 몇 명에게도 모스부호 책을 먹어달라고 부탁해놨어. 목이 다 나을 때까지 뭐 필요한 게 있으면 그들한테 얘기해. 네 말을 알아듣고 널 돌봐줄 수 있을 거야."

안 돼, 데번은 비명을 지르고 싶었다. 이럴 수는 없다. 우리 다시 만날 수 있을까?

"물론이지. 약속해. 네 아들이…… 음, 다른 용들과 함께 지내게 될 때까지 기다려야 할 것 같긴 하지만." 재로우가 서글프고 무기력한 미소를 지어 보였다. "내가 널 찾으러 갈게. 모든 게 끝나면."

그러려면 앞으로 몇 년은 더 있어야 하는데. 데번이 미친 듯이 손가락을 두드렸다. 우린 한참 못 만나겠네.

"알아. 정말…… 미안해. 데브, 정말로."

모든 일이 너무 순식간에 벌어지고 있었다. 사방의 문이 닫히면서 도피처가 사라지고 있었다. 아이를 데리고 목숨 건 도주를 하겠다는 마지막 희망마저 사라지자 뗏목 하나 보이지 않는 강에서 허우적대는 신세가 되었다. 자신이 지켜낼 수 없는 아이를 데리고 이 냉혹한 집에 데번은 홀로 남게 될 것이다. 또다시.

밖에서 문을 더 세게 두드리며 더 큰 목소리로 다급히 그를 불러댔다.

"젠장. 나 이제 가야겠다." 재로우가 아기를 조심하며 허리를 굽혀 데번을 부드럽게 안아주고는 귀에 대고 속삭였다. "있지, 아이들을 데리고 가든 아니든 이터 가문에서 벗어나야겠다는 생각이들면 내게 연락해. 내 힘이 닿는 한 널 도울게. 맹세해."

데번은 '어떻게? 편지도 못 쓰고 전화도 못 하는데'라고 치고 싶었지만 시간이 없었다. 그의 또 다른 형제가 고개를 들이밀고 말했다. "야, 서둘러. 시간이 없다고."

"안녕." 재로우는 데번의 마지막 빛을 가지고 그렇게 떠났다.

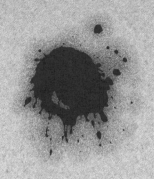

수집주 이야기는 지극히 터무니없지만 더 나은 가설을
떠올리기는 쉽지 않다. 이빨을 제외하면 이터들은 인간과
똑같이 생겼다. 하지만 그들은 인간과 교배할 수 없으며
이상한 장기, 엄청난 힘, 뛰어난 야간 시력을 지녔다.
또한 그들은 책이나 영혼을 먹으며, 지금까지 알려진
생물학적 지식을 완전히 뒤엎는 방식으로 정보를 처리하고,
감히 말하건대 마법을 연상시키는 방식으로 분해된다.
사실 인간의 눈으로 보면 그들은 진정한 마법의 종족이다.
수집주의 존재를 믿어야 할지, 마법의 존재를 믿어야 할지
둘 중 하나를 선택해야 한다면
나는 마지못해 전자를 택할 것이다.

아마린더 파텔,
『종이와 살: 비밀의 역사』

20

성자들의 집

현재

그들의 작은 회색 자동차는 스코틀랜드의 헤더 언덕을 지나, 구불구불한 길을 따라 아래쪽 이너레이딘의 계곡 마을로 향하기 시작했다. 데번은 차창 밖을 내다보며 넋을 잃었다. 북쪽에는 굴곡진 황무지가 몇 킬로미터에 걸쳐 펼쳐졌고, 은청색 하늘에는 구름이 낮게 걸려 있었다. 굽은 나무들이 울퉁불퉁한 경사면을 가득 채웠고, 작은 석조 주택 지붕에는 눈이 쌓여 있었다. 강물이 유유히 흐르는 가운데 넓은 강둑에는 이 날씨에도 낚시를 하러 나온, 긴 장화 차림의 태평한 낚시꾼들이 드문드문 보였다. 향수를 자극하는 기념품 엽서에 담길 법한 그림 같은 풍경이었다.

데번은 차가운 유리창에 머리를 기댔다. "여기 마을 주민들은 알아?"

"뭘? 폐가에 가까운 오래된 저택에 몇 년 전 이사 와서는 집을 개조하더니 수제 양조장을 운영하고 있는 가족에 대해 아냐고? 물론이지."

"공개적으로 활동하겠다? 흥미로운 전략이네."

"무슨 소리를 하려는 건지 모르겠는데, 우린 법을 준수하는 시민들이야. 약간의 탈세와 불법 약물 제조만 빼면 말이지. 수상한 법률 사무소를 운영하는 윈터필드나 인신매매를 일삼는 이스터브룩에 비할 바가 아니라고."

"그야 그렇네."

좌회전하면 세인트 로완 초등학교가 나온다는 이정표를 지나 교차로를 통과했다. 헤스터는 계속 직진해 마을의 남쪽 끝으로 향했다.

"나도 언젠가는 친구를 사귀게 될까요?" 카이가 멀어져가는 학교 구역 표지판을 바라보며 말했다. "허기를 느끼지 않고 살 만큼 충분히 리뎀션을 복용하게 되면요?"

데번은 놀란 눈으로 아들을 바라봤다. 이 꼬마는 너무나 조숙하고 똑똑하며 누구보다 자신의 나이를 의식하고 있었다. 카이가 친구를 사귀고 사회적 관계를 탐색하도록 돕는다는 건 데번이 감당하기에 벅찬 일 같기만 했다. 기사를 죽이거나 인간을 집으로 유인하는 것보다 훨씬 더.

생각해보면 데번 자신도 친구를 사귄 적이 없었다. 기껏해야 형제들이나 사촌들과 노는 게 다였다. 대체 인간들은 어떻게 친구를 사귀고 어떻게 그 관계를 유지하는 걸까? 미스터리였다. 그러다 문득, 헤스터라면 괜찮을 수도 있겠다는 생각이 들었다. 멍청하기는. 어차피 여기 계속 머물 것도 아닌데.

"네가 어딜 가든 친구를 사귈 수 있길 바라." 헤스터가 말했다. "항상 네 안의 허기를 조심해야겠지만, 엄마랑 같이 안전하게 지내는 걸 보면 분명 다른 이들과도 위험하지 않게 어울리는 법을 배울 수 있을 거야."

"아, 네. 그런데 우리 여기 얼마나 있을 거예요?" 카이가 몸을 곧추세우며 물었다. "킬록이 우리를 마음에 들어 하고 우리도 그를 마음에 들어 하면 여기서 평생 살 수도 있나요?"

"한 번에 하나씩만 생각하자." 데번이 말했다. "일단 킬록이 우리를 마음에 들어 하는 게 중요하지." 데번은 자신이 그를 안 좋아할 거라는 걸 이미 알고 있었다. 본능적인 직감과 평생 가부장들을 보며 살아온 경험이 그렇게 말해주고 있었다.

이너레이던의 중심부를 빠져나온 그들은 눈과 소금으로 진창이 된 도로를 따라 완만한 경사의 눈 덮인 숲속으로 들어갔다. 그리고 나지막한 긴 다리를 건너 트위드강을 건넜다. 데번은 강가를 살피며 재로우가 말한 세 개의 섬을 찾았지만, 차 안에서는 시야가 충분히 확보되지 않아 재로우의 설명에 부합할 만한 땅덩어리를 찾아내지 못했다.

다리를 건너 1.5킬로미터쯤 달리자 좁은 길을 가리키는 흰 화살표와 함께 '트라퀘어 하우스'라고 적힌 낡은 이정표가 나왔다.

"무사히 도착했네." 헤스터가 말했다. 화살표를 따라 큰길에서 벗어나 트라퀘어 하우스에 딸린 땅으로 보이는 좁은 길로 접어들었다.

푸른 잔디와 고목들이 늘어선 긴 진입로를 천천히 달렸다. 한쪽에는 주로 나무로 지어진 작은 건물들과 엄청난 크기의 우아한 정원이 자리 잡고 있었다.

바로 앞에는 여섯 가문의 저택만큼이나 거대한 흰 건물이 있었다. 데번은 철문이며 콘크리트 기둥이며 작은 창문 같은 것을 보며 가문들 저택보다 더 요새같이 생겼다고 생각했다. 전쟁을 겪은 집. 스코틀랜드와 잉글랜드 사이에는 오랜 갈등의 역사가 있었다.

"보안이 좀 취약한 것 같은데." 데번이 지적했다. "가문들이 찾아오면 어떡하려고?"

"그들은 우리를 찾을 생각도 없어. 우리가 사라져서 오히려 가슴을 쓸어내렸을걸. 많은 문제가 알아서 해결된 셈이니까." 헤스터가 속도를 줄이며 한 쌍의 철문을 통과했다. "기사들이 찾아온다고 해도 어차피 대문을 걸어 잠가 해결할 수 있는 것도 아니고. 위치를 들키지 않는 것이 최선의 방어인 셈이지."

"그런 것 같네." 데번은 기차역에서 헤스터가 보인 엄청난 공격력을 떠올렸다. 다른 레이븐스카 구성원들도 헤스터만큼 싸움에 능하다면 기사들이라 해도 이들을 상대하기 녹록지 않을 것이다. "너희 무리와 관련된 건 하나같이 복잡해. 너도 그렇고."

"네가 몰라서 그래." 헤스터가 자갈밭에 차를 세우고 주차 브레이크를 잡아당겼다. "오늘 널 킬록에게 소개할 거야. 네가 우릴 찾는다는 이야기를 처음 듣고 킬록이 널 여기로 데려와 안식처를 제공하자고 했어. 하지만 네가 믿을 수 있는 진실한 사람이라는 확신부터 줄 수 있어야겠지. 킬록의 질문에 답할 의향이 있어? 네 이야기엔 공백이 있는데, 우린 그 이야기를 마저 듣고 싶어."

"내가 어떻게 이스터브룩 저택에서 도망쳤는지 알고 싶은 거라면 기꺼이 말해줄 수 있어." 데번이 비스듬히 비치는 햇살 사이로 먼지가 떠다니는 모습을 지켜보며 말했다. "하지만 잘 알지도 못하는 자들에게 딸 이야기를 하고 싶진 않아. 어차피 과거의 일이기도 하고."

"그건 괜찮을 거야." 헤스터가 안전벨트를 풀고 심호흡을 했다. "있지, 내가 나에 대해 말하지 않은 게 있는데 저 안에 들어가면 다 알게 될 거야. 그러니까 나쁜 마음으로 진실을 숨긴 게 아니라는 걸 이해해줘. 킬록이 각별히 조심하라고 당부해서 거짓말을 할 수밖에 없었어. 미안해. 지금은 이 모든 게 이해가 안 되겠지만 곧 다 알게 될 거야."

위험 신호가 감지되자 데번의 목덜미가 따끔거렸다. "뭔지는 몰라도 느낌이 안 좋은데."

"빨리 들어가자. 우리가 도착한 걸 알고 기다리고 있을 거야." 차에서 내린 헤스터가 진입로를 가로질러 육중한 문으로 다가갔다.

데번이 근심 어린 표정으로 카이를 한참 바라봤지만, 카이는 어깨를 으쓱할 뿐이었다. 차에서 내린 둘은 헤스터를 따라갔다. 이제 와서 되돌아갈 수는 없었다.

트라퀘어 하우스에 들어선 순간 데번은 이상한 기시감에 휩싸였다. 언젠가 와본 것 같은 건 물론이고 구석구석을 다 본 것 같았다. 사실상 그런 거나 마찬가지였으니 딱히 놀랍지는 않았다. 레이브스카 일당은 영국의 전통과 이터들 특성을 조합해 고택에 자리를 잡았다. 이 모든 것은 지극히 이터 '가문'스러웠다. 그들이 무엇 때문에 지금은 죽고 없는 가부장과 싸움을 벌인 것인지는 몰라도 뿌리 깊은 관습만은 그대로 남았다.

집 자체에도 폭력의 유산이 남아 있었다. 데번은 징이 박힌 단단한 오크 문을 보며 잉글랜드군의 침략에 맞서기 위한 보강재라는 걸 알아차렸다. 낡긴 했어도 적군이 한두 차례 휘두르는 도끼날도 견뎌낼 수 있을 만큼 튼튼한 문이었다. 폭이 좁고 천장이 낮은 흰 석조 통로도 놀라웠다. 품위를 위해서가 아니라 오로지 전쟁을 위해 지어진 곳. 각기 다른 소리를 내는 다양한 크기의 하인 호출 벨이 한쪽 기둥 위에 달려 있었다.

현관 테이블에는 예수의 탄생이 작게 재현되어 있었다. 작은 구유 속에 누워 있는, 나무로 된 아기를 무릎 꿇은 채 굽어보는 빛바랜 마리아, 그리고 그 주변에 모여든 조각된 동물들. 엉거주춤 구석 자리를 차지한 동방박사들과 지친 얼굴로 무표정하게 서 있는 요셉까지.

데번은 목이 메어오는 것을 느꼈다. 이 이야기에는 울림이 있었다. 예상치 못한 곳에서 쉼터를 찾은 추방된 어머니의 이야기. 데번은 동정녀가 아니었고 헤스터도 요셉이 아니었으며 카이를 구세주라 보기는 힘들었지만, 그래도 데번은 이 이야기에 깊이 공감할 수 있었다.

"헤스! 네가 도착한 소리가 나는 것 같다 했지." 가장 멀리 떨어진 방에서 나온 한 남자가 그들을 맞이하기 위해 다가왔다. 60대인도인처럼 보이는 남자는 코에 두꺼운 안경을 걸치고 한 손에 튼튼한 지팡이를 들고 있었다. "여태 오지 않아서 걱정하던 참이었어. 아침 뉴스에 네가 나온 걸 봤거든."

"유명해지는 게 늘 제 꿈이었죠." 헤스터가 쓴웃음을 지으며 말했다. "킬록은요?"

데번은 안경 쓴 남자에게 시선을 완전히 빼앗겼다. 어딘지 굉장히 낯익은 얼굴이었다. 데번은 다급하게 기억을 더듬었다.

"킬록은 사람들과 위층 응접실에 있어." 데번을 흘낏 바라본 남자의 얼굴에 상대를 알아본 듯한 표정이 떠올랐다. 긴가민가한 데번과는 달리 그는 데번이 누군지 정확히 알고 있는 눈치였다. "이분인가요? 페어웨더가에서 오셨다는 여자분이?"

"네. 하지만 지금은 이야기하기 곤란해요." 헤스터가 말했다. "미안해요, 마니. 먼저 킬록을 만나봐야 해서요."

마니가 뭐의 줄임말이었더라…….

"아마린더 파텔. 텔레비전에 나갈 기사를 쓴다던." 데번이 불쑥 말했다. "페어웨더 저택에 왔었던 그 저널리스트!"

"누구요?" 카이가 혼란스러운 얼굴로 물었고, 헤스터는 충격을 받은 듯했다.

"맞습니다." 마니는 데번의 돌발 행동에도 미동조차 없었다. 어릴 적 만났던 겁 많은 저널리스트와는 딴판이었다. "데번 페어웨더라는 사람이 이 집에 올 거라는 얘기를 들었을 때 오래전에 봤던 그 꼬마가 아닐까 생각했는데, 정말 그분이셨군요. 참 신기한 인연이네요."

데번은 떡 벌어진 입을 닫았다. 20년이 지났는데도 주름진 얼굴에서 젊은 시절의 그를 알아볼 수 있었다.

"서로 어떻게 아는 사이죠?" 헤스터가 어리둥절해하며 물었다.

"저분 가문 덕분에 내가 **너희** 가문으로 오게 됐지." 마니가 데번의 얼굴에 시선을 고정한 채 말했다. "오래전에 취재차 페어웨더 저택을 방문한 적이 있는데 그때 어린 데번을 만났었어. 그 후 난 레이븐스카 저택으로 보내졌고. 근데 아직까지 여기에 있네." 그가 쓸쓸한 미소를 지어 보였다.

"정말 죄송해요." 데번은 수치심에 휩싸였다. "그땐 제 삼촌이 어떤 사람인지, 당신에게 무슨 짓을 할지 전혀 몰랐어요."

"그때 당신은 애였잖아요. 원망 같은 거 안 합니다. 당신이 아니었어도 누군가 날 발견했을 거예요." 마니의 얼굴에는 어떤 표정도 담겨 있지 않았고, 데번은 그의 말이 진심인지 아닌지 가늠할 수 없었다. "어쨌든 내가 지금 있는 곳은 여기고, 내 주위에는……." 그가 말꼬리를 흐리더니 안경을 고쳐 쓴 뒤 두 사람을 번갈아 쳐다봤다. "이분도 아는 거니, 헤스터? 네가 진짜 어떤 사람인지?"

"무슨 애길 하는 거예요?" 데번의 질문과 동시에 헤스터가 대답했다. "아니요, 아직 말 안했어요. 킬록이 자세한 얘긴 하지 말아달라고 했거든요."

"다들 무슨 이야기를 하는 건데요?" 카이가 투덜댔다.

"음." 마니가 안경을 벗어 셔츠 자락으로 닦고는 다시 썼다. "우리 모두 일단 응접실로 올라가는 게 좋겠군요."

"저도 그렇게 생각해요." 헤스터가 긴장한 목소리로 말했다. "오빠가 모든 걸 명확하게 설명해줄 거야."

"날 따라오세요." 마니가 돌아서서 계단을 오르기 시작했다.

데번은 울화통이 터지려는 걸 간신히 참고 그의 뒤를 따랐다.

마니는 수백 년간 마모되어 반들반들해진 돌계단을 올라 또 다른 복도를 가로질러 화려하게 장식된 문 앞에 멈춰 섰다. 여럿이 웃으며 이야기하는 소리가 밖으로 새어 나왔지만 방 안이 들여다보이지 않는 각도였다.

"이쪽이에요." 마니는 그들이 따라오는지 확인하지도 않고 안으로 성큼 들어갔다.

헤스터가 데번의 팔에 손을 얹었다. "킬록을 조심해. 오빠 앞에선 발걸음을 조심해야 해." 그렇게 말한 헤스터는 손을 거두고 마니를 따라 방 안으로 들어갔다.

"잠깐만." 데번이 헤스터를 뒤쫓으며 외쳤다. "내가 왜……." 방 안에 들어선 순간 데번은 우뚝 걸음을 멈췄다. 뒤따르던 카이가 데번과 부딪쳤다.

오색찬란한 사치품이 그들을 맞이했다. 붉은 카펫, 채색된 대들보, 호화로운 가구, 책들이 흩어져 있는 테이블. 오래전 죽은 귀족들의 초상화가 벽마다 걸려 있었고, 활활 타오르는 벽난로 위에는 대리석 선반이 자리했다. 한쪽 구석에는 하프시코드가 새초롬하게 놓여 있었는데, 나무 몸체에 화려한 장식과 라틴어 문구가 가득했다. 얼굴이 보이지 않는 한 남자가 그 앞에 앉아 우아하게 클래식 음악을 연주했다. 반대쪽 모서리에 있는 괘종시계가 시간을 알렸다.

방에는 10여 명이 모여 있었다. 다들 떠들고 농담을 하며 대화와 보드게임에 열중하고 있었다. 한쪽 테이블에 종이 왕관, 놀이용 카드와 더불어 선물, 음료, 파티 용품 따위가 흩어져 있었다. 향초가 타며 베리류와 서리 내린 상록수 향을 뿜어냈다.

모두가 먹고 있었다. 그들은 바닷가재 껍질을 벗기듯이 질긴 표지를 벗겨내고 연한 속지를 뜯어 먹었다. 종이를 먹을 수는 있지만 책니가 없는 이들을 위한 식사였다. 그리고 그들의 혀……. 데번은 그들의 발음이 카이처럼 새는 것을 들을 수 있었다. 그들이 씹고 말하는 동안 입에서 휘감기는 살덩어리도 볼 수 있었다.

"소울이터." 데번이 경악하며 말했다. "당신들은 **전부** 소울이터들이군요."

방을 채웠던 대화가 순간 뚝 끊기며 모두의 시선이 일제히 데번에게 쏠렸다. 카이의 몸이 굳어졌다.

"개인적으로 말할 것 같으면 난 '소울이터'란 용어가 늘 싫었습니다. 상스럽고 시대에 뒤처진 느낌이 나서 말이죠." 하프시코드를 연주하던 남자가 말했다. 정적 속에서 그의 목소리가 유난히 쩌렁쩌렁하게 울렸다.

데번이 눈을 찡그렸다. "그럼 어떤 용어를 선호하시는데요?"

그 질문에 답한 것은 헤스터였다. "시민. 우리는 그냥 시민일 뿐이니까."

헤스터는 **그들**이 아니라 **우리**라고 했다. 마치 자신도 그들 중 한 명인 것처럼. 그제야 데번은 헤스터가 여행을 하면서 책 먹는 모습을 본 적이 없다는 것을 깨달았다. 단 한 번도.

"내 동생은 **시민**이라고 하지만 난 **성자**라고 하고 싶군요." 하프시코드 앞에 앉은 남자가 마침내 자리에서 일어나며 악기 뒤에 가려진 얼굴을 드러냈다. 키가 크고 호리호리한 체형, 하나로 꽉 묶은 검붉은 머리, 회색 바지와 회색 터틀넥 스웨터, 그리고 회색 눈. "돌아온 걸 환영한다, 헤스."

데번은 연이어 다가온 충격에서 헤어 나오지 못하고 있었다. 레이븐스카 가문의 생존자는 헤스터를 비롯해 모두 소울이터였다.

하지만 소울이터가 이렇게 많다는 걸 어떻게 설명해야 할까? 소울이터로 태어난 아이들은 자신의 가문에서 계속 살 수 없었다. 기사들이 등장한 것도 결국 그래서였다. 그들이 자기 멋대로 허기를 충족하며 살지 못하게 통제하기 위해서.

데번은 자신의 손을 꽉 쥐는 카이의 손을 느끼고 똑같이 맞잡아 주었다.

어쩌면 레이븐스카는 소울이터로 태어난 아이들을 다른 가문들처럼 기사단에 보내지 않고 몰래 숨긴 것인지도 모른다. 하지만 그렇다 쳐도 의문은 남았다. 북이터들은 다 어디로 간 거지? 왜 이 중에 북이터는 한 명도 보이지 않는 걸까?

"메리 크리스마스, 록." 헤스터가 정중하게 무릎을 굽혀 인사했다. 머리 색깔이 다르다는 걸 빼면 헤스터는 다른 레이븐스카 형제들과 많이 닮아 보였다. 턱선, 넓은 쇄골, 긴 손가락, 약간 들린 코. "무척 고된 여행이었고 배가 고파 죽는 줄 알았지만 엄마와 아이는 무사히 데려왔어."

데번은 헤스터를 지켜보며 또 다른 불편한 의문에 사로잡혔다. 헤스터가 소울이터라면 혀는 대체 어디에 있는 거지? 어떻게 감춘 걸까?

"그런 것 같군." 킬록이 데번을 머리부터 발끝까지 훑어보았다. "페어웨더 공주님께서 몸소 와주셨군요, 외로운 유배 생활을 하고 있는 우리와 함께하기 위해." 그가 나지막하게 "하느님의 아들이 오실 때까지"라고 노래하듯 중얼거렸다.

데번은 충격을 떨쳐내고 마음을 가다듬으려고 안간힘을 썼다. 자신의 더러운 맨발, 진흙이 묻은 찢어진 청바지, 사흘간 땀과 술에 전 구겨진 블라우스를 예리하게 의식하며 킬록의 날카로운 시선을 받아냈다. 티끌 한 점 없는 루마니아 드레스를 입고 새하얀 리무진에서 내리던 옛날의 자신을 생각하면 먼 길을 온 셈이지만, 이러한 변화가 나쁘지 않았다. 데번은 예전보다 더 강해지고 현명해졌으며 더 이상 낯선 남자를 겁내지 않았다.

"키가 크다는 말을 할 생각이면 굳이 안 해도 돼요. 나도 알고 있으니까." 데번이 말했다.

마니는 사레가 들린 듯했고 헤스터는 헉하고 숨을 들이마셨다. 하지만 킬록은 그저 웃으며 손을 내밀었다. "데번 페어웨더 씨, 내가 데번이라고 불러도 괜찮을까요? 딱딱한 호칭은 영 불편해서 말이죠. 어쨌든 트라퀘어에 오신 걸 환영합니다. 당신의 키에 대한 언급은 **생략**하도록 하죠."

"고마워요." 데번이 그의 손을 잡고 악수했다. 헤스터처럼 따뜻하고 건조한 손이었다. "어디 딴 데로 이동하기 전에 내 아들에게 약부터 먹였으면 좋겠는데요. 우리가 여기 온 건 아이가 리뎀션을 마음껏 먹을 수 있고 앞으로 다시는 인간의 영혼을 먹지 않아도 된다고 했기 때문이에요."

"그렇죠…… 아들이 있죠." 킬록이 시선을 아래로 향했다. "안녕, 꼬마. 이름이 뭐지?"

"카이 데번슨이요." 아이는 여전히 데번 등 뒤에 반쯤 숨어 있었다. "저는 소울이터라 가문의 성을 물려받지 못했어요. 이건 데번이 지어준 성이에요."

"흥미로운 선택이구나. '카이'는 기사의 이름인데, 알고 있었니? 아서왕 전설에 나오는 케이 경 말이다. 발음이 좀 달라지긴 했지만." 킬록이 아이 눈높이에 맞춰 허리를 굽혔다. "넌 가문의 기사가 아닌 진짜 기사로구나. 만나서 반갑다. 엄마를 많이 닮았네. 이런 말 하면 안 좋아할지도 모르겠지만."

카이가 게임보이를 움켜쥐었다. "괜찮아요."

킬록이 주머니에 손을 넣어 작은 플라스틱 병을 꺼내 아이에게 씹어 먹는 알약을 한 알 건넸다. "구원의 선물이다. 내 약을 나눠주는 거야."

"감사합니다!" 카이가 반색하며 남자의 손바닥에서 알약을 낚아챘다. 아이는 주저하다 물었다. "그런데 그게 사실인가요? 정말 이 집이……"

"성자들의 집이지." 킬록이 또다시 이상한 단어를 선택했다. '성자'. 데번이라면 결코 떠올리지도 못했을 용어였다. 데번은 아들을 사랑했지만 신성한 존재로 받들지는 않았다.

그러는 동안 헤스터는 허리에 손을 짚고 시선을 바닥에 고정한 채 생각에 잠긴 얼굴로 서 있었다. '발걸음을 조심하라'던 헤스터의 경고가 머릿속에서 사이렌처럼 울려대고 있었다. 킬록은 사근사근하고 예의 바르고 매력적이기까지 했지만 그가 말할 때마다 데번은 목덜미가 간질거리는 것을 느꼈다. 그가 하는 모든 말, 모든 행동에 칼날이 숨겨져 있는 것 같았고, 그런 강렬한 기운은 데번을 불안하게 했다.

킬록이 허리를 곧추세우며 말했다. "이렇게 와주신 건 환영합니다만, 당신이 정말 믿을 만한 분인지 아직 확신이 선 건 아닙니다. 난 가문들과 불미스러운 일을 많이 겪었어요. 우린 우리만의 삶을 살기 위해 여기로 도망 왔고, 지금의 평화를 해치는 건 그 무엇도 용납할 수 없습니다."

"불미스러운 일은 나도 숱하게 겪었어요." 그는 전형적인 가부장의 화법을 구사하는 듯했다. 빅토리아 시대의 귀족을 떠올리게 하는 고상한 말투라니. "우리에겐 공동의 필요와 공동의 적이 있는 것 같은데요. 그게 당신에게 중요한 의미가 있나요?"

"그렇지요." 조롱하듯 과하게 허리를 굽혀 보이는 그의 모습이 어쩐지 약간 우스웠다. "당신 남편의 죽음의 전말을 좀 더 자세히 듣고 싶군요. 당신과 나 말고는 가문에서 도망친 사람을 한 명도 본 적이 없어서 말이죠."

"그 내막을 들어야 마음이 편해지실 것 같다면 얼마든지 말씀드리죠. 매틀리가 어떻게 죽었고 내가 어떻게 도망쳤는지."

"그가 어떻게 죽었는지?" 킬록이 순간적으로 날카롭게 치고 들어왔다. "당신이 그를 어떻게 죽였는지가 아니라?"

헤스터가 고개를 갸웃했다.

"네, 그가 어떻게 죽었는지요." 마음을 단단히 먹자, 침착하자, 집중하자. 데번은 속으로 되뇌었다. "설명이 좀 길어질 것 같은데 카이를 내보내고 이야기해도 될까요? 아이가 이 이야기를 들을 필요는 없을 것 같은데."

레이븐스카 남매가 서로 눈빛을 교환했고, 헤스터가 물었다. "떨어져 있어도 괜찮겠어?"

"내가 이 질문에 대답하지 않으면 더 큰 문제가 생기는 거잖아. 근데 지금부터 하려는 이야기는 아이에게 큰 고통을 줄 거야. 카이도 어느 정도 알고는 있지만 또다시 들어야 할 필요가 있나."

"전 듣고 싶지 않아요." 카이가 게임보이를 들어 보이며 말했다. "이야기 나누시는 동안 전 마리오 게임이나 할래요. 기다리는 건 괜찮아요. 기다리는 게 제 일인데요 뭐."

킬록이 골똘히 생각에 잠겼다. "그럽시다. 아드님께 돌봐줄 누군가를 붙여줄게요. 그동안 우리는 서재로 자리를 옮길까요?"

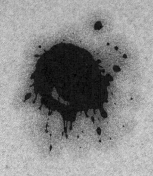

내 안에는 당신이 결코 본 적 없는 사랑이 있어.
거기엔 절대 밖으로 나와선 안 되는 분노도 있지.
한쪽에 만족하지 못하면 다른 한쪽에 빠져들 수밖에.

메리 셸리,
『프랑켄슈타인』

괴물

5년 전

몸의 상처는 두어 주 만에 회복되었지만 마음의 상처는 쉬이 없어지지 않았다. 누구의 손이든 보이는 순간 목이 조이는 것 같은, 몹시 낯설고 불편한 증상이 줄기차게 데번을 괴롭혔다.

재로우가 약속했듯이 고모들은 매일 데번의 방에 들러 신생아를 돌봐주었다. 목 근육이 서서히 아무는 동안 손가락으로 간결한 메시지를 전달했다. 의사소통 수단을 마련해준 재로우에게 고마울 따름이었다.

몇 주 뒤 데번이 다시 말을 할 수 있게 되었을 때, 고모 한 명이 방에 와서는 매틀리가 보자고 한다는 말을 전했다.

"내 방이 어딘지는 그도 알 텐데요." 데번이 칭얼대는 아이를 달래며 말했다. "왜 저더러 오라는 건가요?"

고모는 고개를 저을 뿐이었다. "게임 룸에서 보자고 하는구나."

순간 등골이 오싹해졌다. "언제요?"

"당연히 지금 당장이지."

당연히 그렇겠지, 기분이 영 떨떠름했다. 매틀리가 재로우의 은신처에서 원하는 게 대체 무엇일까. 데번은 아기를 겉싸개에 싼 뒤 고모를 따라 저택 끝에 있는 게임 룸으로 향했다.

하지만 그 방은 이제 더는 게임 룸이 아니었다. '제어실'이라는 문구가 새겨진 새 황동 문패가 벽에 걸려 있었고, 열린 문틈 새로 불빛이 깜박였다.

안으로 들어섰다. 케이블 고무 냄새, 먼지 냄새, 크롬 냄새가 코를 찔렀고, 공기에서는 정전기 맛이 났다. 창문은 판자로 막혀 있었으며 데번이 임신과 출산을 거치면서 거의 살다시피 했던 소파도 보이지 않았다. 선반, 콘솔, 게임 박스, 컨트롤러…… 모든 것이 사라지고 없었다.

오락거리를 대체한 것은 시커먼 전선으로 대형 제어 장치에 연결된 서른 개 남짓의 텔레비전 화면이었다. 각 화면은 저마다 밭, 과수원, 진입로, 식당, 도서관 등 저택 주변의 여러 장소를 흐릿한 이미지로 보여주고 있었다. 데번의 방 앞 복도가 보이는 화면이 정중앙을 차지했는데, 다행히 방 안의 모습은 보이지 않았다.

데번은 빅의 근사한 게임 컬렉션이 쓰레기처럼 버려진 것을 깨닫고 낭패감에 휩싸였다. 이제 〈파이널 판타지〉의 결말은 영영 알 수 없을 것이다. 이상하게 마음이 착잡했다. 게임보이라도 건진 게 그나마 다행이었다. 그것만큼은 데번의 침대 밑에 안전하게 숨겨져 있었다.

겉싸개 속에서 아이가 칭얼대며 울자 데번은 퍼뜩 정신을 차리고 아기를 위아래로 살살 흔들며 달랬다.

"왔어? 또 늦었군."

몸을 돌리자 한때 간이 주방이었던 곳에서 나오는 매틀리가 보였다. 그곳 역시 개조되었다. 테이블은 치워졌고 찬장에는 여분의 전기 장비가 넘쳐났다. 지도도 이젠 이곳에 없었다. 재로우와 함께 세운 상세한 탈출 계획도.

"이게 다 뭐예요?" 데번이 칭얼대는 아기를 가슴에 꼭 안으며 물었다. "왜 날 여기로 부른 거죠?"

텔레비전 화면이 깜빡이며 팔짱을 낀 매틀리의 얼굴에 빛 무늬를 드리웠다. "그 아이가 기사단에 들어갈 운명이라는 건 당신도 알 거야."

물론 너무나 잘 알았다. "그래서요?"

"아이를 좀 더 일찍 데려갈 수 있는지 기사단에 물어봤는데." 그가 못마땅한 듯 콧방귀를 뀌었다. "안 된다고 하더군. 지금은 아기가 너무 어려서 모유만 먹을 수 있다나. 유아는 리뎀션 복용도 어렵다고 하고. 그쪽에서는 당신이 되도록 오래 아이를 돌봐주길 바라더군."

"왜 그들에게 아이를 보내야 하죠?" 데번이 물었다. 절망감이 데번을 대담하게 만들고 있었다. "내가 일을 해서 리뎀션 비용을 댈 수도 있잖아요. 삼촌이 기꺼이……."

"비용이 문제가 아니야." 그가 딱 잘라 말했다. "소울이터들은 통제를 벗어나 자유롭게 살 수 없어. 그랬다간 그 고약한 식습관이

도질 테니까." 그는 살짝 몸서리치며 말했다.

데번도 이미 알고 있는 바였다. 부탁해도 소용없다는 것도 알았다. 그래도 막상 같은 대답이 돌아오자 마음은 또다시 아파왔다.

매틀리가 말을 이었다. "아무튼, 과거 행적을 봤을 때 당신은 위험인물이야. 자칫하면 남은 36개월 동안 도망칠 계획을 짤 수도 있는 여자지." 매틀리가 데번을 스치고 지나 수많은 화면이 연결된 제어 장치 앞에 섰다. "그런 어처구니없는 사태가 발생하는 걸 방지하는 차원에서 말해두는데, 내가 이 저택의 보안을 강화했어. 그것도 아주 **대폭** 강화했지."

매틀리가 장치의 키를 연달아 눌렀다. 그러자 연결된 화면들 위로 똑같은 영상이 떴다. 지금 이곳, 제어실 내부를 비추는 영상이었다. 그 한가운데에 데번이 경직된 자세로 서 있었다.

"최첨단 전자식 보안 시스템이야. 당신 방 안까지 들여다보지는 않을 거지만, 대문은 물론이고 집 곳곳에 카메라를 설치해놓았으니 참고해. 이 장치에 접근할 수 있는 비밀번호를 아는 건 나뿐이고. 어디 한번 이 탑을 빠져나가 보시든지, 공주님."

"날 생각해주다니 고맙네요." 데번은 한껏 비꼬면서 놀란 마음을 다스렸다. "날 위해 이 고생을 했다니 몸 둘 바를 모르겠군요."

"당신 하나 때문일 리가. 뭐 그렇게 특별한 존재라고." 그가 평소처럼 옹졸하게 받아치며 회전의자에 앉았다. "안 그래도 보안을 강화하려던 차였어."

참으로 매틀리다웠다. 모든 만족은 그의 것이어야만 했다.

"이게 단가요? 더 할 이야기 없으면 난 산책이나 갈래요." 데번에게는 생각할 시간, 이 모든 정보를 받아들일 시간이 필요했다.

"마지막으로 하나 더." 그가 골무를 들어 보였다. 데번의 골무, 재로우가 준 바로 그 골무. "이거 아직도 필요해?"

"그건 내 거예요. 재로우가 줬다고요."

"의사소통하는 데 쓰라고 줬겠지. 근데 이제 당신은 이거 없어도 말할 수 있잖아." 그가 엄지와 검지로 골무를 납작하게 짜부라 뜨리고는 테이블에 올려놓았다.

망가져버린 재로우의 선물을 노려보던 데번은 아들을 품에 꼭 안았다.

"이제 가도 돼." 매틀리가 말했다. "앞으로 3년간 집 밖으로 나갈 때마다 수행원이 따라붙을 테니까 그렇게 알아. 재로우 대체품이라고 생각하면 되겠네." 그가 코웃음을 쳤다. "산책 중에 의심 살 행동은 자제하고. 필요할 경우 당신을 제압해도 된다는 허가를 받았으니까." 그의 말에 데번은 한기를 느꼈다.

제어실에서 나오자 매틀리가 경고한 대로 웬 낯선 남자가 복도에서 데번을 기다리고 있었다. 키는 작지만 몸집이 컸고 커다란 플라스틱 귀마개를 착용한 채 니코틴 껌을 질겅질겅 씹고 있었다. 인간이었다. 고로 데번보다 힘이 약할 게 분명했다.

하지만 그는 테이저건, 곤봉, 무전기로 무장하고 있었다. 눈에 안 띄는 다른 무기들이 더 있을지도 몰랐다. 데번은 테이저건에 맞았을 때의 느낌이 너무나 생생히 기억났다.

"산책 가시나요?" '귀마개'가 요란하게 껌을 짝짝 씹으며 물었다.

"아니요." 데번은 자신의 방으로 도망쳤다.

귀마개는 방문 앞까지 따라왔지만 안에까지 들어오지는 않았고 안에서 문을 잠가도 제지하지 않았다. 그것만으로 다행이었다.

데번은 창가에 웅크리고 앉아 굶주린 아들에게 젖을 먹이며 생각을 정리하려고 애썼다.

전에도 저택은 놀이터와는 거리가 멀었다. 이스터브룩가는 하인들이며 수상한 불법 사업 때문에라도 보안을 원래 중시하는 편이었다. 이번 보안 강화로 상황은 더 나빠지기만 했고 매틀리가 모든 것을 통제할 수 있게 만들었다. 글을 쓸 수 없는 그가 비밀번호를 자기 머릿속에 저장해둔 것이다. 이런 일을 벌일 수 있었던 건, 에이크처럼 그 역시 가부장이기 때문이었다. 여자들은 참여할 수 없는 복잡한 투표제를 통해 그는 가부장이라는 역할을 쟁취했다.

상황을 바꾸기 위해 데번이 할 수 있는 일은 아무것도 없었다. 범접할 수 없는 시스템이었다. 모든 것이 데번의 손이 닿지 않는 곳에 있었고, 극복할 수 없는 장애물이 도처에 널려 있었다. 데번이 떠나면 그들은 쫓아올 것이다. 탈출하더라도 아이는 리뎀션 없이 쫄쫄 굶어야 할 것이다. 리뎀션 없이 아이의 배를 채운다는 건 인간을 먹이로 던져주고 아이가 미쳐가는 모습을 지켜봐야 한다는 걸 의미했다. 게다가 이 모든 건 데번이 탈출에 성공해 가문과 척진 채 인간 사회에서 살아남을 수 있을 거라고 가정했을 때의 이야기였다.

등 뒤로 불어오는 차가운 바람을 맞으며, 졸려 얼굴을 찡그리고 있는 아이를 바라봤다. 삶이 끝날 때까지 이 아이와 함께하는 모든 날을 즐겨야겠다는 생각이 들었다. 오만한 기사들과 가문의 남자들이 냉혹함을 무기처럼 휘두르며 끝끝내 아이를 찾으러 와도 데번은 맞서 싸울 것이다.

그렇게 죽음을 맞이할 것이다. 어쩌면 이 오랜 세월 동안 비겁하고 비굴한 삶을 살아온 데번에게 걸맞은 결말은 죽음뿐일지도 모른다.

———— • ————

그 후 2년의 세월은 저절로 흘러갔다. 데번은 순간순간에 충실하며 낮을 들이마시고 밤을 내쉬었다. 과수원으로 긴 산책을 나가거나, 책을 읽거나 먹으며 오후 나절을 보내는 식이었다. 옆에는 늘 아이가 있었다. 매 순간이 멍하니 지나갔다. 데번의 삶은 돌이킬 수 없이 달라졌지만 정작 변한 것은 아무것도 없었다.

산책을 나갈 때면 데번은 옛날 루마니아 여자들이 그랬던 것처럼 아기를 숄에 싸서 데리고 다니곤 했다. 이스터브룩가에서 유아차 같은 기본 육아용품조차 선뜻 제공하려 하지 않았기 때문이기도 했고, 숄이 더 편했기 때문이기도 했다. 데번이 어딜 가든 그 귀마개가 따라다녔다. 무장한 또 다른 인간이 대신할 때도 있었는데, 데번은 속으로 그를 '장롱'이라고 불렀다.

아무리 누군가가 따라다녀도 산책은 늘 외로웠다. 그러던 어느 날 데번은 아이에게 이름을 지어주어야겠다고 생각했다. 아들을 언제까지 '아가'라고 부를 수는 없는 노릇이었다.

데번은 누군가에게 이름을 지어준 적이 한 번도 없었다. 가문

구성원들은 전통적으로 아이들에게 영국의 지명을 딴 이름을 지어주었는데, 인간의 문화와 미묘하게 구별되는 그들만의 관습이자 그들 종족에게 부족한 창의성이 전혀 요구되지 않는 방식이었다. 하지만 데번은 그런 관습 따위는 무시하기로 결심했다. 매틀리가 이 아이를 원하지 않은 데다 데번도 가문이라면 이제 지긋지긋했다. 데번은 상상력을 동원해보기로 했다.

처음에는 이름에 어떤 큰 뜻이나 의미를 담아야 하는 건지를 두고 고민했다. 하지만 쓸데없이 겉멋 부릴 필요는 없을 것 같아 그저 듣기 좋은 이름인 '카이'로 골랐다. '카이'는 짧고 기억하기 쉬웠으며, 지명이 아니었으니 그걸로 충분했다. 그리고 자신의 성을 살짝 손봐 아이의 성도 지어줬다. 카이 데번슨. 이 정도면 괜찮은 것 같았다.

"잘 자, 카이." 밤이 깊어 수행원이 물러가고 전자식 경보장치가 켜진 뒤 데번은 아기를 흔들어 재우며 속삭였다. "잘 자, 아가. 내가 사라지면 내 꿈 꿀 거니?"

몇 주가 흘러 몇 달이 되었고, 봄이 피어나 여름이 되는가 싶더니 이내 여름도 가고 가을이 왔다. 카이는 종양처럼 쑥쑥 자랐다. 아이가 두 살이 되자 데번은 아들이 서서히 무서워지기 시작했다.

아이를 사랑하지 않는 건 아니었다. 아들을 사랑하는 이유는 셀 수 없이 많았으니까. 앵무조개의 소용돌이무늬 같은 검은 머리, 도끼날처럼 반짝이는 눈, 데번보다 진하고 어두우면서도 따뜻한 피부 톤. 아이 옆에 서면 데번은 잿빛으로 보일 정도였다. 그뿐 아니라 새로운 물건이나 장난감을 볼 때마다 고개를 한쪽으로 갸웃하는 모습이 사랑스러웠고, 높은 곳에서 뛰어내릴 때처럼 무언가 위험한 짓을 할 때 격하게 웃어대는 모습은 귀여웠다.

두려움은 다른 데서 비롯되었다. 아이는 엄마가 알아차리기도 전에 방 한쪽 끝에서 다른 쪽 끝까지 이동할 수 있었다. 데번의 반사 신경도 초능력에 가까웠는데 말이다. 게다가 일찍 말을 뗀 아이의 입에서 나온 첫마디는 '배고파'였다. 물론 처음에는 귀엽다고 생각했다. 데번의 머리를 쳐다보며 그 말을 하기 전까지는.

카이는 데번이 방을 청소하거나 책을 먹거나 목욕을 하고 있을 때 살금살금 다가와 데번의 귀에 입을 들이밀기도 했다. 그리고 어설프게 혀를 날름대곤 했는데, 마치 뱀을 보는 것 같았다.

"그거 하지 마." 데번이 등골이 서늘해지는 것을 느끼며 그렇게 말하면 카이는 "배고파!"라며 삐죽거렸다. 아직은 아기였지만 언제까지 아기일 수는 없었다. 속에서 이미 갈망이 자라나고 있었다.

데번은 리뎀션을 달라고 할 때가 온 것이라 판단했다. 매틀리는 마지못해 레이븐스카 가문에 엄청난 액수를 지급하고 리뎀션을 주문했다. 화가 나서 씩씩대는 그를 애써 무시했다.

리뎀션이 처음 도착했을 때 데번은 침대 끄트머리에 앉아 유리병에 담긴, 씹어 먹을 수 있는 그 작은 알약을 찬찬히 살펴봤다. 아무런 각인이나 표시도 되어 있지 않은 다소 조잡한 만듦새였다. 손에 닿자 쉽게 부서지며 가루를 남겼고 철 냄새가 났다.

하지만 달리 대안이 없었다. 레이븐스카가 어떻게 그런 마법의 약을 만들었으며 어떤 과정을 거쳐 그런 발견에 이르게 되었는지는 철저히 비밀에 부쳐졌고, 다른 가문들도 자체적으로 치료제를 만들어보겠다고 나섰지만 성공하지 못했다. 대부분은 어디에서 시작해야 하는지도 몰랐다. 이터들의 제한된 상상력은 여기서도 도움이 되지 못했다.

데번은 아들이 리뎀션을 먹어도 여건만 되면 사람을 '간식'처럼 먹으려 하진 않을지 노심초사했다. 한밤중에 잠에서 깼다가 혀를 날름거리며 귀를 향해 다가오는 아들을 발견하진 않을지 두렵기도 했다.

그런 걱정에 아이를 작은 침대에 혼자 재워도 봤지만 아이는 자지러지게 울어댔다. 새장 같은 침대에서 어찌나 불행해 보이던지 데번은 결국 아이를 다시 자기 침대로 데리고 왔다. 달리 어떻게 할 수 있겠는가? 카이는 아직 어린애일 뿐인데. 데번은 카이가 잠들고 한참이 지날 때까지 뜬눈으로 누워 있는 습관을 들이게 되었다. 언제라도 일어날 수 있게 온몸의 신경을 곤두세운 채.

———•———

어느덧 계절이 또 바뀌었다. 시간이 얼마 남지 않았다. 데번은 매 순간을 즐기려 애썼다. 산책을 더 자주 나갔고 기회가 생길 때마다 아이와 야외 활동을 했다.

카이가 젖을 떼자 매틀리는 울며 겨자 먹기로 리뎀션을 더 제공했다. 한두 번 직접 와서 아이 상태를 확인하기도 했다. 처음 왔을 때는 아무 말도 하지 않고 한참 동안 카이를 쳐다보기만 하다가 자리를 떴다.

두 번째 왔을 때는 불쑥 물었다. "저게 당신을 사랑하는 걸까, 아니면 그냥 먹고 싶어 하는 걸까?"

"카이가 날 잡아먹게 된다면 제일 먼저 알려주죠." 데번이 상냥하게 응수하자 매틀리는 뒷걸음질 치며 방에서 물러났다. 북이터들의 용에 대한 혐오와 공포는 강력했다. 그 이후 매틀리는 몇 달간 그들 주위에 얼씬도 하지 않았다.

또 한 번의 나른하고 쓸쓸한 봄이 지나갔다. 데번은 여기저기 돌아다니는 아이의 뒤를 졸졸 쫓아다니며 노래를 부르고 콧노래를 흥얼거렸다. 귀마개가 숨을 헐떡대며 그들 뒤를 쫓는 모습은 언제 봐도 재밌었다. 아이들은 카이를 피했고 어른들은 데번을 피했다. 그러는 게 데번에게도 편했다. 그들과 직접 대면하면 경멸감을 감추기 어려웠기 때문이다.

데번의 세계는 점점 작아졌다. 비가 오나 눈이 오나 밖으로 나가 과수원 나무 아래나 정원에서 바람을 맞으며 보내는 외로운 나날들이 끝없이 이어졌다. 아무도 카이의 생일을 챙겨주지 않았다. 오직 데번만이 생일 축하 노래를 불러주고 책에서 찢은 종이를 접어 장난감 동물을 만들어주었다. 아이는 기뻐하며 웃었지만, 데번은 세일럼의 화려한 파티를 떠올리며 눈물을 흘릴 뻔했다. 세일럼은 갇혀 있긴 했어도 늘 좋은 대우를 받았고 카이와는 달리 생일날에도 모두의 축하를 받았다.

겨울이 무르익으며 연말연시에 접어들었다. 크리스마스이브가 되자 선물과 반짝이는 불빛, 웃음이 가득한 성대한 파티가 열렸다. 데번과 카이는 초대받지 못했고, 카이는 그것에 슬퍼했다. 자신이 그들의 세계에서 배제되었다는 것을 알 만큼 큰 아이는 입술을 떨며 복도에서 파티를 지켜봤다.

"네가 좀 더 크면 크리스마스를 제대로 즐길 수 있게 해줄게." 데번이 초대받지 못한 파티에서 아이를 데리고 나가며 약속했다. 공허한 약속이었지만 울게 놔둘 수는 없었다.

"배고파." 아이가 서글픈 목소리로 훌쩍거렸다.

리뎀션을 충분히 복용했을 때도 아이는 배고프다는 말을 자주 했다. 하지만 데번은 이날 알게 되었다. 아이가 먹을 걸 두고 하는 말이 아니라는 걸. 소울이터들의 비정상적인 갈망에서 나온 말도 아니었다. 아이는, 형태가 없지만 못지않게 중요한 것, 이를테면 외로움의 해독제 같은 것을 갈망하고 있었다. 아이는 다른 사람들과 어울리며 자신이 남들에게 받아들여지길 간절히 원하고 있었다. 안타깝게도 데번에게 그런 약은 없었다.

———•———

크리스마스 아침, 데번은 우박 소리와 진입로에서 들려오는 자동차 엔진 소리에 잠에서 깼다. 침대에서 내려와 비틀비틀 창가로 갔다. 매틀리가 차에서 내리며 휴대폰에 대고 뭐라 뭐라 떠들어대고 있었다. 그러다 갑자기 위를 올려다보더니 데번의 방 창문을 가리켰다.

데번은 이유 모를 두려움을 느끼고 한 발짝 물러섰다. 평소 매틀리의 얼굴에 담겨 있던 혐오에 분노가 더해져 있었다. 혹시 아들을 데려가는 날이 오늘인가?

카이가 침대에서 일어나 앉아 차분히 말했다. "엄마, 나 너무 배고파."

데번은 창가에서 시선을 거두고 아이를 바라봤다. "그래, 알아. 그런데 리뎀션이 다 떨어져서 좀 더 기다려야 할 것 같아. 오래 걸리진 않을 거야. 매틀리가 오늘쯤 약이 도착할 거라고 했어."

답답하게도 최근에 주문한 리뎀션이 알 수 없는 이유로 2주나 도착이 지연되었다. 이전에 받아둔 것도 마지막 한 알을 전날 소진한 터였다.

"**지금** 배가 고픈데." 도끼날 같은 아이의 눈이 검게 빛났다. 피부도 평소보다 창백해 보였다. 아이의 빨대 혀가 입 밖으로 천천히 펼쳐졌다가 다시 말려 들어갔다.

데번은 침을 꿀꺽 삼켰다. 아이가 조금이라도 끔찍하게 보인 적은 단 한 번도 없었다. 지금 이 순간이 오기 전까지는. 다른 이터들이 아이에게서 무엇을 보았는지 어렴풋이 알 것 같았다. 데번은 그런 생각을 하는 스스로가 부끄러웠다.

"조금만 참으렴." 이 말이 쾌활하게 들리기를 바랐다. "이제 곧 매틀리가 먹을 걸 가지고 올 거야." 데번은 아이에게 매틀리를 '네 아버지'라고 부르는 일은 절대 없었다.

카이가 세 살짜리 꼬마답지 않은 강렬한 눈빛으로 데번을 빤히 쳐다봤다. 홍채가 까맣게 변하면서 동공과 흰자위가 약간 줄어든 것 같았다.

데번은 잠옷을 벗고 여느 때처럼 끈 조절에 애를 먹으며 치렁치

령한 리넨 드레스를 입기 시작했다. 머리를 다 땋았을 때 마침 누군가 방문을 두드렸다. 막 도착한 리뎀션을 급히 전해주러 온 것 같았다.

"잠깐만요!" 데번이 문을 열어주러 갔다.

문 밖에는 매틀리가 귀마개와 장롱을 양옆에 끼고 서 있었다. 셋 다 곤봉을 들고 있었다.

"크리스마스 인사를 하러 왔어, 공주님." 남편이 성큼성큼 방 안으로 들어왔고 인간 남자 둘이 그 뒤를 바짝 따라붙었다. "아니지, **작별 인사**를 하러 왔다고 해야 하나. 오늘이 여기서 보내는 마지막 날이 될 테니 말이야."

카이가 입을 삐죽이며 뚱하게 물었다. "간식? 지금 간식 먹어?"

"뭐라고요?" 데번은 아이를 등 뒤에 숨긴 채 그들에게서 물러났다. "기사단은 새해까지 쉬는 거 아니었어요?"

"상황이 바뀌었어." 매틀리가 데번을 향해 다가왔다. "레이븐스카 가문이 사라졌어. 끝장이 났다고. 이제 더 이상 리뎀션은 없어."

"간식." 카이가 한층 더 심술이 난 투로 같은 말을 반복했다. "엄마, 엄마, 나 배고파!" 아이는 매틀리에게도 골을 냈지만, 매틀리는 아이를 무시했다. "간식 어딨어?"

"사라지다니요?" 데번이 못 믿겠다는 듯이 말했다. "어떻게 한 가문이 통째로 사라질 수 있죠? 무슨 일이 있었는데요?"

장롱이 소리 내 웃었고, 귀마개는 히죽거렸다. 매틀리는 조용해질 때까지 둘을 노려보다가 다시 데번을 돌아봤다. "어떻게 됐든 그게 다 무슨 상관이야? 어차피 여자는 몰라도 돼. 말해봤자 이해도 못 할 거고." 당황하며 쏘아붙이는 매틀리의 말투에서 데번은 그도 아무것도 모른다는 사실을 깨달았다. "중요한 건 이제 리뎀션은 없을 거라는 거지."

"리뎀션이 없을 거라고요?" 데번이 겁에 질려 그가 한 말을 반복했다. "하지만……."

"닥치고 좀 들어. 기사단은 혼란에 빠졌어. 어쩌면 해체할지도 몰라. 이제 아무도 네 새끼를 원하지 않는다고. 물론 나도 저 아이를 먹여 살릴 수 없으니 이걸로 끝난 거지. 당신은 조용히 페어웨더 저택으로 돌아가. 내가 저 녀석을 처치하는 걸 직접 보고 싶지 않으면."

외롭고도 사랑스러운 이 아이를 **처치**한다고? 마치 병든 닭을 처분하겠다는 것처럼 들렸다. 아이는 용조차 되지 못할 운명이었나. 아이가 '그래도 살아서 누군가의 보살핌을 받을 것'이라는 끔찍한 마지막 희망조차 물거품이 되어버렸다.

"아이에게 다가오지 마." 분노가 데번의 두려움을 잠재웠다. "당신이 못 키우겠다면 내가 키울 거야. 그러니까 죽이지 말라고!"

매틀리가 곤봉으로 데번을 내리쳤다. 데번은 비틀거리며 옆으로 밀려났다. 그가 또다시 때리자 데번은 벽난로에 부딪치면서 화강암 모서리에 옆통수를 찧었다. 뜨거운 열기가 두개골을 가득 채웠다.

나머지 두 명도 데번 쪽으로 다가왔다. 세 남자는 좁다란 삼각형을 이룬 채 머리에 피를 흘리며 쓰러진 데번을 내려다봤다. 데번이 몸을 굴려 일어나려 했지만 귀마개가 어깨를 짓밟아 데번을 바닥에서 옴짝달싹 못 하게 했다.

"배고파, 배고파, 배고파!" 카이가 작은 손으로 주먹을 불끈 쥔 채 소리쳤다. 성질을 부리기 일보 직전 같았다.

"장난 그만 치고 빨리 여자를 묶어." 매틀리가 허리를 숙여 카이의 목덜미를 잡았다. "용은 내가 처리할 테니까."

틀렸다. 그들은 틀렸다. 이 남자들은 카이를 용이라고 불렀지만, 이 방에 있는 유일한 용은 데번이었다. 다친 두개골에서 뿜어져 나오는 뜨거운 열기는 가슴에서 치받쳐 올라오는 불길에 비하면 아무것도 아니었다. 카이가 울부짖었고 데번은 분노를 들이마셨다.

"움직이지 말라니까." 귀마개가 가까이 다가오며 말했. "너……." 데번이 책니를 드러내 그의 목을 향해 달려들었다.

피가 데번의 혀를 흥건히 적셨다. 잉크처럼 달콤한 맛이 아닌, 역겹고 씁쓸한 맛. 인간의 살은 책 가죽이나 종이의 메마른 느낌과 달리 축축하고 부드럽게 살아 움직였다. 목뼈가 데번의 입 안에서 구슬처럼 굴러다녔다. 26년간 묵혀놨던 분노가 혈관에서 펄떡대고 있었다. 데번은 남자의 목에 이를 박아 넣고 격렬히 **물어 뜯었다.**

귀마개의 식도는 찢어졌고, 얼굴 피부의 절반 이상이 벗겨졌다. 그가 숨넘어가는 소리를 내며 끈 떨어진 꼭두각시처럼 쓰러졌다. 뜨겁고 끈적끈적한 피가 데번의 가슴을 적셨다.

"세상에……." 매틀리는 입이 떡 벌어지면서 카이를 붙든 손에 힘이 풀렸다. 옆에 서 있던 장롱도 아연실색했다.

"배고파!" 카이가 아버지의 손아귀에서 빠져나와 그의 귓가에 입을 바짝 가져다댔다. 매틀리가 고함을 치며 욕설을 마구 내뱉었지만, 카이는 또래 아이답지 않은 괴력을 발휘하며 그에게 들러붙었다.

데번은 그 광경을 볼 수 없었지만 희미하게 딸깍거리는 소리는 들을 수 있었다. 아이의 입에서 튀어나온 긴 혀가 매틀리의 고막을 뚫고 뇌 속을 파고드는 소리.

뻣뻣하게 굳은 매틀리의 손에서 떨어진 곤봉이 바닥을 굴러 장룽의 발에 부딪쳤다. 장룽은 비명을 질렀지만 공포에 질려 곤봉을 움켜쥐는 것 말고는 아무것도 할 수 없었다.

"윽……." 다리의 모든 힘줄이 한꺼번에 끊어지기라도 한 것처럼 매틀리는 바닥에 털썩 주저앉았다. 자신의 목에 들러붙어, 젖을 빠느라 여념이 없는 아기처럼 눈을 반쯤 감고 있는 꼬마를 떼어내려 반사적으로 손을 휘둘렀지만 머지않아 손놀림은 점차 느려지다가 멈췄고, 이내 아래로 축 늘어졌다. 매틀리는 앞으로 고꾸라지며 귀마개가 흘려놓은 피 웅덩이에 쓰러졌다.

장룽이 감당하기에는 너무 벅찬 일이었다. 그가 비명을 질러대며 문으로 달려갔지만, 도망가게 놔둘 수는 없었다. 데번은 고양이처럼 뛰어올랐다. 피 칠갑을 한, 182센티의 반쯤 헐벗은 고양이. 데번은 측면에서 달려들어 장룽을 덮쳤고, 둘은 함께 쓰러졌다. 뒤로 넘어지며 대자로 뻗은 장룽 가슴 위에 데번이 올라탔다. "이 괴물!" 허공에 주먹을 휘두르며 악을 써댔다. "미친 괴물 같으니!"

그 말에 데번이 답했다. "나 괴물 맞아." 데번은 싸구려 문고본 소설처럼 그의 목을 찢어발겼다.

제 **4** 막

여명

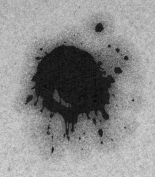

이건 불공평하다. 옳지 않다. 우리도 시민이다.
모든 가문은 한 가족이다. 수집주는 각자의 목적에 따라
우리 모두를 만드셨다. 우리가 그 목적을 더 이상 엄격히
따르지 않는다 할지라도 말이다. 북이터들과 마찬가지로
우리도 동정받아 마땅하고 자유로운 삶을 살 수 있어야 한다.
왜 우리는 철창에 갇힌 채 살아야 하는가?
웨스턴은 우리를 자유롭게 해주어야 한다. 리뎀션 제조법을
넘기고 용들을 해방시킬 수 있게 해주어야 한다.
그것이 우리가 누려 마땅한 최소한의 권리다.
그가 여기에 동의하지 않는다면
나는 내가 해야 할 일을 할 것이다.
무슨 수를 써서라도.

킬록 레이븐스카,
개인 일기

성부, 성자, 그리고 성령

현재

제1서재로 자리를 옮겼다. 레이븐스카 남매는 회색빛 겨울 햇살을 받으며 서 있었고, 마니는 조용히 구석 자리를 차지했다. 셋 모두 철저히 침묵을 지키며 데번의 말에 귀를 기울였다.

데번은 두 손을 무릎 사이에 끼고 앉아 창밖을 내다보았다. 어두컴컴하고 풀이 웃자란, 트라퀘어의 미로 정원이 창을 가득 채웠다. 눈부신 겨울 햇살 아래에서도 미로는 데번이 살아온 삶의 압축판처럼 느껴졌다. 걸핏하면 막다른 길에 이르고 복잡하게 뒤얽혀 있는.

킬록이 숨 막히는 정적을 깨며 말했다. "그다음에는? 어떻게 그 집을 탈출했지요?"

"카이가 자기 아빠의 영혼을 먹은 후 내가 열쇠를 찾아내 그의 금고를 털고 그곳을 떠났어요." 데번이 주위를 둘러보며 방 안의 풍경을 음미했다. 참나무 서가에 꽂힌 오래된 책들 위로 그림자가 드리웠다. 어둠은 눈을 편안하게 해주었고 두꺼운 카펫은 맨발을 푹신하게 감싸주었다. 낡은 종이 냄새와 따뜻한 나무 향이 공기 중에 은은하게 감돌았다.

데번은 자신이 이런 것들을 그리워했다는 것을 깨닫고 놀라는 한편 동시에 화가 났다. 그 오랜 시간 동안 가문과 영지에서 벗어나려고 그렇게 발버둥을 쳐놓고 이제 와서 또 이런 분위기에 만족해하는 꼴이라니. 공주의 삶에서 벗어날 수 없는 걸까.

"이스터브룩이 당신을 뒤쫓진 않았나요?" 마니가 수첩을 꺼내 무언가를 휘갈겨 쓰기 시작했다.

"그들이 무슨 일이 일어났는지 알아차리기도 전에 내가 차를 훔쳐 달아났어요." 데번이 지나치게 푹신한 의자에 몸을 파묻으며 말했다. "그렇게 기차역까지 갔어요. 아무 기차나 탔고 결국 남쪽에 떨어지게 됐죠. 기사들은 한참 후에야 우리를 추적하기 시작했고요."

헤스터가 책상에서 노트와 연필을 가져왔지만 마니와 달리 메모를 하지는 않았다. 데번은 흰 종이를 힐끗 봤다가 헤스터가 무언가를 스케치하고 있다는 것을 깨닫고 깜짝 놀랐다. 나무와 이파리, 그리고 언뜻 보이는 산울타리. 창문을 통해 바라본 풍경이었다.

"흥미롭군요." 킬록이 뱀처럼 혀를 날름거렸다. "하지만 북이터들의 영혼을 먹는 건 인간의 영혼을 먹는 것과는 달라요. 방대한 양의 정보가 머릿속에 들어 있기 때문이죠. 자아 하나를 송두리째 바꿀 만한 경험이란 말입니다. 당신의 아들은 어떻게 그렇게 어린 나이에 그 엄청난 일을 견뎌낼 수 있었죠? 심각한 트라우마를 겪지는 않았나요?"

"견뎌내지 못했어요. 몇 시간 후 카이는 거의 식물인간이 됐죠." 몸을 사방으로 흔들며 혼자 횡설수설하던 카이. "그러다 공원에서 아기를 안은 한 여자를 만났어요. 그들을 보고 난 어떤 생각이 떠올랐죠. 그게 그러니까…… 아기의 영혼은 텅 비어 있고 아주 작으니까……."

데번은 두 손을 맞대고 손깍지를 끼었다. "주위엔 아무도 없었어요. 난 애 엄마를 기절시키고 아기를 카이에게 줬어요. 그 지경이 되었는데도 카이는 마다하지 않았죠. 사실 카이가 그 일을 기억하는지도 잘 모르겠어요."

이 이야기, 이 끔찍한 사건조차 완전한 진실은 아니었다. 하지만 진실은 누구에게도 말할 수 없다. 아직은 때가 아니었다.

헤스터가 부드럽고 침착한 목소리로 물었다. "그 아기는 어떻게 됐어?" 노트 위에 연필을 댄 채 미동도 하지 않고 있었다.

"애 엄마에게 돌려줬어. 불과 10분 만에 일어난 일이었고 다른 사람은 아무도 눈치채지 못했지."

엄밀히 말하면 상황이 조금 달랐지만, 확실한 건 데번이 아기를 돌려주기 전에 영혼을 완전히 파괴했다는 것이었다.

그 아기는 모든 발달 단계를 놓치게 될 것이다. 감정이나 성격을 드러내지도, 소통을 하려고 하지도 않을 것이다. 데번이 자신의 아이들을 키우며 느꼈던 그 모든 즐거움을 여자는 결코 누리지 못할 것이다. 누군가의 삶을 연쇄적으로 파괴하는 데 걸린 시간은 고작 10분이었다.

카이는 그날 이후 데번을 '엄마'라고 부르지 않았다. 데번도 딱히 뭐라고 하지 않았다. 그 마음을 너무 잘 알 것 같았으니까. 생물학적으로는 데번이 카이의 엄마고 앞으로도 영원히 그럴 테지만, 정서적으로 두 사람은 범죄 공모자에 가까웠다. 서로에게 의존하며 함께 가해자가 되는 관계. 어느 쪽이든 데번에게 엄마라는 호칭은 이제 누구에게도 들으면 안 될 것 같은 말이 되었다.

"우리 때문이야. 이 모든 일이 일어난 건. 우리가 촉매 역할을 한 거지." 헤스터가 마침내 말했다. "우리가 사라져버려서 기사단이 문을 걸어 잠갔을 거야. 그러자 가문들은 남아 있는 어린 용들을 죽이려고 한 거고."

"내가 다른 자들의 행동까지 책임져야 하나." 킬록이 엄지손가락으로 턱을 쓸어내리며 싸늘하게 말했다. "네가 나한테 뭘 바라는 건지 잘 모르겠는데, 헤스."

"우선 약속대로 리뎀션 제조법은 다른 가문들에게 알려줄 수 있잖아. 어쩌면……."

킬록이 목을 가다듬었다. 헤스터는 얼굴을 붉히며 블라우스의 주름을 펴는 시늉을 했다. 두 사람의 말을 들으며 데번은 살짝 놀랐다. 다른 소울이터들을 해방시키는 것이 킬록이 쿠데타를 일으킨 원래 목적이었을까? 만약 그렇다면 그는 왜 약속대로 하지 않은 걸까? 무언가 잘못된 것 같았다.

"당신 말에 따르면 아들과 함께 도피 생활을 한 게 한 2년쯤 된다는 거죠?" 마니가 모두의 시선을 다시 자신에게 끌어오며 물었다. "생식 능력이 없는 여자와 먹여 살릴 수도 없는 아이에게 가문들이 굳이 신경 쓸 이유가 있나요?"

"좋은 질문이군." 킬록이 동생에게서 비스듬히 몸을 돌렸다.

"가문들은 나한테 아무 관심이 없어요. 기사단은 현재 제 기능을 거의 못 하는 상태고요." 데번은 지금 자신이 칼날 위에 서 있다는 것을 절실히 느꼈다. 상황을 과하게 부풀리면 오히려 그들의 의심을 살 것이다. 기사단이 찾고 있는 게 실은 자기들일지도 모른다는 근거 있는 두려움에 사로잡혀 있었으니 말이다. "그들이 내 뒤를 쫓는 건 개인적인 이유 때문이에요. 기사 중 한 명이 내 오빠거든요."

"오빠가 기사라고?" 노트를 테이블에 올려놓은 헤스터가 의자에 앉아 몸을 앞으로 기울였다. "역에서 본 그 남자들⋯⋯."

"당신이 죽인 기사 중엔 없어." 데번이 자못 유감스럽다는 듯이 말했다. "애석하게도. 그는 잔존하는 기사단에서 꽤 높은 자리까지 올라간 것 같아. 기사단은 지금 가문들의 도움 없이 독자적으로 행동하고 있지."

"2년간 도피 생활을 했다고 했죠? 상당히 긴 시간을 광야에서 보낸 셈인데, 왜 그렇게 오래 기다렸다가 우리를 찾은 겁니까?" 킬록이 물었다.

"기다린 게 아니에요. 레이븐스카가에 진짜로 무슨 일이 일어났는지 알아내기까지 시간이 많이 걸렸을 뿐이죠. 당신들을 추적하기는 정말 쉽지 않더군요! 가문들조차 당신들을 찾지 못하고 있잖아요. 게다가 난 가문 간의 정치에 대해 별로 아는 것도 없었고."

"그건 아주 지뢰밭이죠." 마니가 펜으로 줄곧 무언가를 적으며 중얼거렸다.

"힘든 삶을 살았겠군요. 아들을 위해 살인하는 법을 배우고, 약물 공급책의 흔적을 쫓아 이곳저곳 떠돌고, 동시에 숙적을 피해 도망 다니느라 말이죠." 킬록이 의자 팔걸이를 손가락으로 더듬다가 느슨한 실에 손톱이 걸렸다. "감내해야 할 게 너무 많네요, 데번 페어웨더 씨. 아이를 포기하고 자신의 자유를 택했을 법도 한데요."

"나 자신을 위한 자유는 필요 없어요. 카이의 자유만이 중요하죠." 세일럼을 잊은 건 아니었지만 딸 이야기를 할 때가 아니었다. "내 아이가 더 나은 삶을 살 수만 있다면 난 행복할 거예요."

"낙관적이군요. 그걸 탓할 순 없겠지만." 킬록이 삐걱 소리를 내며 의자에 기대앉았다. "당신의 여정에 대해 더 알려주고 싶은 건 없나요, 데번? 말해두자면 이건 요구가 아니라 권유고요."

더 알려주고 싶은 것? 글쎄, 수개월을 지지부진하게 흘려보낸 뒤 술에서 찾은 위안에 대해 알려줘야 할까? 아니면 죄책감에 찌든 꿈이나 세일럼의 사진이 든 묵직한 나침반에 대해 말해야 할까? 곤히 자는 아들을 굽어보며 저 아이를 그냥 질식시킬까 생각만 하다 말았던 수많은 밤이나, 수개월 동안 노숙자 쉼터에 내다버린 희생자들에 대해 말할 수도 있겠다.

하지만 그런 이야기를 하려면, 그 어떤 것에도 결국엔 익숙해진다는 이야기를 해야 할 것이다. 시간과 동기만 충분하다면 말이다. 끔찍하고 경악스럽게만 느껴졌던 자신의 범죄 행각이 일상의 한 부분으로 얼마나 빠르게 정착했는지에 대해서도 말해야 할 것이다.

데번은 어느 순간 깨닫게 되었다. 이스터브룩 가문이 아무렇지도 않게 인신매매를 할 수 있는 것도, 가부장들이 신부들을 노예처럼 부리며 그들의 고통을 눈감을 수 있는 것도, 인간들이 비참한 환경 속에서 계속 살아갈 수 있는 것도 다 그런 익숙함 때문이었을 거란 걸. 트라우마는 일상이 되고 잔인함은 흔해 빠진 일이 되었다. 삶의 일부가 되어버린 것이다.

역겨울 정도로 이기적인 데번의 사랑 역시 일종의 길잡이가 되었다. 이제 데번은 자기 아이들과 재로우를 빼면 아무도 좋아하지 않았다. 스스로를 아끼기는 해도 카이를 돕기 위한 수단으로서만 아꼈다. 데번은 사랑을 위해 램지를 무기 삼아 가문에게서 벗어날 것이고 다시는 뒤를 돌아보지 않을 것이다. 아들을 지킬 수만 있다면. 하지만 이 중 어떤 것도 킬록이 알아야 할 건 없었다.

"한 가지만 덧붙일게요." 데번이 길어지는 침묵을 못 견디고 입을 열었다. "우린 비슷한 죄를 지었고 비슷한 분노를 느낀 것 같군요. 당신이 겪은 일을 나와 카이만큼 잘 이해할 사람은 평생 못 만날 거예요. 내 왼팔을 걸죠. 그런 의미에서 우린 한 지붕 밑에서 태어나지는 않았지만 일종의 가족인 셈이에요, 안 그래요?"

헤스터가 목을 만지작거렸다.

"우리가 겪은 일에 대해서는 아직 말을 안 한 것 같은데." 킬록이 부드러운 어조로 답했다. "정말 우리가 그렇게 공통점이 많다고 생각해요?"

"이런저런 사정을 종합해 예상해보면 그렇죠. 여기 계신 많은 분들을 보아하니 레이븐스카 구성원들은 가문의 관습에 반기를 들고 소울이터를 몰래 키웠던 것 같네요. 반면 북이터는 여기에 한 명도 없죠." 데번은 푹신한 안락의자에 몸을 파묻었다. "'쿠데타'는 내전에 가깝지 않았을까 싶은데요. 영혼을 먹는 레이븐스카와 책을 먹는 레이븐스카의 대결 구도랄까요. 다른 가문의 소울이터들을 해방시키고 싶었나요? 리뎀션을 나눠줄 생각이었어요?" 데번이 헤스터를 힐끗 쳐다보고 말을 이었다. "하지만 당신네 가부장이 거절했겠죠."

"결국 돈 때문이죠." 킬록이 미소를 지었다. "상황 설명을 좀 해드리죠. 우리 조상들이 리뎀션을 개발한 후 가부장들은 우리 같은 아이가 태어나도 죽지 않게 됐어요. 모든 번거로움을 감수할 만한 가치가 우리에게 있다고 판단한 겁니다. 어쨌든 우리는 글을 쓸 수 있고, 글쓰기 능력은 현대 사회에서 갈수록 중요한 역할을 하니까요. 필요하다면 우린 신원을 훔칠 수도 있죠. 문제는 이런 쓸모와 태생적인 위험성 사이에서 어떻게 균형을 찾을 것인가 하는 거였습니다."

"가부장들은 우리가 자율적으로 살 수 없을 거라고 생각했어." 헤스터가 긴장한 듯 발목을 꼬았다 폈다 하며 말했다. "당신처럼 책을 먹으며 살 수 있게 되더라도 늘 허기의 유혹에 빠질 거라고 생각한 거야. 수백 년 묵은 공포를 어떻게 쉽게 극복하겠어. 그때 이미 기사단은 결혼을 주선하고 신부를 에스코트하는 일을 하고 있었기 때문에 가부장들은 용을 관리하는 임무를 그들에게 맡겨 버렸지."

"가부장들은 우리의 힘을 두려워했어요." 킬록이 끼어들었다. "또 서로가 우리의 힘을 이용해 무슨 일을 벌이지는 않을지 겁내기도 했죠. 기사단은 통상적인 의미에서 가문이 아니었기 때문에 우리를 '키울' 수 있는 유일한 집단이 되었어요."

"어쩌면 우리를 두려워한 그들의 판단이 옳았는지도 몰라." 헤스터가 나지막하게 중얼거리다가 딱딱하게 굳은 킬록의 얼굴을 보고 움찔했다.

"어쨌든 둘 다 지금 여기 있잖아요." 남매의 신경전을 회피하며 데번이 말했다. "그러니 언제부턴가 레이븐스카 가문은 가부장들의 명령을 무시하고 아이들을 기사단에 보내지 않기 시작했던 거겠죠."

"맞습니다." 킬록이 계속 동생을 노려보며 말했다. 그는 확실히 자신에게 맞서는 걸 좋아하지 않는 듯했다. "우리 조상들은 자기들의 **특별한** 아이들을 키우기로 결정했어요. 그 결정으로 우리 가문은 승승장구하며 부자가 됐고요. 수십 년에 걸쳐 소울이터의 수는 크게 늘어났습니다."

가부장들이 염려했던 게 바로 그런 상황이었겠지, 데번은 생각했다. "기사단이 순순히 그렇게 하라고 하던가요?" 참으로 아이러니한 상황이었다.

"엄밀히 말하면 그런 건 아닙니다. 우리의 비밀을 지켜주고 우리 아이들을 키울 수 있게 해주는 대가로 그들에게 뇌물을 바쳐야 했죠." 킬록이 모호한 손짓을 했다. "그래도 어쨌든 모두가 득을 보는 계약인 셈이었어요. 가끔은 기사들이 '낙오된' 용들을 우리 집에 놓고 가기도 했죠. 용 훈련을 받기에 부적합한 기질을 가진 그런 아이들이요."

"그래도 우린 여전히 억압받는 처지였어." 헤스터가 부드럽게 말했다. "우리 레이븐스카의 소울이터들은 기사단이 존재하지 않는 미래를 꿈꿨어. 우리 가문이 **공개적으로** 소울이터들 집이 될 수 있기를 바랐지." 헤스터가 한숨을 내쉬었다. "하지만 그런 미래를 만들어나가려면 리뎀션 제조법을 알아야 했어. 레이븐스카 가부장들은 그 비법을 자기들끼리만 공유하고 절대 우리에게 알려주지 않았지. 그 비법 없이는 우린 아무것도 할 수 없었어."

이 당연한 사실을 데번은 뒤늦게 깨닫고 말없이 쓴입을 다셨다. 소울이터인 킬록은 절대 가부장이 될 수 없는 운명이었다.

"웨스턴은 북이터이자 가부장으로서 우리 문제에 공감하지 못하고 자기 방식을 고집했죠." 킬록의 목소리에서 오랜 원망이 묻어났다. "치료법을 알면서도 나에게는 절대 알려주려고 하지 않았어요. 모세가 파라오에게 빌듯 나도 그에게 내 종족을 자유롭게 해달라고 간청했어요. 그는 파라오처럼 그냥 웃기만 하더니 '그런 비법은 너희 같은 종족을 위한 것이 아니다'라고 하더군요. 내 면전에 대고요." 킬록의 윗입술 위로 땀방울이 송골송골 맺혔다. 그가 소맷자락으로 땀을 훔쳤다. "그의 눈에는 우리가 버릇없이 구는 운 좋은 아이들처럼 보였던 모양입니다. 그는 우리의 요구를 극단의 방종으로 받아들였어요."

이야기를 들을수록 이상하게 불안감이 커져갔다. 이 이야기가 어디로 향할지 데번은 두려워지기 시작했다.

"당신처럼 우리도 단 한 명이 자유를 가로막고 있는 상황에 처했던 거죠. 우리의 가부장 말입니다." 킬록은 몸을 앞으로 숙이며 거칠게 숨을 몰아쉬었다. "그가 리뎀션 제조법을 알려주지 않아서 내가 그걸 **뺏어왔어요.** 우리 종족을 위해서요. 우리가 자유롭게 사는 게 하느님의 뜻이기 때문이죠!"

좀 더 일찍 눈치챘어야 했다. "그러니까…… 아버지의 영혼을 먹은 거예요?"

"뭐라고요?" 킬록의 회색 눈이 커지면서 동공이 홍채를 집어삼켰다. "아니요. 맙소사, 그건 아니지요. 난 그의 **성체**를 받아 모신 겁니다, 데번. '내 살은 참된 양식이요 내 피는 참된 음료로다. 내 살을 먹고 내 피를 마시는 자는 내 안에 거하고 나도 그 안에 거하나니.' 성경에서 영성체를 그렇게 묘사하지 않습니까."

"영성체라고요?" 데번이 멍하니 말했다. "영혼을 먹는 행위를 그렇게 부르나요? 그걸 그런 식으로…… 받드는 거예요?"

헤스터가 어깨를 움츠린 채 두 팔로 자기 몸을 감쌌다. 하지만 킬록은 경매장에서 물건을 파는 사람처럼 데번을 가리키며 말했다. "당신은 구태의연한 사고방식에 사로잡혀 너무 곧이곧대로만 생각하는군요. 나도 한때는 당신처럼 생각해 내 행동을 극도로 혐오스럽게 여긴 적이 있지요. 먹는 행위뿐 아니라 그 후 내 안에서 벌어진 변화에 대해서도 말이죠. 하지만 이제는 좀 더 지혜롭게 생각할 수 있게 됐어요." 그의 눈이 커지고 벌게진 콧구멍이 벌렁거렸다. "아버지의 영혼 덕분이지요. 그의 영혼이 내 안에 살며 날 가르치고 이끌고 있어요. 우린 서로를 용서하고 평화롭게 지내고 있습니다."

데번은 뺨 안쪽을 깨물었다. 아담과 이브는 킬록과 카이에게 비할 바가 아니었다. 선악과가 대수일까. 아버지를 먹는 아들. **이것**이야말로 진정한 금단의 열매였다.

레이븐스카 가문을 둘러싼 퍼즐 조각들이 제자리를 찾으면서 이 남매와 데번의 공통점이 선명히 드러났다. 억압의 주체가 가문이라는 점, 비슷한 트라우마를 겪으며 데번은 카이와, 헤스터는 킬록과 하나가 되었다는 점, 입에 담지 못할 범죄를 저질러 혹독한 대가를 치른 후에 마침내 자유를 얻었다는 점에서 그러했다.

데번은 신중하게 단어를 골랐다. "당신이 무슨 일을 겪었는지 내가 안다고 할 수는 없죠. 당신이 그걸 영성체라고 부른다면 그렇구나 하는 수밖에. 그건 오직 당신만 아는 경험이잖아요."

"그렇죠." 킬록이 어깨를 연신 실룩거리며 격렬히 몸을 떨었다.

"나와 카이는요?" 그가 더 이상 아무 말도 하지 않자 데번이 물었다. "우리가 여기 남는 것에 대해선 어떻게 생각해요?"

그가 또 한 번 몸을 떨더니 고개를 젓고 긴장을 풀며 말했다. "나와 당신의 아들은 둘 다 성자입니다. 같은 성자로서 말하건대 그 아인 얼마든지 이 집에 머물 수 있어요. 리뎀션을 복용하든 영성체를 하든 어떤 식으로든 말이죠. 개인적으로는 그 아이가 나처럼 언젠가는 자신의 본성을 받아들이기를 바랍니다만."

"그렇군요." 데번이 자세를 고쳐 앉았다. 영성체로 자신의 본성을 받아들이라고? 염병하고 있네. 절대 그렇게 내버려두지 않을 것이다. "아이가 이곳을 떠나려 한다면요? 성인이 돼서 완전히 다른 길을 가고 싶어 하면 그땐 어떻게 할 건가요?"

킬록이 가장 가까이에 있는 서재 의자에 자리를 잡고 앉았다. 덜덜 떨리는 몸을 애써 진정시키느라 손가락은 하얗게 질려 있었다. "리뎀션은 우리를 죄에서 구해주지요. 하느님은 신실한 자에게만 리뎀션을 주십니다. 그렇지 않다면 누구도 구원을 받을 수 없어요." 그의 미소가 바다의 상어처럼 빠르게 떠올랐다가 사라졌다. "이제 이 집의 위치를 알게 되었으니 당신들은 이 집을 떠날 수 없어요. 그랬다가 기사들에게라도 가면 어떡합니까. 안 될 일이죠. 당신의 아들은 여기서 지내야 해요."

마침내 올 것이 왔구나, 데번은 생각했다. 듣게 좋게 꾸민 그의 말과 과장된 공손함 이면에는 강경한 태도가 숨어 있었다. 킬록은 모두를 자기 옆에 딱 붙여놓았다. 자신의 형제들에게는 사랑, 충성심, 억압의 기억, 약물의 필요성을 내세웠다면, 데번과 카이에게는 은근한 협박을 곁들였다.

데번에게는 선택의 여지가 없었다. 곧 킬록을 배신하고 이곳을 떠날 수밖에 없을 테지만, 그의 저런 태도 덕분에 양심의 가책을 조금 덜 수 있었다.

데번은 항복하듯 손바닥을 치켜들었다. "당신들과 살면 우리도 딱히 손해 볼 건 없어요. 매틀리와 사는 것보다야 훨씬 낫죠."

"좋아요. 다행이군요. 그 말을 들으니 안심이 됩니다." 킬록이 말했다. "그런데 매틀리가 죽었다고 생각하지는 말아요. 당신의 남편은 당신 아들 안에 살아 있으니까. 내 아버지가 내 안에 살고 있듯이 말이죠. 일단 성령을 받아들이면⋯⋯."

그때 집 어딘가에서 울린 벨이 모두를 깜짝 놀라게 했다.

"경보 소린가요?" 데번은 대화가 끊긴 것에 깊이 안도하며 의자에 앉은 채 몸을 돌렸다.

"전혀 아닙니다!" 킬록이 거의 외치듯 말했다. "곧 성탄 예배가 시작될 거라는 신호예요."

"성탄 예배? 교회에서 올리는 그런 예배요?" 데번은 지금까지 킬록의 종교 용어가 문자 그대로의 의미라기보다는 그냥 심오해 보이려고 쓰는 말인 줄 알았다. "인간의 종교를 믿으세요?" 인간의 종교에는 이터가 공감할 수 있는 부분이 하나도 없기 때문에 데번은 신도가 되는 걸 상상조차 할 수 없었다.

"가서 보시죠. 직접 보세요!" 그의 표정은 나긋나긋하고 정중했지만 목소리는 여전히 강압적인 어조가 흐르고 있었다. 초청이 아니라 명령이었다.

"매우 친절하시군요." 데번은 헤스터를 힐끗 쳐다봤다. 헤스터는 이미 자리에서 일어나 있었지만 축 늘어진 곱슬머리에 가려 얼굴이 보이지 않았다. "근데 내 아들은요?"

"우리가 데려갈 겁니다. 이건 가족 행사니까요." 그가 또다시 과장된 몸짓으로 팔을 내저었다. "날 따라오세요. 성탄 예배에 늦으면 안 되죠."

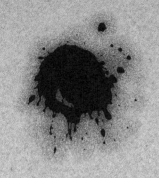

아버지 제 모든 죄를 용서하소서.
자유와 정의의 이름으로 당신에게 한 일,
사랑과 형제애를 위해 한 일을 용서하소서.
밤에 자려고 누우면 내게 따지는 당신의 목소리가 들린다.
생명이 꺼진 지 한참이 지난 후에도 당신의 목소리는
여전히 내 머릿속에 남아 있다. 당신은 지금도 여전히
날 미워하고 내가 죽어 죗값을 치르기를 바라지만,
당신이 제대로 이해하지 못한 것이 있다.
이것은 반드시 해야만 하는 일이었고
이미 행해졌으며, 완전히 끝났다.

킬록 레이븐스카,
개인 일기

안식일을 기억하라

현재

예배당은 한때는 아름다웠을 법했다. 데번은 목을 길게 빼고 천장의 그을린 자국을 살폈다. 윤이 나는 긴 나무 의자와 수놓은 기도 방석은 예배당 뒤쪽에 쌓여 있었고, 녹슨 경첩이 달린 싸구려 접이식 플라스틱 의자가 그 자리를 대신 차지했다. 앞쪽에는 한때 값이 꽤 나갔을 제단이 초라하게 놓여 있었다. 여기저기 금이 간 모양새였고 흰 대리석 상판에는 촛농이 덕지덕지 눌어붙어 있었다.

제단 옆에는 커다란 나무 상자가 놓여 있었는데, 빛바랜 하얀 천을 덮어 임시 테이블로 사용하는 듯했다. 테이블 위에 형체를 알아볼 수 없는 무언가로 얼룩진 성경 한 권이 펼쳐져 있었다.

데번은 수년간 스릴러와 공포 소설을 많이 먹은 덕에 불길한 징조가 보이면 바로 알아챌 수 있었다.

"무슨 일이 있었던 거야?" 데번이 헤스터에게 속삭였다. "불이 났었어?"

"응, 이사 오고 얼마 안 됐을 때. 건물이 워낙 낡고 20년 가까이 방치되다시피 했거든. 킬록이 공사를 하고 있긴 한데 너무 더디게 진행되고 있어서 아직도 취약한 상태야. 위험해서 양초는 더 이상 사용하지 않게 되었지."

"그래, 양초는 너무 위험할 것 같다."

"내 말이. 이 건물은 바싹 마른 불쏘시개나 다름없다니까." 헤스터가 갑자기 목소리를 낮추고 말을 이었다. "저기, 괜찮으면 우리 얘기 좀 하면 좋겠는데."

데번이 헤스터에게 날카로운 시선을 던졌다. "시간과 장소를 알려줘."

"예배 끝나고." 작게 속삭이던 헤스터가 목소리를 높여 덧붙였다. "처음 왔으니 내 형제들을 소개해줄게."

데번은 그 후 15분간 다양한 연령대의 남자 형제들과 악수를 했다. 여자는 딱 한 명 더 있었는데, 헤스터처럼 그 여자도 이란성 쌍둥이였고 역시 소울이터였다.

미소 짓기, 끄덕이기, 그리고 다음 사람과 악수하기. 그렇게 공식처럼 돌아가며 인사를 하던 중 데번은 플라스틱 찻잔을 들고 구석에 처박혀 있는 마니를 발견했다. 차에서 올라오는 뜨거운 김 때문에 안경이 뿌옇게 변해 있었다.

이 저널리스트는 여전히 미스터리였고, 데번은 이 미스터리를 꼭 풀어야 할 것 같았다. 그가 어떻게 이곳에 왔고 왜 지금까지 레이븐스카 가족과 함께 살고 있는지, 그것을 알아내야만 할 것 같았다. 하지만 대놓고 접근하는 모습을 보이고 싶지는 않았다.

대신 예배당을 한 바퀴 돌며 인사를 나누는 동안 속으로 재빨리 여기 모인 이들의 수나 세기로 했다. 자신과 카이, 마니를 제외하면 열다섯 명쯤 되는 듯했다. 레이븐스카의 구성원은 한때 40명이 넘었으니 나머지는 쿠데타로 인해 목숨을 잃었을 것이다. 분명 불리한 조건을 딛고 이뤄낸 승리였을 것이다.

킬록이 걸어 들어왔다. 무늬 없는 회색 바지와 셔츠를 벗고 자기 체구보다 한두 사이즈 큰 구식 정장으로 갈아입었다. 분명 웨스턴 레이븐스카의 옷일 것이다. 그렇다는 데 돈을 걸 수도 있을 정도였다.

누가 시키지도 않았는데 트라퀘어 구성원들은 모두 자리에 앉아 경건하기까지 한 자세로 정숙을 지켰다.

"메리 크리스마스, 형제들. 이 성스러운 일요일을 맞아 주님의 축복이 여러분과 함께하기를 바랍니다. 오늘 우리는 주님에게 큰 선물을 받았습니다. 내 여동생이 죽음의 계곡에서 무사히 돌아왔고." 킬록이 헤스터를 손가락으로 가리키자 헤스터가 움찔했다. "새 아들이 우리와 함께하기 위해 왔습니다." 카이를 향한 그의 검은 눈동자가 탐욕스럽게 이글거렸다. 데번이 딱 싫어하는 눈빛이었다. "죄인들이여, 우리는 리뎀션과 구원을 찾으러 왔습니다. 주님께서는 그것을 우리에게 주십니다. 안식일을 지키는 나의 귀한 신도들이여, 주님은 우리와 함께 여기 계십니다."

주님이 이 건물의 반경 1킬로미터 안에서 십자가에 못 박히거나 생포될 일은 절대 없을 거라고, 데번은 속으로 생각했다.

"아들이 태어나고 하늘에 계신 아버지들이 기뻐하는 오늘, 내 아버지가 우리에게 말씀을 전하고 싶어 하는군요. 몇 달간 아버지의 목소리를 듣지 못했는데 말입니다." 킬록이 임시 테이블에서 성경을 집어 들고 책장을 펼쳤다. "웨스턴이 이렇게 말합니다. '적에게 포위되어 지독한 곤경에 처하면 너희는 네 아이들, 주님께서 주신 네 아들과 딸의 살을 먹게 될 것이다.' 신명기 28장 53절의 말씀입니다."

데번은 마음이 점점 불편해졌다. 누군가 장황한 헛소리를 늘어놓기 시작하면 일찍 알아채는 편이었는데, 킬록도 실망시키지 않았다. 그는 그을린 제단에 걸터앉아 오래전에 죽은 아버지의 '목소리'와 떨리고 갈라지는 자신의 어조를 번갈아가며 사용했다.

어떤 교회도 저런 설교를 허락하지는 않을 것이다. 카이의 머릿속에 있는 목사가 들었으면 머리털을 쥐어뜯었을 법한 설교였다. 킬록은 서로 다른 두 남자가 이상하게 섞인 존재가 되어 있었다. 이전 가부장은 일종의 기생충 역할을 하는 듯했다.

이번에도 데번의 마음을 가장 심란하게 한 것은 자기 말고는 불편한 기색을 보이는 이가 아무도 없다는 사실이었다. 모두가 지극히 진지하고 사려 깊은 자세로 저 정신 나간 헛소리에 귀를 기울이고 있었다.

아니, 그러고 보니 불편해 보이는 사람이 두 명 있었다. 무릎 위에 손을 포개고 입술을 굳게 다문 채 경직된 자세로 앉아 있는 헤스터, 그런 헤스터와 조금 떨어져 앉은 마니. 마니는 설교가 마음에 안 드는지 콧잔등을 잔뜩 찡그리며 불쾌한 감정을 억누르려 애쓰고 있는 듯 보이기도 했다.

데번은 중요한 정보를 놓치고 있었다. 형제들이 다른 가문들에게서의 독립을 원한 것은 충분히 이해할 만했다. 다만 혼란스러운 점은 이런 종교적인 광기가 킬록의 원래 계획과 의도에 전혀 부합하지 않는다는 사실이었다.

"하지만 하느님은 주십니다!" 잠시 딴생각에 빠져 있던 데번은 킬록의 우렁찬 목소리에 다시 그에게 주의를 기울였다. "주님은 낡은 것을 새것으로 만드십니다. 우리는 잿더미에서 일어났습니다. 안식일에 우리는 구원을 받았고 아버지와 아들은 성령이 되었습니다." 그의 몸이 다시 기묘하게 떨리기 시작했다. 그러나 이번에는 굳이 그 떨림을 주체하려 하지 않았다. "안식일을 기억하십시오, 신도 여러분들. 이 날을 **거룩하게** 보내십시오."

좌중은 불협화음을 이루며 "안식일을 기억하십시오"라고 합창하듯 중얼거렸다.

"주님은 우리 안에 있습니다." 그는 데번을 흠칫 놀라게 할 만큼 요란하게 손뼉을 쳤다. "이제 구원의 성배를 들고 주님의 이름을 부르겠습니다." 킬록이 임시 테이블 쪽으로 걸어가 흰 천을 벗겨냈다.

천에 덮인 건 나무 상자가 아니라 초대형견이 들어가고도 남을 커다란 우리였다. 그 안에는 겁에 질린 인간 한 명이 몸을 웅크리고 있었다. 팬티 하나 달랑 걸친 성인 남자였는데, 손이 묶이고 입에는 재갈이 물려 있었다.

안 좋은 예감이 데번의 배 속에서 꿈틀거렸다. 숨 쉬는 것조차 잊었다.

"안식일을 기억하십시오. 이 날을 거룩하게 보내십시오!" 킬록이 또다시 외쳤다. 그러고는 입을 크게 벌리고 혀를 길게 내밀며 결박된 남자를 내려다봤다.

데번은 차마 더는 못 볼 것 같아서 괜히 손금을 살피고 엄지손톱의 울퉁불퉁한 표면을 들여다봤다. 카이가 영혼을 먹는 모습을 지켜보는 것도 견디기 힘든 일이었지만 그것은 아들의 생존을 위해 필요한 일이었다. 하지만 리뎀션도 있는 이 남자가 **이런 식**으로 무고한 인간을 먹어 치우는 것은 전적으로 불필요했다.

카이라면 영혼을 먹지 않기 위해 뭐든 했을 것이다. 하지만 기괴하고 어리석은 저자는 자신이 어떤 특권을 낭비하는 건지 알아차리지도 못했다. 그는 다른 방식으로 무리를 이끌 기회까지 허비했다. 버려진 저택을 차지하고 앉아 안식처가 아닌, 포악한 괴물들의 집합소를 만들어낸 것이다. 가문들이 이 꼴을 보면 소울이터들끼리 살게 내버려두면 안 된다는 주장에 확신을 가질 것이다.

반역에 가까운 생각이 머리를 스쳐 지나갔다. 정말 가문의 생각이 옳다면?

데번은 위험을 무릅쓰고 카이를 힐끗 쳐다봤다. 아이는 얼굴을 붉힌 채 발밑만 응시하고 있었다. 반대쪽의 헤스터는 기도를 하는 건지 구역질을 참는 건지 눈을 감고 두 손을 모으고 있었다. 둘 다 눈앞에서 벌어지고 있는 광경을 완전히 외면하고 있었다.

아니다, 데번은 결론을 내렸다. 킬록을 위험하게 만든 이데올로기는 가문들에게서 비롯된 것이다. 킬록이 이전과 다른 시도를 한

게 문제가 아니라 이전과 너무 똑같은 시도를 한 게 문제였다. 체계, 저택, 가부장, 복종, 모든 것이 똑같았다. 체계가 본질적으로 잔인하기 때문에 킬록의 잔인함을 오히려 증폭시켰을 뿐이다.

연단 위에서 희생자의 신음이 잦아들었다. 소위 '영성체'가 마침내 끝나자 소울이터들은 환호와 박수를 보냈고, 데번은 욕지기가 치미는 것을 간신히 참았다. 그들에게서 몇 좌석 떨어져 앉은 마니는 조용히 안경을 벗어 셔츠 주머니에 넣은 후였다. 시야를 가리는 영리한 방법이 아닐 수 없었다.

"형제자매들이여, 주님의 축복이 여러분과 함께하기를." 킬록이 문 열린 우리를 굽어보며 섰다. 우리 속에 웅크리고 있던 인간은 맥없이 고꾸라져 있었다. "아멘. 평안히 가서 서로 사랑하고 섬기십시오." 그의 말투는 바뀌지 않았지만 억양이 달라졌다. 그는 이제 스코틀랜드인처럼 말했다. 자신이 죽인 남자처럼.

두런두런 이야기를 나누는 소리가 다시 들려왔다. 생기가 넘치는 이도 있었고 속내를 드러내지 않는 이도 있었지만, 다들 별일 없었다는 듯 자연스럽게 말을 주고받았다.

데번은 카이와 눈빛을 교환했다. 카이는 어린아이 특유의 에너지를 발산하며 꼼지락대면서도 어른이나 지을 법한 근심 어린 표정을 짓고 있었다.

"괜찮니?" 데번이 속삭였다. 방금 그 장면을 아이가 보지 않았으면 좋았을걸, 하는 생각이 마음 한구석에 들었다. 아이도 그동안 적지 않은 희생양(그것도 자신에게 희생을 당한 이들)을 봤다는 걸 머리로는 충분히 이해했음에도 그랬다.

"괜찮아요." 카이가 나지막하게 답하고는 이어서 물었다. "데브, 근데 왜 저 남자만 영혼을 먹는 거예요? 그리고 저 남자는 리뎀션을 안 먹으려고 하는데 다른 이들은 왜 먹으려는 거예요?"

"지금 얘기하긴 좀 곤란한데." 아마도 킬록은 현실적인 제약 때문에 자신의 추종자들을 먹이는 건 고사하고 자기 자신조차 영혼을 충분히 먹지 못할 거라고 데번은 추측했다. 그렇지 않으면 1년 안에 마을이 소멸될 수도 있으니까. "나중에 다시 물어볼래?" 카이가 아랫입술을 깨물며 알았다는 듯 고개를 끄덕였다.

헤스터가 데번의 팔을 붙잡았다. "정말 멋진 예배 아니었니, 데브? 방금 생각났는데, 저번에 내가 사격 연습하는 거 보여준다고 했잖아. 혹시 지금 시간 괜찮아?"

"저도 가도 돼요?" 데번이 묻기도 전에 카이가 말했다.

"아이는 내가 봐줄게요." 마니의 제안에 모두가 놀랐다. "집 구경도 시켜주고 둘이 묵을 방도 골라놓도록 하죠."

"좋아요." 카이가 한 치의 망설임도 없이 말했다. 깨어 있는 시간 대부분을 다른 이들과 떨어져, 작고 눅눅한 아파트에 갇혀 지낸 아이치고 단체 생활에 잘 적응하고 있는 듯했다.

"예전 일에 대한 원망 같은 건 없으니 믿으셔도 됩니다." 데번이 주저하는 모습을 보고 마니가 말했다. "어차피 아드님이 절 두려워하기보다는 제가 아드님을 두려워해야 하는 처지기도 하고요." 그의 정중한 미소에서 서글픔이 묻어났다. "헤스터와 이야기를 마치시고 우리도 회포를 풀면 어떨까요? 우리 둘 다 흥미로운 사연이 있는 가문의 생존자인 셈이잖아요."

마니에 대한 호기심이 발동했지만, 지금은 헤스터와 이야기를 나누는 것이 더 시급했다. 그리고 어쩌면 카이는 이 집의 다른 누구보다, 나이 많은 인간의 곁에서 가장 안전할 거라는 생각이 들었다. 어쨌든 아이가 제압할 수 있는 유일한 존재였으니까.

"좋아요, 오래 걸리진 않을 거예요." 데번이 말했다. 꿍꿍이가 있는 것처럼 보일 수도 있으니 허둥대는 모습은 자제해야 했다. "괜찮으면 이걸 가져갈래? 계속 메고 다니기 좀 그래서." 데번이 마땅히 내려놓을 곳을 찾지 못한 배낭을 카이에게 건넸다. 아이는 마지못해 배낭을 받아들고 키에 비해 지나치게 긴 가방끈을 어깨에 멨다.

그들 모두 자리에서 일어났다. 예배당을 떠나면서 데번은 마지막으로 킬록의 호리호리한 형상을 힐끗 돌아봤다. 그는 다정함과 경건함을 오가는 표정으로 희생자의 시신을 내려다보고 있었다.

———·———

헤스터는 예배당을 나와 본관 창고에 들러 벽장에서 소총과 탄약을 챙겼다. 그러고는 집 뒤쪽의 북쪽 출구를 통해 밖으로 나갔다. 예배당에서 멀어지자 다른 '신도들'의 목소리가 빠르게 잦아들었다. 그럼에도 헤스터는 여전히 입을 열지 않았다.

사유지의 이쪽 면에는 잘 다듬어진 잔디밭 대신 매우 오래된 나무들이 듬성듬성 심어진 숲이 있었다. 작은 공터에는 사격장이 마련되어 있었는데, 헤스터가 향한 곳이 바로 여기였다. 그는 소총을 손에 든 채 나무 기둥 위에 줄지어 늘어선 우유병들을 노려보며 섰다. 해가 지고 있었지만, 두 사람은 아랑곳하지 않았다.

"여기서 이야기하자. 여긴 조용하고 집에서도 멀리 떨어져 있어." 헤스터가 한숨을 푹 내쉬었다. "미안해. 첫 만남에서도, 여기까지 오는 동안에도 당신에게 거짓말을 했어. 우리가 전부 소울이터라는 걸 가문들이 알게 될까 봐 킬록이 전전긍긍하고 있거든."

"신경 쓰지 마. 난 더한 거짓말도 한 적 있는데 뭐." 대답하는 데번의 마음이 편치 않았다. 헤스터가 거짓말한 걸 가지고 뭐라고 할 입장이 아니었다. "우리 처음부터 다시 시작하면 안 될까? 당신과 당신 가문을 바라보는 관점 자체가 완전히 바뀐 것 같아."

"어디서부터 시작해야 할지 모르겠는데."

"방금 저 안에서 있었던 일부터 얘기하면 어때? 킬록이 영혼을 먹으려고 인간들을 **잡아오는** 거야? 대체 뭐였어?"

"그가 약속을 깬 거지." 헤스터가 총을 내려놓고 데번을 정면으로 바라봤다. 전쟁의 흔적이 가득한 그 오래된 숲에서 겨울 햇살이 참나무 잎 사이를 화살처럼 뚫고 들어왔다. 헤스터가 입을 크게 벌렸다.

혀를 둘러싼 희미한 흉터만이 한때 그곳에 긴 살덩어리가 있었다는 것을 알려주었다. 빨대 혀의 나머지 부분은 솜씨 좋게 잘려 둥글게 다듬어져 있었다. 작정하고 흉터를 찾지 않는 한 절대 알아차리지 못했을 것이다.

묘하게 마음이 뒤숭숭해졌다. 카이는 굶어 죽을 위기에 처하면 언제라도 영혼을 취할 수 있었지만, 불구가 된 소울이터에게는 그런 선택지 자체가 없었다. 헤스터가 안다이크 농장에서 하룻밤 묵기를 왜 주저했는지 비로소 이해가 됐다. 특히 그때는 가지고 있던 리뎀션마저 잃어버린 상황이었으니 더욱 그랬을 것이다.

"그러니까 당신도 그들 중 하나군." 뒤죽박죽된 머릿속과 달리 데번의 목소리는 차분했다. "킬록이 자기도 똑같이 하겠다고 약속한 거야?"

"킬록과 난 협정을 맺었어." 헤스터가 손으로 자신의 입을 가렸다. "웨스턴에게 벗어나면 소울이터들의 안식처를 만들기로 했지. 리뎀션을 복용하고 혀를 자르는 것에 동의만 한다면 누구나 다 올 수 있게 하자는 생각이었어."

"그러면 유혹에 넘어가 영혼을 먹는 일이 더는 없을 테니까." 데번이 자신의 추측을 입 밖에 냈다. "그러면 북이터들도 더 이상 당신 가문을 위험하게 여기지 않을 테고. 내 생각이 맞아?"

"그게 내 바람이자 계획이었지. 내 형제들은 나만큼 그 생각에 진심이었던 것 같진 않지만." 헤스터가 바람에 흩날리는 머리카락을 귀 뒤로 한 움큼 넘겼지만 머리카락은 이내 다시 흩날렸다. "웨스턴이 죽은 후에 난 약속을 지켰어. 여기 같이 온 누군가의 도움을 받아서. 의학 지식이 있는 형제가 한 명 있거든."

"근데 킬록과 다른 형제들은 약속을 지키지 않았구나."

"몇몇은 내 말을 따랐지만, 킬록은 아니었어. 처음엔 상황 탓을 하며 둘러대더라고. '아직은 위험하다, 실험실이 아직 가동되지 않았다, 봄까지 기다려보자'는 식이었지. 그러더니 결국엔 '그러면 안 될 것 같다'고 하는 거야. 정확히 언제부터였는지는 모르겠는데 그맘때쯤 밖에 나가서 몰래 인간을 잡아오기 시작했어. 허기에 굴복하고 쾌락을 추구한 거지." 헤스터는 몸서리를 쳤다. "이제는 혀자른 얘기를 꺼내기만 해도 아주 길길이 날뛴다니까."

"'평생 영혼을 먹지 않겠다'는 입장에서 '영혼을 먹는 건 성체를 받아 모시는 것이다'라는 입장으로 바꾼 건 너무 큰 변화 같은데." 데번이 울타리에 기대며 천천히 말했다. "왜 생각이 바뀐 걸까?"

"가부장을 먹고 나서 킬록의 성격이 변했어. 미처 예상하지 못한 변수였지." 헤스터가 다시 총을 들어 장전하기 시작했다. "킬록이 말을 좀 이상하게 하는 경향이 있긴 한데, 그걸 영성체라고 부르는 건 나름 일리가 있어. 누군가를 먹는 건 굉장히 친밀한 행위거든. 그 사람을 알게 되고 사랑하게 되고, 그 사람이 영원히 내 일부가 되는 거니까. 영혼이 합쳐지는 것 같달까. 그들의 희망과 두려움도 내 것이 되지. 열매를 맺지는 않더라도 완전히 소멸되지도 않아. 그건 궁극의 마약이야, 데브. 사람들이 그걸 갈망이라고 부르는 데는 다 이유가 있다고. 영혼을 먹는 건 허기를 훨씬 넘어서는 일이야." 헤스터가 코웃음을 쳤다. "내가 왜 담배를 피운다고 생각해? 미칠 것 같은 허기를 달래는 데 도움이 되거든. 중독될 무언가가 되어주기 때문이야."

데번은 헤스터가 탄약을 장전하는 광경을 지켜봤다. "그 영성체같다는 얘기 말이야. 겪어봐서 하는 말이야, 아니면 당신 오빠가 한 말이야?"

"겪어봤지." 헤스터가 무뚝뚝하게 답하고는 공이치기를 뒤로 당겼다. "웨스턴이 우리를 놓아주지도 않고 리멤션 제조법을 알려주지도 않았을 때 우리에게 남은 건 오로지 폭력뿐이었어. 수적으로 열세인 데다 이렇다 할 무기도 없었기 때문에 혀를 사용해야 했지. 그날 밤 우리 모두 최소 한 명 이상은 먹었을 거야." 헤스터가 총을 들어 올려 몇 발을 쐈다.

총알이 명중하면서 유리가 산산조각이 났다. 멀리서 새들이 깍깍대며 울었다. 그렇게 한바탕 소동이 지나자 숲속에 다시 정적이 찾아왔다.

"난 다 잘된 일이라고 생각했었어. 마침내 자유를 얻었다고, 이 고생을 한 보람이 있을 거라고 믿었지. 잘못 생각한 거지. 내가 순진했어." 헤스터가 억지로 웃어 보이려 했지만 미소는 이내 사라졌다. "어쨌든 당신은 이제 내가 어떤 존재인지 알게 되었네. 내 오빠가 어떤 존재인지, 여기까지 오기 위해 우리가 어떤 짓을 했는지도 말이야. 당신에게 거짓말을 너무 많이 했어." 헤스터가 소총의 개머리판을 내밀었다. "한번 쏴볼래? 배우면 꽤 유용한데."

"글쎄, 당신이 원한다면. 근데…….' 갑작스러운 화제 전환에 데번은 당황했다.

"해봐. 날 재밌게 해줘."

데번은 마지못해 소총을 받아들고 어설픈 자세로 총을 잡았다.

"내가 도와줄게." 헤스터가 가까이 다가오자 익숙한 바닐라 담배 향이 풍겨왔다. "어, 그렇지…… 잘하고 있어. 이쪽 팔꿈치를 좀 더 들어볼래? 좀 더 높이. 90도가 되어야 하거든. 어깨에 개머리판을 걸쳐봐. 그렇지. 총열이 흔들리면 안 돼. 느낌이 어때?"

"느낌 좋은데." 데번이 클린트 이스트우드를 떠올리며 총구를 아래쪽으로 겨누었다. "운이 따라줄 것 같은 느낌이야."

데번이 총을 쐈다. 소음이 고막을 강타했다.

"놀랍군." 헤스터가 실눈을 뜨고 먼 곳을 바라봤다. "족히 1킬로미터는 빗나간 것 같아."

"이런 젠장." 데번이 다시 소총을 들어 올렸다.

"다시 장전해야 해. 마지막 탄알이었어."

"……그럴 줄 알았다니까."

헤스터의 웃음소리가 숲속에 울려 퍼졌다. 작은 체구가 요동치는 진짜 웃음이었다. 하지만 웃음소리는 이내 잦아들었고 헤스터의 명랑한 기운은 벽난로에 던져진 종이처럼 구겨졌다. "내 오빠는 이제 사라지고 없어, 데번. 가부장을 먹은 게 결정타였어. 오빠가 어릴 때부터 무시하려 애썼던 끔찍한 갈망이 터져 나오기 시작했지. 난 지난 2년간 오빠가 점점 폭력적으로 변하면서 매일 조금씩 본모습을 잃어가는 걸 봐왔어. 아까 서재에서 당신과 얘기할 때…… 예배당에서 설교할 때…… 그건 킬록이 아니었어. 웨스턴의 인격이 덧입혀지고 희생자들의 영혼이 뒤엉켜 만들어진 기괴한 집합체일 뿐이지."

데번의 손바닥 위에 놓인 새 탄약통이 묵직하게 느껴졌다. "그 말이 사실이라면 내 아들도 더 이상 존재하지 않겠네."

"꼭 그런 건 아니야." 헤스터가 잠시 곰곰이 생각하다가 말했다. "내가 잠깐이나마 본 바로는 카이는 자기 자신을 아주 잘 지키고 있는 것 같아. 그 아인 잘 싸워낼 거야. 어떻게 그럴 수 있는지는 몰라도 그냥 그렇다는 건 알겠어. 카이가 매틀리랑 가까웠어?"

"아니, 거의 안 보고 지냈어."

"어쩌면 거기서 차이가 생긴 건지도 모르겠다. 웨스턴은 유별나게 개성이 강했고 킬록과 어긋났을지언정 매우 긴밀한 관계였거든. 아마 그래서 상황이 더 복잡해졌을 거야."

"당신은 어땠는데?" 데번이 조심스럽게 탄창을 갈아 끼우면서 물었다. "그렇게 되지 않으려고 애썼나? 달라진 건 없었어?"

"그렇기도 하고 아니기도 하지. 그렇잖아, 내가 사격을 어디서 배웠을 거라고 생각해?" 헤스터가 어깨를 으쓱했다. "여자한테 총 쓰는 법을 가르쳐줄 리 없지. 아무리 소울이터라고 해도. 아니, 소울이터니까 더더욱 안 가르치려 했을걸. 그건 오로지 남자들만 익힐 수 있는 기술이었어. 내가 먹었던 그 남자처럼. 그는 이제 나의 일부가 되었지. 그의 다른 부분들과 마찬가지로."

데번은 그 말을 완전히 이해했다. "방금 얘기하기 전까지는 당신의 사격 실력에 대해 이상하다고 생각 못 했어. 담배도 마찬가지고. 그냥 다 책에서 배운 줄 알았지."

"아니. 총에 관한 책을 먹으면 전문 지식은 생기겠지만 그걸 체화하지는 못해. 본능적 감각도 결국 경험에서 나오는 거고. 하지만 사람을 먹으면 완전히 다른 차원에서 정보를 흡수할 수 있지."

"그렇군." 데번은 총을 어깨 위로 들어 올리며 그 점에 대해 생각했다. 그리고 서투른 솜씨로 목표물을 향해 발포했다. 총알은 모두 빗나갔지만 신경 쓰지 않았다. 영혼을 먹고 나서 늘 같은 비디오 게임을 하는 카이에 대해 생각할 뿐이었다. 아이는 희생자를 먹어 치울 때마다 완전히 압도된 듯했고 긴 여행에서 돌아오듯 몇 시간이 지난 후에야 데번에게 **도착하곤** 했다. 그럴 때마다 카이를 다른 인격에게 빼앗길 뻔했던 걸까? 헤스터가 킬록을 잃었다고 말하듯, 데번이 카이를 잃을까 봐 늘 걱정했던 것처럼? 그 생각을 하자 심장이 덜컥 내려앉았다.

총알이 다시 바닥나자 데번은 총을 내려놓고 말했다. "당신은 여기 있을 이유가 없어. 그에게 목숨을 빚진 것도 아니잖아. 그냥 리뎀션을 좀 챙겨서 떠나면 안 되는 거야?"

"그러는 당신은 왜 카이를 안 떠났는데?" 헤스터가 되물었다. "그 아이만 아니었으면 지금쯤 지구 반대편에 있을 수도 있잖아. 당신의 사랑은 대체 얼마짜리길래 그래, 데번 페어웨더?"

데번은 이미 그 답을 알고 있었다. "가격 같은 건 없어. 사랑에는 대가가 없으니까. 그냥 선택일 뿐이지."

"그게 당신의 질문에 대한 답인 것 같은데? 도망치면서 난 록에게 약속했어. 늘 그와 함께하겠다고 말이야. 그 약속을 어떻게 저버려? 킬록은 나와 내 형제들을 해방시키려다가 저렇게 망가진 건데." 헤스터가 다시 소총을 들고 전문가처럼 빠르게 약실을 비웠다. "당신이 좀 더 젊은 시절의 록을 만나봤으면 좋았을 텐데. 정말 사랑스럽고 착하고 진지한 사람이었거든. 그날 밤이 오기 전까지는 누구도 해친 적이 없었어."

"정말 유감이야." 데번은 진심이었다.

"모두에게 다 안된 일이지." 헤스터가 탄창을 제자리에 끼우고 다시 연발로 총을 쐈다. 총알이 바닥나고 유리병이 남김없이 다 깨질 때까지.

데번은 두 손으로 귀를 막고 천둥과도 같은 그 소리가 잦아들 때까지 기다렸다. 폭발음이 날 때마다 고막이 웅웅 울렸다.

헤스터가 입술을 떨며 소총을 내려놓았다. "가끔은 그가 알아서 죽어버렸으면 좋겠다고 생각하기도 해. 너무 끔찍하지? 그래도 그런 생각이 들어. 그러면 죄책감이나 두려움에 시달리지 않고 그에게서 벗어날 수 있을 테니까. 세상에, 나 말하는 것 좀 봐!" 헤스터의 얼굴이 침울해졌다. "당신 눈엔 내가 괴물로 보이겠다. 당신은 아들을 구하기 위해 할 수 있는 모든 걸 하고 있는데, 난 오빠가 자다가 심장마비로 죽기나 바라고 있다니."

데번에게서 떠나지 않는 익숙한 감정이었다. 늘 혼잣말처럼 하던 말을 다른 이의 입으로 듣자 가슴이 덜컥 내려앉았고 마음이 아려왔다.

"전혀 그렇게 생각하지 않아." 진심이었다. "그저 불행이 끝나기를 바라는 마음을 어떻게 탓하겠어? 당신은 괴물이 아니야."

"고맙네." 헤스터가 씁쓸하게 대답했다. "하지만 당신은 날 모르잖아."

"어쩌면 그럴 수도." 데번은 목사를 떠올렸다. 그리고 그보다 앞서 희생된 많은 이들에 대해서도 생각했다. 데번은 헤스터만큼이나 자신을 용서하기 위해 말했다. "하지만 내가 아는 건, 우리는 그저 우리에게 주어진 빛을 따라 살 뿐이라는 거야. 어떤 이들에게는 빛이 전혀 주어지지 않지. 그러면 그냥 어둠 속에서 앞을 보는 법을 배우는 수밖에."

"어둠 속에서 앞을 보는 법을 배운다라." 헤스터가 데번이 한 말을 곱씹어보고는 나지막이 덧붙였다. "나한텐 그런 거짓말도 과분해."

"그건 진실이야." 데번은 자신이 느낀 것보다 더 확신에 찬 어조로 말했다.

"……고마워." 헤스터가 몸을 숙이고 데번을 안았다. 예상치 못한 행동에 데번은 화들짝 놀랐다.

더욱 놀라운 것은 데번도 헤스터를 똑같이 안아주었다는 사실이었다. 포옹을 하려고 허리를 잔뜩 굽히며, 마지막으로 다 큰 어른과 안아본 게 언제였는지 기억을 더듬어보긴 했지만. 런던으로 떠나기 전에 재로우가 안아준 적은 있었으나 여자와는 그런 기억이 없었다. 첫 번째 결혼식 때 고모들과 작별 인사를 한 후로는.

드넓은 세상에서 찾은 작은 위안이었다. 데번은 헤스터, 자기 자신, 우습고 뒤틀린 가문들, 그들이 망쳐버린 삶과 그들이 서로와 스스로에게 가한 불행에 대해 안타까움을 느꼈다. 기괴한 난장판이 따로 없었다. 게다가 곧 데번마저 사태를 더 엉망진창으로 만들 예정이었다.

둘 사이에 흐르는 위태로운 정적을 깨며 데번이 말했다. "헤스, 킬록의 서재에서 이야기를 나눌 때 나도 완전히 솔직하지는 못했어. 말하지 못한 게 있거든." 데번은 심호흡을 했다. "나도 당신에게 털어놓을 게 있어."

헤스터가 눈물을 닦으며 포옹을 풀었다. "뭔데?"

"나머지 이야기."

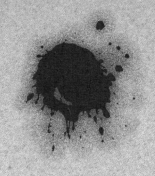

동화책을 읽을 때 그런 일은 절대 일어나지 않을 거라고
생각했는데, 지금 내가 바로 그 한가운데에 있잖아!

루이스 캐럴,
『이상한 나라의 앨리스』

나머지 이야기

2년 전

쌉싸름한 피가 데번의 입을 물들였다. 데번은 캑캑대며 살점을 뱉어냈다. 많이 놀라고 얼떨떨하기는 했지만 그것 말고는 아무것도 느껴지지 않았는데, 그래서 무언가 잘못된 것 같았다. 누군가의 목을 찢어발겼으면 당연히 어떤 감정을 느껴야 하지 않을까. 당연히.

카이가 비명을 질러대고 있었다. 데번은 그 소리에 퍼뜩 정신을 차리고 고개를 돌렸다. 카이가 카펫 위를 기어가며 벽에 머리를 찧고 있었다.

데번은 본능적으로 그쪽으로 기어가 아이가 자해하지 않도록 두 팔로 아이 몸을 감쌌다. 하지만 언제나 그렇듯 데번의 행동은 아이를 더럽히기만 할 뿐이었다. 숨이 가빠지고 생각이란 걸 하기 힘들어졌는데, 카이가 계속 비명을 질러댔기 때문이었다. 아이들은 그렇게 비명을 지르면 안 됐다.

20분 후 램지가 도착했을 때 데번은 토사물과 선혈을 뒤집어쓴 채 시신 두 구의 피와 내장으로 더럽혀진 바닥에 무릎을 꿇고 있었고, 카이는 데번의 품에 안겨 울부짖으며 발버둥치고 있었다. 사방에 튄 끈적끈적한 인간의 피가 방 안을 뒤덮었고 곳곳에 웅덩이를 이루며 응고되고 있었다. 매틀리는 방광 조절에 실패했는지 오줌으로 얼룩진 바지를 입고 가만히 누워 있었다. 어찌어찌 목숨은 건진 모양이었다.

"젠장, 이게 대체 무슨 좆같은 상황이지?" 램지가 축 늘어진 매틀리를 내려다봤다. 다른 기사들도 방 안으로 들어오며 현장을 살피더니 낮은 목소리로 대화를 주고받았다. "멍청한 이스터브룩 새끼. 아주 지랄 났네." 그가 매틀리의 갈비뼈를 힘껏 걷어찼지만 아무런 반응이 없었다.

지랄. 명사. 데번은 멍하니 생각했다. 마구 법석을 떨며 분별없이 하는 행동. 참 이상도 하다. 데번이라면 고의적 살인에 의한 죽음을 지랄이라고 하지는 않을 텐데.

"내가 아이를 데려올게." 기사 중 한 명이 데번과 카이를 향해 몸을 굽혔다.

데번은 벽에 바싹 다가붙었다. "내 아들 못 데려가." 데번이 두 팔로 아이를 더 단단히 감싸며 말했다. "얘는 내 아이야. 내 아이고 내가 키울 거야!"

데번이 책니를 드러낸 채 으르렁댔다. 기사가 진저리를 내며 뒷걸음질 치는 와중에 데번은 자신이 **왜** 이렇게까지 아이를 원하는지 스스로도 알지 못한다는 것을 깨달았다. 아들을 지키겠다는 일념으로 끔찍한 대가를 치렀고 그것이 수포로 돌아가지 않기를 바라는 것 말고는.

"너 진짜 대단하구나." 램지가 데번을 머리부터 발끝까지 샅샅이 훑어보며 말했다. "정말로, 데브. 넌 너대로 아주 독보적이야."

또 다른 기사가 이미 석궁을 들어 올리고 있었다. "저 여잔 그냥 대책이 없는 거야."

램지가 그의 어깨를 톡톡 건드렸다. "잠깐만 기다려봐, 일랜드." 그는 로마 황제를 연상시키는, 거만하게 우뚝 솟은 데번의 콧대를 내려다봤다. "그나저나 내가 고맙다는 말을 한 번도 못 했네. 기사단에 보내진 건 내 인생 최고의 선물이었는데 말이야."

데번은 그의 말을 건성으로 들으며 또다시 살점을 뱉어냈다.

"내 생각엔 우리 원래 목적에 얘네를 잘 이용할 수 있을 것 같은데." 램지가 날렵하게 생긴 휴대폰을 꺼내들었다. "아직 둘을 떼어놓지 마. 여자가 먼저 공격하지 않는 한 쏘지도 말고. 킹시와 통화를 해야겠어. 이 상황을 우리한테 유리하게 끌고 갈 수도 있을 것 같아." 그가 휴대폰을 손에 들고 밖으로 나갔다. 다른 기사들은 서로 눈빛만 주고받으며 잠자코 기다렸다.

상황. 목적. 무의미한 단어들이 데번의 잠재의식 속에서 나른하게 떠다녔지만 그 어떤 것도 서로 맞물리지 않았다. 잘못 맞춰진 퍼즐 같았다. 매틀리가 기사단은 이제 없다고 말했지만, 기사들은 지금 이곳에 모여 데번을 이용할 방안에 대해 이야기하고 있었다. 계획. 계획은 없었다. 생쥐와 인간미국 작가 존 스타인벡의 소설 『생쥐와 인간』. 데번은 생쥐일까 인간일까? 생각해보려 애썼지만 카이가 계속 비명을 질러대 모든 감각이 마비되었다.

방 안은 인간의 내장에서 풍기는 지독한 악취로 가득했다. 데번은 아이가 고통에 몸부림치다가 오물을 뒤집어쓰지 않게 단단히 붙잡았다. 데번의 마음은 이미 보통의 두려움이나 걱정 따위는 초월한 상태였다. 카이는 몸이 편치 않았고, 데번은 왜 그런지 이해할 수 없었다. 아이는 영혼을 먹었다. 좀 끔찍하기는 했지만 소울이터로서 먹을 걸 먹은 셈이었고 그 결과 데번의 목숨까지 구해주었다. 그런데 왜 저렇게 괴로워하는 걸까?

램지가 휴대폰을 주머니에 쑤셔 넣으며 다시 방 안에 들어왔다. "킹시 사령관이 이대로 진행하라고 했어. 여기 말고 어디 앉을 만한 데가 또 없나? 저 여자에게 설명을 해줘야 하는데 내내 코를 부여잡고 있을 순 없잖아."

다른 기사가 말했다. "이대로 진행해도 괜찮을까?"

"저 여잔 전에도 쓸모가 있었고 지금도 여전히 쓸모가 있어." 램지가 말했다. "마음에 안 들면 사령관한테 가서 따지든가."

침묵이 내려앉았다. 다른 누구도 이의를 제기하지 않았다.

"동의해줘서 고맙군." 램지가 말했다. "그럼 계속하지. 여긴 농장이라고 했지? 불법 체류자와 노동자를 인신매매해서 쓰고?"

일랜드가 대답했다. "어, 맞아."

"잘됐군." 램지가 엄지손가락을 치켜세웠다. "노동자들 숙소에 가서 찾을 수 있는 가장 어린아이를 데려와. 우린 옆방에 있을 테니." 그가 데번을 내려다봤다. "일어나지."

데번이 고개를 들었고, 카이는 데번의 가슴에 얼굴을 파묻고 서럽게 울어댔다. "무슨 일이야?"

"네 아들이 살기를 바란다면 따라와." 데번이 주저하자 램지가 덧붙였다. "아니면 지금 당장 너희 둘을 쏴 죽일 수도 있고. 네가 선택해, 동생."

데번은 몸부림치는 아이를 품에 안은 채 몸을 일으켰다. "내 아들이 왜 이러는 거야?"

"먹은 게 탈이 난 거지. 매틀리 저 자식 성질이 개같았잖아." 램지가 복도 카펫에 핏빛 발자국을 남기며 걸어갔다. "그 문제는 해결하고 있는 중이야. 그동안 먼저 얘기 좀 하자고."

"할 얘기 없는데." 데번은 따라오는 다른 기사들이 없다는 걸 깨닫고 이대로 도망갈까 생각도 했다. 하지만 부질없고 어리석은 짓이었다. 그래봤자 금방 잡힐 게 뻔했다.

"그렇지 않아. 너희 둘은 네가 생각하는 것보다 훨씬 유용하거든." 램지가 데번을 이끌고 이어지는 방 몇 개를 지나쳤다. "잠재적으로는 말이지. 네가 협조한다면." 그가 차가운 미소를 보이며 방 안으로 들어갔다. "말 잘 듣는 데번이 되어줘, 알았지?"

데번은 절뚝거리며 방 안으로 들어갔다. 급격한 상황 변화에 여전히 어안이 벙벙했고 몇 초에 한 번씩 강박적으로 카이의 상태를 확인하느라 정신이 없었다. 카이는 그 상태 그대로 나아지지 않고 있었다. 데번은 마지못해 주위를 둘러봤다. 누군가의 개인 사무실에 들어온 모양이었다. 캐비닛, 단조로운 카펫, 책상, 의자 몇 개.

"앉아." 램지가 데번을 떠밀었다.

데번은 마른 피와 토사물로 엉망진창이 된 자신의 몰골을 의식하며 자리에 앉았다. 카이가 등을 활처럼 구부리고 울부짖으며 품에서 빠져나가려 했다.

"애를 내려놔." 램지가 말했다. "녀석은 감각을 덜 자극하는 어두운 구석을 찾아가려 할 거야. 지금 느끼는 엄청난 통증을 가라앉히기 위해서지."

"대체 뭐가 문제인 거야?" 데번이 재차 물으며 아이를 조심스럽게 내려놓았다. 램지 말대로 카이는 저 멀리 가장 구석으로 기어가 몸을 웅크리고 울었다.

"북이터를 먹는 건 인간을 먹는 것과는 달라. 먹을 수는 있지만 엄청난 양의 정보 때문에 힘들 수밖에 없어. 우리는 거대한 저장소나 마찬가지잖아. 인간이라기보다 걸어 다니는 도서관에 가깝지." 램지가 카이를 가리키며 말을 이었다. "이제 겨우 영아기를 벗어난 네 아들에게 매틀리는 너무 과한 먹잇감이었을 거야. 예전에 비슷한 경우를 본 적 있어."

"알아듣게 말해!"

"지금 한 말 그대로야." 램지가 재킷 안주머니에서 커다란 가죽 지갑을 꺼내 펼쳤다. 그 안에는 주사기 한 세트가 들어 있었다. "네가 허락해주면 동료들을 기다리는 동안 애한테 진정제를 투여해줄 수 있어. 그동안 우리 둘은 이야기 좀 하고." 그가 고개를 갸웃했다. "명색이 기산데 내가 용 다루는 법을 모를 거라고 생각하지는 않겠지?"

"내가 허락해주면?" 데번이 그의 말을 공허하게 되풀이했다. "꼭 내가 선택할 수 있는 것처럼 말하네."

"내가 예의 차리는 걸 좀 좋아해서 말이지. 가끔은." 램지가 아이를 굽어보며 조그만 팔에 조심스럽게 바늘을 꽂았다. 데번은 차마 고개를 돌릴 수 없었다. 저 주사기 안에 뭐가 들었을지 두렵긴 했지만, 둘 다 죽일 생각이었으면 진즉에 죽였을 것이다.

잠시 후 카이는 안정을 찾았다. 이제 정신이 오락가락하는 듯했다. 더 이상 비명을 지르거나 울지는 않았지만 여전히 몸을 잔뜩 웅크린 채 겁먹은 토끼처럼 움찔거렸다.

"일어나지 마." 데번이 자리에서 일어나려 하자 램지가 말했다. "앉아. 그리고 가만히 있어. 먼저 이야기부터 해야지. 바닥에서 잔다고 애가 어떻게 되지는 않아."

데번은 플라스틱 의자에 천천히 주저앉았다. 카이가 숨을 씨근거리며 눈꺼풀을 파르르 떨었다.

"착하네." 램지가 맞은편 의자에 앉으며 예의 그 비딱한 미소를 건넸다. "내가 왜 여기 있는지는 알아?"

"아니." 데번은 집중하려 애썼다. "매틀리는 기사단이 해체되고 있다고 했어. 기사단이 없어져서 카이를 받아줄 수 없다 했다고."

"그렇게 되면 쌍수를 들고 좋아할 이들이 좀 있기는 하지. 하지만 우린 해체되지 않았어. 아직은 아니야." 그는 이제 만면에 웃음을 띠고 있었다. "데브, 우리가 소울이터들을 어떻게 제어하는지 알아?"

"리뎀션." 데번이 말했다. 그러고는 갑자기 무언가를 떠올린 듯 자세를 고쳐 앉았다. "잠깐, 혹시 가져온 리뎀션이 있으면……."

"그건 지금 당장은 별 도움이 되지 않아." 램지가 조바심을 내며 말했다. "그 약은 허기를 달래줄 뿐인데 아이는 이미 과부하가 걸린 상태니까. 그리고 아들 생각은 잠깐 좀 내려놓을래? 저녁 내내 이러고 있고 싶은 게 아니면."

데번은 이를 갈았다. "알았어. 기사단이 리뎀션으로 용의 허기를 제어한다는 건 모두 다 아는 사실이잖아." 아마 그들은 카이에게도 그렇게 했을 것이다. "그런데 리뎀션이 뭐?"

"리뎀션은 레이븐스카 저택에서 제조되고 있어. 일본에서도 그 비슷한 걸 만든다는 이야기를 듣기는 했는데, 그들은 외부인과는 웬만해선 거래를 하지 않는다더군. 이 대륙에서는 누구도 그 약을 못 만들어. 레이븐스카는 늘 제조 과정을 철저히 비밀에 부쳤고." 램지가 손바닥으로 테이블을 짚으며 몸을 앞으로 숙였다. "그게 문제야. 두 달 전 그 무리가 전부 자취를 감췄거든."

"그 얘긴 매틀리가 이미 해줬어." 데번은 정신을 다잡으려 애썼다. "난 이해가 잘 안 돼. 한 가문이 하룻밤 사이에 없어질 수는 없잖아."

"집이 불타버리면 그렇게 되기도 하지. 그 집의 성인 자녀 몇몇이 반란을 일으키고 한밤중에 도망을 갔나 봐. 레이븐스카 저택은 완전히 파괴되었어." 그의 눈빛은 날카롭고 차분했다. "그래서 여섯 가문 모두…… 아니 이제는 **다섯** 가문이지…… 리뎀션 없이 살아야 하는 처지가 된 거지. 우리 기사들과 용들까지 모두."

데번은 말없이 앉아 그 엄청난 정보와 씨름했다. 좀 전에 벌어진 끔찍한 일과 자신에게 닥친 골치 아픈 문제에도 불구하고 데번은 이 이야기에 흥미를 느꼈다. 매틀리로서는 당연히 기사단이 해체되고 있다고 생각할 법했다. 기사단의 힘과 영향력은 용을 제어할 수 있다는 것에서 나왔다. 그런데 램지의 말이 사실이라면 기사단은 끝난 거나 마찬가지였다. 특히 앞으로 인공수정 기술이 부상해 중매결혼이 사라질 전망이라면 더욱 그랬다.

그리고 그와 함께 카이의 미래도 사라졌다. 데번은 아들이 용으로 살지 않아도 되길 바랐지만, 그것이 아이의 죽음을 의미할 거라고는 생각하지 못했다.

"근데 그게 우리랑 무슨 상관이지? 우리한테서 뭘 바라는 거야?" 데번이 물었다.

램지가 미처 대답하기 전에 일랜드가 잠에 취한 아기를 안고 방 안으로 들어왔다. 생후 몇 개월밖에 되지 않은 허약한 아기였다. 아기의 얼굴은 영양실조에 걸린 듯 파리했다.

"때마침 잘 왔군." 램지가 동료의 어깨를 탁탁 두드리고 아기를 받았다.

"애 엄마가 애를 못 내주겠다고 난리를 치는 걸 내가 기어이 뺏어 왔어." 다른 기사가 말했다. "우리도 여기 계속 있을까?"

"아니, 밖에서 기다려. 애는 다시 돌려줘야지." 램지가 자기들끼리만 통하는 비밀 농담이라도 하듯 큰 소리로 웃었다.

"뭔 일인데?" 데번은 자신이 아무것도 모른다는 것에 짜증이 났다. 늘 램지보다 다섯 걸음쯤 뒤처져 있는 것 같았다.

"아까도 말했지만 네 아들은 과부하가 걸린 상태야." 램지가 아기를 품에 안은 채 데번을 향해 돌아서며 말했다. "매틀리의 영혼을 처리하느라 정신적으로 엄청난 고통에 시달리고 있지. 아이를 이대로 놔두면 하루도 안 돼 혼수상태에 빠질 거야. 지금 아이를 도울 수 있는 유일한 방법은, 소화하기 쉬운 영혼을 줘서 힘든 영혼을 덮게 만드는 것뿐이지. 이것도 성공한다는 보장은 없지만."

아이가 울기 시작했다.

"너 지금 그 앨 내 아들에게 주려고?" 데번이 경악하며 물었다.

"그럴 리가." 램지가 한 번도 아기를 제대로 안아본 적 없는 게 티 나는 서툰 솜씨로 우는 아이를 달랬다. **네가** 줘야지."

데번은 피를 뒤집어쓴 채 끔찍한 후유증에 시달리며 지친 눈으로 인간 아기를 빤히 바라봤다. 사랑이 그다지 선하지 않은 순간이 있다면 지금일 거라고 데번은 생각했다. 사랑은 데번을 점점 더 어두운 구석으로 몰고 갔고 사랑의 추악한 요구를 들어주며 스스로를 불태웠다.

"안 믿기는 모양인데, 날 믿어 봐. 정말 효과가 있다니까." 램지는 우는 아기를 달래길 포기하고 손으로 아기의 입을 막아 울음소리를 잠재웠다. "텅 빈 영혼을 취하면 마음이 비워지고 매틀리의 복잡한 성격도 대부분 씻겨 나갈 거야. 그래야 아이가 제정신으로 살지 않겠어?" 그가 잠시 침묵했다. "아니면 뭐 고통스럽게 죽어가는 걸 지켜볼 수도 있고. 네가 선택하기 나름이지."

데번은 무릎 위에 가볍게 손을 얹은 채 꼼짝 않고 앉아 온 정신을 집중했다. 처음 느꼈던 공포는 벌써 희미해지고 있었다. 공포가 일상이 되어버린 현재 진행형 악몽에 자리를 내준 것이다.

램지는 자신이 데번에게 중요한 결정을 내릴 수 있게 해준 거라 생각하겠지만, 삶에 큰 결정이란 건 없었다. 그저 평생에 걸쳐 내린 수많은 작은 결정의 총합만 있을 뿐. 그때마다 데번은 카이가 얼마나 소중한지, 자신이 아이를 얼마나 아끼는지 따져보았다. 아이가 울면 안아주었고, 아이가 다치면 달래주었다. 아이가 무언가를 원하면 자신보다는 아이의 요구를 우선시했다.

하루에 수백 번씩 수백 가지 다른 방식으로 데번은 카이를 선택했다. 카이를 선택하는 것이 숨 쉬는 일과 같아질 때까지. 무슨 일이 있어도 데번은 카이의 엄마였다.

데번은 자리에서 일어났다. "줘봐."

램지가 탐욕스러운 호기심으로 눈을 빛내며 싸개 속에서 울고 있는 아기를 건넸다.

데번은 카이 옆에 무릎을 꿇고 앉아 인간 아기를 조용히 어르고 달래가며 아들에게 먹이를 권했다. 카이는 고통에 넋이 나가 있었다. 그런 카이의 입을 억지로 열어 펼쳐진 혀를 먹이의 귓가에 놓았다. 그러자 본능이 고개를 들었다.

한 아이가 다른 아이를 보듬는, 카이의 입이 아기의 귀에 가닿은, 기괴하게 아름다운 순간이었다. 키스처럼, 포옹처럼 보이기도 했다. 그것은 사랑이자 죽음이었으며 이제 데번에게 그 둘은 떼려야 뗄 수 없는 한 몸이 된 거나 마찬가지였다. 데번의 아이들은 땔감을 요구하는 불길이었다. 아이들을 살릴 수만 있다면 데번은 무엇이든 태울 준비가 되었다.

데번이 택할 수 있는 다른 방향, 다른 길은 이제 없었다.

데번은 카이가 영혼을 먹는 동안 옆에 앉아 있었다(이날 이후로는 그런 일이 극히 드물었다). 갑자기 고통이 사라지자 아이가 눈을 휘둥그레 뜨면서 처음 매틀리의 영혼을 먹을 때 그랬던 것처럼 젖을 먹고 나른해진 표정을 지었다. 그러고는 인간 아기를 놓아준 다음 조용히 깊은 잠에 빠져들었다.

영혼을 빼앗긴 아기는 바닥에 축 늘어졌다. 놀랍게도 아직 살아 있었다. 비록 몸만 살아 있을 뿐이지만. 데번은 일그러진 그 작은 얼굴을 기억에서 지우려 애쓰며 아기의 텅 빈 눈빛을 애써 무시했다.

"경이롭군." 램지가 말했다. "하긴 넌 늘 특별했으니까. 어릴 때부터 말이야." 데번은 그에게 침을 뱉고서 아들을 무릎에 앉히고 벽에 기대어 앉았다.

"내가 여기 온 건 우연이 아니야. 매틀리가 바보짓을 하지 않았어도 원래 여기 올 계획이었거든. 우리 둘 다 같은 걸 원하기 때문이지. 넌 네 아들에게 쓸 약이 필요하잖아. 아니면 아이가 평생 고통받을 테니까. 난 용들에게 쓸 약이 필요하고. 아니면 기사단이 해체될 테니까."

"지금 날 **고용**하는 거야?" 이제 데번이 혀를 찰 차례였다. "무슨 목적으로……? 사라진 레이븐스카 가족을 찾아내라고?"

"그거 말고 뭐겠어." 세상에서 가장 빤한 일 아니겠냐는 듯 램지가 말했다. "매틀리가 바보짓을 하는 바람에 상황이 좀 복잡해지긴 했지만 내 계획으로 그 정도 문제는 덮을 수 있어. 잘하면 이용할 수도 있지."

"정신 나갔어? 레이븐스카가 어디에 있는지는 몰라도 무작정 찾아가 비장의 약을 내놓으라고 할 수는 없다고!"

"아니, 그 반대야. 넌 그럴 수 있어." 램지가 다리를 펴며 일어나 데번을 내려다봤다. "자세한 건 나중에 얘기하지. 하지만 먼저 네 동의가 필요해. 조용히 날 따라와 내 말을 듣겠다는 동의. 설명할 게 아주 많거든." 그가 데번의 머리칼을 한 움큼 움켜쥐고 데번의 얼굴을 자기 쪽으로 돌렸다. "아주 간단해, 데브. 나랑 같이 일할 거야, 말 거야?" 데번은 혀로 입술을 축였다. "내가 거절하면 어떻 게 되는데?"

"그러면 네 이야기는 오늘 밤 끝나는 거지, 공주님."

남의 피를 뒤집어쓰고 두 번의 살인으로 혀를 더럽힌 데번이었 지만, 그런 오빠 앞에서는 움츠러들 수밖에 없었다. 때로는 결정이 단순히 생사를 결정짓기도 했다.

"내가······." 아들을 꼭 껴안았다. "정확히 뭘 해야 하는데?"

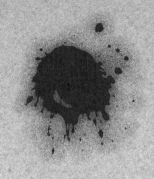

용기를 가져라.
그리고 카드를 섞어라.

조지 맥도널드 프레이저,
『플래시먼』

카멜롯 주식회사

2년 전

밤은 흐릿하게 지나갔다.

기사 셋이 엉망이 된 데번의 옷을 벗겨 쓰레기봉투에 쑤셔 넣고, 남자 정장과 트렁크 팬티를 건넸다. 정장은 데번의 몸에 잘 맞았다. 이번만큼은 큰 키와 체격이 장점으로 작용한 듯했다. 당황한 데번은 서둘러 옷을 갈아입었지만 결국 다시 피범벅이 된 아까 그 방으로 안내되었다.

매틀리의 금고가 부서진 채 열려 있었다. 기사 중 한 명이 한 짓 같았다. 문짝이 제 기능을 잃고 경첩에 매달려 덜렁거렸다. 데번은 금고 안에 쌓인 지폐 뭉치를 멍청하게 바라봤다.

"여기다 담을 수 있을 만큼 담아봐." 램지가 메신저백을 건넸다. "야무지게 담으면 2만 파운드 정도는 들어갈 거야."

서서히 상황 파악이 되기 시작했다. "내가 매틀리를 공격하고 금고를 털어서 도망친 것처럼 보이게 하려는 거구나."

"난 뭘 어떻게 '보이게 할' 생각 같은 건 없어. 네가 정확히 그렇게 할 거니까."

데번은 피 묻은 손으로 가방을 움켜쥐었다. "매틀리한테 무슨 짓을 한 거야?"

"그 새끼 내부 출혈로 뒤졌어." 램지가 경박하게 말했다. 데번은 그 말이 사실인지, 아니면 기사들이 그를 처리했다는 의미인지 가늠할 수 없었다. "시체는 침실로 옮겼고."

데번이 하는 모든 행동이 사형장에 들어갈 죄목을 보태고 있는 듯했다. 가문은 이 모든 게 데번 때문에 생긴 일이라고 생각할 것이다. 남편의 죽음에 대한 모든 책임, 그의 돈을 훔치고 그의 부하들을 죽인 모든 책임이 데번에게 전가될 것이다. 물론 어느 정도는 데번이 한 일이 맞았고, 그래서 상황은 더 복잡해졌다. 램지가 암시한 정도까지는 아니더라도.

하지만 방 안에는 무장한 기사가 넷이나 있어 어떻게 할 수가 없었다. 데번은 아들을 그나마 가장 깨끗해 보이는 카펫 위에 내려놓고 지퍼가 잘 잠기지 않을 때까지 메신저백에 돈을 쑤셔 넣었다. 그러고 나자 피, 먼지, 죽인 인간 남자들에게서 나온 알 수 없는 것들이 뒤섞인 자신의 지문이 도처에 찍혔다. 사형에 처해야 할 이유가 또 하나 추가되었다.

"완벽해." 램지가 씩 웃으며 가방을 가져갔다.

누군가 데번의 머리에 용 그림이 그려진 잘 맞지도 않는 헬멧을 씌워주었고, 데번은 그제야 왜 정장을 입어야 했는지 알아차렸다.

기사들이 아무도 모르게 데번을 범죄 현장에서 데리고 나가려는 것이었다.

그들은 이스터브룩 저택을 가로질러 걸어갔다. 집안이 소란스러웠다. 남자들과 몇몇 여자가 복도에서 수군대거나 구석에서 언쟁을 벌이고 있었다. 정장과 헬멧 차림의 데번을 아무도 알아보지 못했다. 그런 면에서 용은 특별히 눈에 안 띄는 존재였다.

"저들한테 뭐라고 했어?" 헬멧 때문에 데번의 목소리가 희미하게 들렸다.

램지가 뒤를 돌아봤다. "아까 말했잖아. 저들은 네가 매틀리를 살해하고 카이를 데리고 도망간 줄 알아. 평소 같으면 기사들을 불러 널 추격하게 했을 텐데, 지금은 알다시피 기사단이 해체되고 있잖아. 그래서 우린 못 도와준다고 했지." 마지막 말에서 악랄한 저의가 묻어났다.

그들이 저택을 가로질러 마녀의 시간이 지배하는 부드러운 어둠 속으로 나가는 동안, 데번은 용 복장 속에 안전하게 숨어 어깨를 움츠리고 아무 말도 하지 않았다. 바깥 공기는 상쾌했고 바람은 시원했다.

"갈 길이 멀어." 램지가 오토바이에 올라타며 말했다. "넌 나랑 같이 가. 네 아들은 다른 기사가 태워줄 거야." 그가 자기 뒤에 앉으라고 데번에게 손짓했고, 데번은 마지못해 그렇게 했다. 카이는 여전히 의식을 잃은 채 옆 오토바이 뒷좌석에 실렸다.

"어디로 가는 거야?" 데번이 안전벨트를 맸다.

"옥스퍼드." 그가 오토바이에 시동을 걸었다.

데번은 용의 정장을 입고 램지의 오토바이 뒷좌석에 매달려 한밤중에 이스터브룩 저택을 떠났다. 램지가 싣고 온 짐이 데번을 단단히 에워쌌고, 데번은 지쳐 곯아떨어졌다.

약 네 시간 후 잠에서 깼을 때는 이미 날이 밝아오고 있었다. 기사들은 도심을 우회하고 샛길과 작은 마을들을 가로질러 마침내 상업 지구의 한 황량한 콘크리트 건물 앞에 당도했다. 콘크리트 담장과 철조망에 둘러싸인 건물 간판에 큰 글씨로 '카멜롯 주식회사'라고 쓰여 있었다.

"너 지금 웃는 거 다 느껴져." 램지가 말했다. "뭐가 웃기지?"

"여기가 카멜롯아서왕 전설의 무대가 된 곳이야?" 데번이 숨넘어갈 듯 깔깔대며 말했다. "진작 알았어야 했는데. 근데 딱히 성은 아니네? 그래도 원탁 정도는 있겠지?"

"요즘 시대에 그런 상징이 다 무슨 소용이야." 그가 거대한 전자식 게이트 앞에서 오토바이를 세우며 말했다. "도개교나 해자 같은 게 있으면 좋기야 하겠지. 근데 아서왕 전설에 나오는 것보다 이쪽이 훨씬 더 안전하다고."

정장을 차려입은 한 쌍의 어린 기사들이 초소에서 얼굴을 내밀며 라틴어로 인사했다.

"어떻게 이렇게 살 수 있지?" 그들이 오토바이에 다가오는 동안 데번이 물었다. "기사들은 일도 하지 않잖아."

대다수의 이터들은 가문이 운영하는 회사에서 일하거나 인간 사회와의 교류가 최소화되는 다른 일에 종사했다. 어떤 가문은 불법적인 일을 벌이기도 했다. 곤란한 처지에 놓인 인간들을 사업적으로 이용하는 이스터브룩 가문처럼. 하지만 데번이 알기로는 기사들은 그런 일을 일절 하지 않았다.

"두 달 전까지만 해도 모든 가문이 결혼 주선과 진행 비용으로 우리에게 십일조를 냈지. 레이븐스카 가문과도 특별 계약을 맺은 게 있는데, 아무튼 그건 좀 복잡한 이야기라 알 거 없고." 그가 경비병들에게 일련의 신호를 보냈다. "지금 같은 과도기에는 그간 저축해놓은 돈으로 근근이 살아가고 있다고 할 수 있지."

"가문들이 기사단에 십일조를 낸 건 기사단이 독자적으로 행동하지 않는다는 조건에서였잖아. 그런데 이제 보니 기사단은 영지하나를 구축한 것 같네. 그냥 또 하나의 가문이나 마찬가지야."

"말도 안 되는 소리." 그가 다시 시동을 걸고 게이트를 통과하며 요란한 엔진 소리에 묻히지 않게 목소리를 높였다. "가문들은 보통 온갖 규칙에 얽매여 있지만 우린 그런 규칙 따위 지키지 않아도 돼. 기사는 그 어떤 가부장보다 훨씬 더 큰 자유와 권력을 가지고 있어."

"내가 어리석었네." 데번이 그의 등에 대고 중얼거렸다. "기사단이 우리에게 봉사하기 위해 존재한다고 생각하다니." 가부장들이 기사단을 없애버리고 싶어 하는 것도 놀랄 일이 아니었다.

램지와 기사들은 잠시 아스팔트 위를 달리다가 실내 주차장 안으로 들어가 오토바이를 세우고 내렸다. 카이는 여전히 오토바이 뒷자리에 꽁꽁 묶인 채 곤히 자고 있었다. 당장 그쪽으로 달려가 아이 상태를 확인하려는 충동을 데번은 간신히 억눌렀다.

데번이 오토바이에서 내리는 걸 도우면서 램지가 말했다. "봉사가 아니라 보호하기 위해서야."

"뭐라고?" 데번은 방금 나눈 이야기를 그새 다 잊었다.

"우리가 봉사하기 위해 존재하는 줄 알았다면서. 그건 별로 정확한 표현이 아니야. 우리는 가문들을 **보호**하기 위해 존재하거든. 그들이 결혼 제도를 통해 계속 살아남을 수 있게 지켜주는 거지. 그것 말고도 많은 일을 하지만. 현재로선 레이븐스카 가문이 사라진 게 우리를 위협하는 가장 큰 문제야. 용을 통제할 능력을 상실했으니까. 뭔가 조치를 취하지 않으면 기사단은 이대로 해체되고 말 거야."

"그거야 기사단 사정이지. 레이븐스카 사정이 아니라. 게다가 지금은 인공수정 기술을 테스트하는 초기 단계에 들어섰잖아. 이제 세대가 바뀔 때마다 결혼은 점점 더 수월하게 치러질 거야. 딸을 **선택**해서 낳을 수 있는 시대가 곧 올 거라고. 원한다면 딸만 계속 낳을 수도 있겠지. 레이븐스카 가문과 리뎀션을 잃지 않았다 하더라도. 뭔 소리냐고? 어차피 기사단은 영원히 지속될 수 없다고. 이 일로 해체가 좀 더 앞당겨졌을 뿐이야."

"너무 그렇게 근시안적으로 보지 마. 우린 아직 쓸모가 많다고." 그가 오토바이 장갑을 한쪽 주머니에 넣었다. "날 따라와. 일정이 빡빡하고 할 일도 아주 많으니까"

데번은 다른 기사의 품에 안겨 잠결에 몸을 뒤척이고 있는 카이를 향해 반걸음 다가갔다.

"일정을 다 마치고 나면 그때 아이를 다시 볼 수 있어." 램지가 앞을 막아서며 시야를 차단했다. "빨리 일을 해치워야 빨리 아이를 보지."

　카이를 안은 기사는 이미 반대 방향으로 서둘러 이동하고 있었다. 아이를 특별히 애정을 담아 안지는 않았어도 최소한 유능하고 친절해 보이긴 했다. 아이의 머리를 지탱해주고 무릎을 잘 받쳐주었다.

　데번은 주먹을 불끈 쥔 채 그들이 모퉁이를 돌아 사라지는 모습을 지켜보았다. 그리고 마지못해 램지를 따라 연이은 내부 보안 게이트를 또 한번 통과해 '성' 안으로 진입했다.

　가문의 모든 저택들은 어떤 식으로든 화려함을 뽐냈다. 윈터필드 저택은 화려하고 장중했고, 이스터브룩 저택은 현대적이고 고급스러웠으며, 빚에 쪼들리는 낡은 페어웨더 저택조차 호화로운 카펫, 태피스트리, 샹들리에를 어느 정도 남겨놓았다. 이터들은 장식을 좋아했다. 당연히 책도 좋아했다.

　이 건물에는 그런 유산이 전혀 보이지 않았다. 회색빛 콘크리트 벽에는 아무것도 걸려 있지 않았고, 타일 바닥은 반들반들 윤이 나긴 해도 지극히 평범했다. 그리고 불빛 한 점 없이 깜깜했다. 인간 방문객을 위한 배려나 인간 문화를 반영한 흔적 같은 건 일절 눈에 띄지 않았다. 분명 그들이 먹을 책이 어딘가에 있겠지만 진열되어 있지는 않았다. 독특한 책 냄새도 나지 않았다. 데번은 성인 기사들이 무얼 먹고 사는지 궁금했다.

　복도는 두 갈래로 갈라졌다. 램지가 계속 직진하려는 데번의 어깨를 잡았다.

　"그쪽 아니야."

데번은 램지가 이끄는 대로 다른 쪽 복도로 향했다. "저쪽에는 뭐가 있는데?"

"막사와 훈련장이 있지. 넌 볼 필요 없어." 그가 문에 손을 얹었다. "케이지 쪽으로 갈 거니까."

"케이지?"

"여기서는 그렇게 불러."

문 너머의 복도에는 머리 높이에 감시창이 뚫린 독방이 늘어서 있었다. 문이 열려 있는 곳도 더러 있었다. 데번은 떨리는 가슴을 부여잡고 방에 가까이 다가가 두꺼운 감시창 안을 들여다봤다.

벽과 바닥에 흰색 방음재가 깔려 있는 새하얀 방이었다. 가로세로 2.5미터가량의 협소한 공간으로 흰 테이블과 흰 의자가 하나씩 구비되어 있었다. 방 안을 밝힌 백색 전등은 인간의 기준에서도 지나치게 밝았고, 특히 이터들에게는 두통을 유발할 법했다. 열여덟 살쯤 돼 보이는, 흰 옷 차림의 앳된 소년이 두 팔로 머리를 감싼 채 흰 침대에 웅크리고 있었다.

"이해가 안 돼." 데번이 뭐라 형언할 수 없는 불편한 감정을 느끼며 감시창에서 물러났다. 특별히 잔인하게 느껴질 만한 게 없었음에도 그 방 안을 들여다보자 이가 욱신거리며 아파왔다. "왜 이렇게 하는 거야?"

"극단적 감각 차단." 램지가 데번 옆에 서며 말했다. "흔히 '백색 고문'이라고도 하지. 갈망을 억제하기 위한 이인증자기를 지각하는 데 문제가 생긴 병적인 상태 치료 중 하나야."

그때 소년이 이상한 낌새를 챘는지 고개를 들고 똑바로 앉더니 붉게 충혈된 커다란 두 눈으로 그들을 쳐다봤다.

데번은 얼굴을 찡그렸다. "저기서 얼마나 보내야 하는데?"

"어디? 쟤들 방 말하는 거야?"

"저게 개인 방이야? 용들이 다 저런 곳에서 잔다고?"

"근무 중이 아닐 때는 그렇지. 지금은 대부분을 저 안에서 보내고 있고."

소년이 침대에서 일어나 맨발로 조심히 걸어오더니 불안하게 감시창을 긁어댔다. 그는 램지는 거들떠보지도 않고 오로지 데번만 바라봤다.

"그건 너무 끔찍하잖아!"

"공주님 사고방식이 그러시겠죠 뭐." 램지가 눈을 위로 굴렸다. "저들이 지금 저렇게 엄격히 통제된 삶을 살고 있다고 해도 태어나면 바로 죽어야 했던 70년 전에 비하면 엄청나게 좋아진 거야."

소년이 감시창에 얼굴을 밀착한 채 혀를 축 늘어뜨렸다. 침이 유리를 타고 흘렀다. 그는 비참해 보였고 내내 울었는지 눈이 벌겋게 충혈되어 있었다.

"너무 잔인해." 데번은 카이가 이런 곳에 있는 광경을 상상하지 않으려고 애쓰며 유리에 손바닥을 가만히 댔다. "더 나은 방식으로 치료할 수도 있잖아."

"멍청한 소리 하지 마." 램지가 데번의 손을 치우고 감시창을 쾅 닫아 시야를 차단했다. "허기는 아주 강력한 거야. 특히 지배와 폭력을 향한 허기라면 더욱 그렇지. 권력을 마음대로 휘두르고 싶은 유혹을 물리칠 수 있는 자는 극히 소수일 뿐이야."

"다른 사람도 아닌 오빠 입에서 그런 말이 나오다니 참 아이러 니하네." 데번이 받아쳤다. "오빠가 카이를 생각한다거나 내게 친절을 베풀고 싶어서 이러는 건 아닐 텐데. 대체 우리가 왜 여기 있는 거지? 어제 날 왜 데리러 왔었어?"

"드디어 질문다운 질문을 하는군! 먼저 여기서 나가지. 아서왕의 원탁 비슷한 걸 보여줄게. 네가 아까 물어봤잖아."

램지는 복도를 걸어 나가면서 열려 있던 나머지 감시창을 모두 닫았다. 대부분의 방이 비어 있다는 사실을 그제야 알아차렸다. 생각해보니 건물이 전체적으로 비어 있는 듯한 느낌이 들었다. 그들 말고 돌아다니는 이들도 거의 눈에 띄지 않았다. 기사들이 떠나고 있는 걸까? 아까 램지가 막사 쪽 길을 택하지 않은 것이 별 뜻 없는 행동인 줄 알았는데 다른 의미가 있는 걸까? 어쩌면 램지는 지금 기사단의 사정이 얼마나 나쁜지 숨겨야 했던 건지도 모른다.

또 다른 문을 통과하자 계단이 이어졌다. 데번은 끔찍한 독방이 늘어선 흰 복도를 뒤로하고 떠나는 데 안도하며 램지 뒤를 따랐다.

계단은 사방이 유리로 둘러싸인, 수술실이 내려다보이는 참관대로 이어졌다. 의사와 간호사들이 의식 없는 환자가 누워 있는 타원형 테이블 주위를 돌아다니며 수술 도구를 주거니 받거니 하고 있었다. 그냥 환자가 아니었다. 작고 거무스름한 형체의······.

"카이!" 데번이 몸을 내던지며 양 주먹으로 유리를 쾅쾅 두드렸다. "**카이!**"

의사 한 명이 고개를 들고 눈을 찡그리더니 하던 일을 계속했다. 나머지는 데번을 알아채지도 못한 눈치였다.

"좀 진정하지 그래." 램지가 자기 말을 몸소 실천하듯 참관석에 편히 자리를 잡았다. "한 시간 안에 끝날 거야. 아픈 것도 모르고 획 지나갈걸. 네 아들은 아무것도 기억하지 못할 테고."

데번이 주먹을 불끈 쥔 채 램지의 주위를 맴돌았다. **"아이에게 무슨 짓을 하고 있는 거야?"**

"날 때리면 너희 둘 다 살아서 그 이유를 알아내지 못할 텐데."

데번은 1에서 20까지 세며 분노를 가라앉히려 했다. 모든 것이 자신에게 불리한 상황이었기에 일단은 살아남는 데 집중해야 했다. 그저 몸서리를 치며 들끓는 감정을 억눌렀다.

"앉아." 램지가 개를 대하듯 말했다. "우리 좀 어른답게 대화하자고."

달리 할 수 있는 일이 아무것도 없었다. 데번은 무력한 분노에 빠져 수술실에서 눈을 떼지 못한 채 의자에 앉았다. 카이는 의료 장비와 저들의 가운에 반쯤 파묻혀 있었다.

"네 아들은 지금 폭발 장치를 삽입하는 수술을 받고 있어. 위성 신호를 사용해 멀리서도 터뜨릴 수 있는 장치지." 램지는 자신의 말이 이보다 당연할 수 없다는 듯 말했다. "예전에 유달리 말을 안 듣는 신부에게 이런 기술을 아주 가끔 사용한 적이 있는데, 그것의 업그레이드 버전이랄까."

폐가 갑자기 굳어버린 양 목구멍에서 숨이 턱 막히는 것을 느꼈다. 오빠는 대체 언제 이렇게까지 망가져버린 걸까? 인정하고 싶지 않은 불쾌한 정답이 바로 떠올랐다. 어릴 적 데번의 실수로 기사로 살 운명에 처해진 그 순간.

"이것부터 분명히 해둬야 할 것 같았어." 램지가 말을 이었다. "이제 쟤가 왜 저기에 있는지 알겠지? 네가 조금이라도 삐끗하거나 의심을 살 만한 행동을 하면 저건 터질 거야. 섣불리 직접 폭탄을 제거하려고 해도 터질 거고. 아무리 멀리 떨어져 있어도 너희 둘 다 결코 안전하지 못해." 그가 무심하게 긴 다리를 꼬며 말했다. "카이가 오늘이 지나도 살아 있기를 바란다면, 폭탄이 무사히 제거되기를 바란다면 내 말을 잘 들어."

"우리에게 원하는 게 뭔지 아직 말 안 해줬잖아!"

"난 기사단의 부활을 원해. 기사단은 예전처럼 영향력 있고 강력한 힘으로 가문을 보호할 수 있어야 해. '이터'들이 이 나라에서 번성할 수 있었던 게 다 우리 덕분인데……."

"레이븐스카 덕분이지." 데번이 반박했다. "기사들이 치료제 개발하는 데 한 일이 뭐가 있어? 이득만 취한 거지!"

램지는 데번의 말을 무시했다. "……그런데도 가부장들은 우리에게 반감이 있단 말이지. 우리 덕분에 결혼도 성사되고 종족도 살아남고 구닥다리 가문도 현대화되었는데 말이야. 가문은 우리를 그렇게 쉽게 잊어서는 안 돼. 무슨 말인지 알겠어?"

데번은 그가 무엇을 말하고 싶은지 너무나 잘 알 것 같았다. 램지는 마치 죽어가는 회사를 살리려고 애쓰는 경영자, 항복을 거부하는 독재자 같았다. 늘 지긋지긋하게 똑같은 이야기. 사라져가는 권력에 집착하는 초라한 성난 남자들의 이야기. 항상 타인에게 특권을 남용하며 살아와 특권 없이 사는 게 두려운 자들. 일상적으로 저지른 폭력이 고스란히 자신에게 돌아올까 두려운 자들.

리뎀션을 되찾고 다시 용을 거느리게 된다고 해도 장기적으로 기사단의 해체를 막을 수는 없으리라는 것이 데번의 생각이었다. 하지만 램지와 그의 무리에게 그런 건 중요하지 않았다. 그는 오로지 단기적으로 자신에게 돌아오는 것에만 관심이 있었다.

데번이 소리쳤다. "그게 지금 카이에게 **폭탄**을 심는 거랑 무슨 상관인데!"

"짐작이 안 가?" 램지가 되물었다. "사령관이랑 나랑 짜놓은 시나리오가 하나 있어. 꽤 단순한 계획인데, 이런 식이지. 레이븐스카 놈들이 어디로 갔는지 알아낸 다음 누군가를 시켜 그들 무리에 합류하게 하는 거야. 그들이 믿고 연민을 느낄 만한, 그들과 비슷한 가치관을 가진 자. 그리고 그자를 이용해 은신처를 알아내 한밤중에 기습 공격을 하는 거지. 놈들을 생포해 비축된 약을 빼앗고 약물 제조법을 알아내는 거야."

"돌았구나." 데번이 겨우 입을 뗐다.

"아니, 데브, 우리에겐 네가 있잖아. 하늘에서 떨어진 복덩이 같으니. 네가 매틀리와 그 난장판을 벌인 건 계획하려야 할 수도 없었을걸!" 램지는 또다시 웃고 있었다. 무자비한 잔혹함이 끝도 없이 재밌는 모양이었다. "넌 매틀리를 죽이고 도망친 척해. 우린 널 뒤쫓는 척할 테니. 레이븐스카 놈들이 널 찾아냈을 땐 네가 도망자라는 걸 믿을 수밖에 없을 거야. 사실 뭐 가짜도 아니지. 정말 멋진 한 편의 드라마 아니니?"

"아……." 머릿속이 빙빙 돌고, 복잡한 상황에 대한 당혹감과 절망으로 가슴은 미어터질 것 같았다. "왜 그들이 날 찾으려 하겠어?

일면식도 없는 반체제 무리에 나더러 어떻게 합류하라는 거야?"

램지가 손가락 하나를 귀에 찔러 넣고는 죽어갈 때의 표정을 우스꽝스럽고 기괴하게 흉내 냈다. 매틀리를 따라하는 것이었다. 데번은 무슨 감정을 느껴야 할지 갈피를 잡을 수 없었다.

"카이도 그들처럼 아버지를 죽였잖아. 놈들은 분명 너와 카이 모두에게 흥미를 느낄 거야. 유유상종이라고들 하지. 자기들끼리만 지내면 외롭기도 할 테고."

아래에서 수술이 마무리되고 있었다. 그들이 손을 씻은 후 가운을 구겨서 던져놓고 장갑을 벗는 모습이 눈에 들어왔다. 카이는 미동도 없이 누워 있었다.

"난 스파이가 아니야. 기사도 아니고. 난 그냥……."

"너일 뿐이지." 램지가 데번 쪽으로 몸을 기울이며 말했다. "덫에 걸린 절박한 너. 넌 순발력도 좋고 이터에겐 없는 창의력도 꽤나 발휘할 때가 있지. 우리가 원하는 모든 걸 다 갖추고 있다니까, 데브. 이 일에 안성맞춤이야."

데번이 안절부절못하고 괴로워하며 수술실을 지켜보는 가운데 카이가 들것에 실려 나갔다.

"고맙기도 해라." 카이를 태운 들것이 사라지고 수술실이 완전히 텅 빌 때까지 기다렸다가 데번이 말했다. "근데 그딴 쓰레기 같은 짓 그냥 안 하면 안 돼? 안 그래도 난 평생 착한 공주 역할을 하며 살았고, 방금은 친오빠가 조카 몸에 폭탄을 심는 꼴까지 봤다고."

램지의 얼굴에서 웃음기가 싹 사라졌다. "좀 다르게 설명해주지. 넌 이 게임의 핵심 요소이지만 직접 판을 주도하거나 승리를 이끌 존재는 아니야. 넌 그냥 잘 이용당하기만 하면 돼. 그러니까 쓸모 있는 존재가 되라고. 그냥 버려지기 싫으면." 그가 손가락으로 데번의 이마를 톡톡 두드렸다. "원한다면 언제든 떠나. 하긴, 그럴 일은 없겠다. 그건 카이를 포기한다는 뜻일 테니까. 넌 절대 그렇게 못 할 거거든."

램지의 말이 맞았다. 그 말이 맞다는 게 싫었지만 카이를 떠나야 한다는 생각이 더 싫었다. 결국 그렇게밖에 될 수 없겠지, 늘 그렇듯이. 데번은 바보가 아니었다. 일이 다 마무리되면 램지가 자신과 카이도 **처치**할 거라는 걸 알았다. 그보다 더 일찍 죽는 것이 유일한 대안이었다.

"바깥세상에서 어떻게 살아나가야 하는지도 모르는데." 데번이 이를 악문 채 말했다. "인간 사회든…… 뭐든 경험해봤어야 알지."

"그 정도는 우리가 준비시켜줄게. 몇 달이 걸리겠지만, 어차피 거기 있는 놈들 거래처를 추적하려면 그 정도 시간은 걸릴 테니까." 램지가 자리에서 일어나 느긋하게 기지개를 켰다. "난 수술이 잘 끝났는지 가서 확인하고 올게. 다 잘 끝났으면 너도 가서 네 아들을 봐도 돼. 여기서 기다려."

램지는 어두운 참관대에 데번을 홀로 남겨두고 멀어져갔다. 주위에는 아무도 없었지만 도망쳐봐야 소용없다는 걸 알았다. 이곳은 기사와 용이 들끓는 보안 건물이었고, 카이가 아직 여기 어딘가에 있으니까. 폭탄을 품은 인질이 된 채로.

데번은 공허와 정적에 휩싸인 채 몸을 웅크렸다. 기사단의 말을 따르지 않고 도망치면 그들은 데번을 가문에 넘기거나 카이를 사살할 것이다. 지금 거부하면 둘 다 살아서 여기를 나가지 못할 게 분명했다. 무엇보다 나중에 아들의 몸에서 폭탄을 제거한다 할지라도 카이에겐 여전히 치료제, 그러니까 레이븐스카의 도움이 필요했다.

하지만 저들의 명령을 충실히 따른다 하더라도 어차피 데번은 그들의 죄를 뒤집어쓰고 죽을 것이고 데번의 아이들은 돈벌이 수단에서 벗어나지 못할 운명이었다. 그대로 놔두기에 데번은 너무 위험한 존재였다.

이 모든 선택은 데번의 쓸모가 다하는 순간 죽음과 실패로 끝날 것이다. 한마디로 데번은 어차피 죽은 목숨이나 다름없었다.

데번이 돌연 미소를 지었다.

바닷물의 흐름이 바뀌는 때를 정확히 짚어낼 수 있는 순간이 있다. 썰물이 끝나고 파도가 다시 해변으로 밀려들기 시작하는, 기록할 수 있고 측정할 수 있는 그 찰나의 시간. 지금이 바로 그 순간이었다.

몇 년 만에 처음으로 마음이 자유롭고 평온하게 둥실 떠오르는 것을 느꼈다. 두려움은 데번을 아래로 끌어내리는 닻과 같았는데, 어차피 죽을 게 확실해지자 마침내 그 사슬이 끊어진 것이다. 이 모든 정치 공작이 카드 게임이라면 기사들은 일어날 수 있는 모든 일에 대비해 데번에게 불리한 판을 이미 짜놓았다고 믿고 있을 것이다.

하지만 데번이 이길 수 없는 게임이라고 해도 어차피 데번은 더 이상 잃을 게 없었다. 다른 선택지가 없으니 자신이 가진 모든 걸

걸고 게임에 임하는 수밖에. 램지는 모든 선택지를 앗아감으로써 데번을 자유롭게 해주었다.

이제 데번만의 계획을 세우기만 하면 된다.

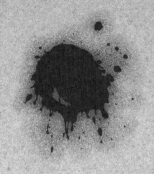

그들은 우리를 소울이터라고 부른다. 우리가 뇌를
파먹는다며 인간들의 수많은 전설에 나오는
식인종이나 흡혈귀 같은 괴물로 여긴다. 내 가족조차
날 가증스러운 존재로 생각한다.
하지만 나는 이제 진실을 안다. 이건 먹는 게 아니라
공유하는 것이며 성체를 받아 모시는 일이다. 두 개의
영혼을 하나의 몸에 합침으로써 궁극의 신성을 경험하는
일이다. 생명을 받아들이고 고양해 새롭고 초월적인 형태로
변화시키는 일이다. 이건 기적이다, 나는 기적이다.
나는 신이오니 부디 나를 축복해주소서, 아버지.

**킬록 레이븐스카,
개인 일기**

뭔가 잘못되었다는 신호

현재

"뭐라고 말 좀 해봐." 이야기를 마친 데번이 한동안 이어진 침묵을 깨뜨리며 말했다. 거센 바람이 불어와 나뭇잎과 잔가지를 흔들어 댔다. "제발."

"무슨 말?" 헤스터가 팔짱을 끼며 응수했다. "내가 지금 화났다는 말? 당연한 거 아냐? 모든 게 다 거짓말이었고 **우릴 죽이려고** 여기 온 거라며! 기차에서 그 난장판이 벌어진 거 하며…… 내가 총이 든 가방을 잃어버린 거 하며…… 다 가짜였던 거잖아? 다른 사람도 아닌 네가 기사들 끄나풀 역할이나 하다니 정말 믿을 수가 없네!"

"나도 원해서 그런 게 아니야. 내 말 못 들었어? 벗어날 수가 없어서 내가 그들을 이용하기로 한 거라고. 그리고 모두를 죽일 생각 같은 건 없어. 난 그냥 카이에게 줄 리템션이 필요할 뿐이야. 너희

135

레이븐스카 가족은 기사들이 쳐들어오기 전에 여길 뜨면 돼. 내가 미리 경고해주려 했다고!"

"여길 뜨면 된다고? 진심이야?" 헤스터가 발작하듯 웃어대기 시작했다. "도망갈 기회도 다 주고 너그럽기도 하셔라! 그럼 이 모든 이야기를 언제 할 생각이었는데? 그동안 우리 목숨에 대해 한 번이라도 생각해본 적 있어?"

구름이 모여들며 하늘이 어두워지고 있었다. 또 한차례 눈이나 진눈깨비가 쏟아질 기세였다.

"그러는 넌 킬록의 무의미한 쿠데타로 목숨을 잃은, 서른 명 가까이 되는 **친가족**에 대해 생각해봤어?" 데번이 쏘아붙이자 헤스터가 뺨이라도 맞은 양 움찔했다. "너희 가족을 봐. 웨스턴은 죽지 않았어. 새 몸, 새 집에 이식됐을 뿐이지. 똑같은 헛소리를 늘어놓는 똑같은 개자식이 되어가고 있다고. 게다가 이제는 킬록을 중심으로 망할 사이비까지 번성하고 있지."

"그렇다고 네가 우릴 배신한 게 정당화되진 않아. 그 결정을 내리기 전에 넌 이곳 상황에 대해 알지도 못 했잖아."

"레이븐스카도 다른 가문과 똑같아. 내가 떠나온 가문보다 하등 나을 게 없을 거라고 생각은 했지만." 데번이 눈가를 때리는 매서운 겨울바람을 막으며 말했다. "사실 더 끔찍하지."

"닥쳐! 우릴 안 지 겨우 이틀밖에 안 된 주제에 네가 무슨 자격으로 우릴 평가해?"

"내가 틀린 말 한 건 아니잖아? 킬록은 자기들만의 그 기괴한 성찬식에 인간을 제물로 올리는 괴물 집단을 만들어냈어. 근데도 그게 다른 가문에 비해 끔찍한 게 아니야?" 여전히 맨발인 데번이 마른 나뭇잎을 부스럭대며 헤스터에게 한 발 다가갔다. "현실적으로 생각해봐, 헤스. 누군가 쳐들어오는 건 어차피 시간 문제였어. 나랑 기사들이 아니었더라도 다른 가문들, 하다못해 인간 경찰이라도 찾아왔을 거야. 킬록이 아버지를 잡아먹고 갈망에 무너진 순간 다 망한 거라고. 너도 그렇다는 걸 속으로는 알고 있잖아."

"그렇다고 네가 한 짓이 받아들여지진 않아." 헤스터가 장전되지 않은 총을 마치 곤봉처럼 허공에 휘두르며 말했다. "내가 오빠에게 가서 다 말하면 어떻게 할 거야? 못 하게 할 거야? 매틀리를 죽인 것처럼 나도 죽일 건가? 그래, 그냥 널 넘겨야겠어!"

"그러기엔 넌 너무 똑똑해." 데번이 애써 차분한 척하며 바람에 날린 머리카락을 눈가에서 떼어냈다. "그럼 킬록은 우리 셋 다 죽여버릴걸. 난 거짓말을 한 죄로, 넌 날 여기 데려온 죄로. 이렇게 된 이상 그건 불가능해졌어."

헤스터는 총을 구겨버릴 기세로 꽉 쥐었다. "그럼 대체 왜 나한테 이런 이야기를 한 건데?"

"네가 덫에 걸린 것 같아서 그랬어. 한때 내가 그랬던 것처럼." 데번의 입 밖으로 진심이 흘러나왔다. "네가 나랑 카이랑 함께 떠나면 좋겠다고 생각했어. 남아 있는 리뎀션을 모두 챙겨 떠나는 거야. 안전한 곳으로. 우리 다같이."

"**뭐라고?**" 헤스터가 데번을 빤히 쳐다봤다. "그런 말도 안 되는 소리가 어딨어!"

"왜? 너 행복하지 않잖아. 쿠데타 일으킨 게 후회된다며, 떠나고 싶다며. 방금 그렇게 말했잖아."

"절대 안 돼. 그런 일은 있을 수 없어." 헤스터가 노발대발하며 씩씩거렸다. 헤스터의 강한 부정에서 오래전 재로우와 맞섰던 데번 자신의 모습이 보이는 듯했다. "그건 생각만으로도…… 너무…… 세상에!" 헤스터가 그대로 돌아서서 숲을 가로질러 집으로 돌아갔다. 저 위의 하늘처럼 험악하고 어두운 얼굴로 소총을 가슴에 꼭 끌어안고서.

데번이 달려가 헤스터 앞을 어설프게 막아섰다. "헤스, 그럼 이 질문에 답해봐. 왜 도망치는 여자들은 그렇게 드문 걸까? 수 세기가 지나도 왜 이터의 삶은 달라지지 않는 걸까?"

"그걸 내가 어떻게 알아!"

"우리는 상상이란 걸 할 수 없으니까!" 데번도 물러서지 않고 맞섰다. "아무리 녹음기를 쓰고 필경사를 고용해도 우린 결코 인간처럼 책을 쓸 수 없어. 혁신은커녕 시대에 적응하는 것도 힘겨워 결국 전통에 매몰되고 말지. 대대로 같은 책을 읽고, 틀에 박힌 사고만 반복하면서. 세상은 창의적인데 우린 창의적이지 못 해."

"나랑은 상관없는 일이야……."

"좀 들어봐!" 데번이 헤스터 앞을 다시 막아서며 외쳤다. "이 말만 끝까지 할 수 있게 해줄래? 우리가 어릴 적 읽었던 책들은 늘 결혼해서 아이를 낳는 것으로 끝났어. 여자들은 그 이상의 삶을 상상하지 말아야 한다고 배웠고, 남자들은 그 한계를 정하고 수호해야 한다고 배웠지. 우린 길들여진 어둠 속에서 자라서 우리가 눈이 멀었다는 것조차 깨닫지 못하고 있는 거야."

헤스터가 주먹을 그러쥐고 시선을 회피한 채 풀밭 위에 섰다. 데번을 피하려는 시도는 그나마 포기한 듯했다.

"난 좀 더 일찍 도망쳤어야 했어." 데번의 목소리가 살짝 갈라져 나왔다. "근데 그러지 못했지. 내가 그러지 못한 진짜 이유가 뭔지 알아? 상상할 수 없었기 때문이야. 나뿐만 아니라 모든 이터가 안고 있는 바로 그 문제. **지금보다 나은 삶, 지금과는 다른 삶을 상상할 수 없었다는 거.** 상상할 수 없으니까 존재하지 않는다고 간주해 버렸지." 데번은 목이 메어왔다. "근데 내가 틀렸더라. 삶은 달라질 수 있어. 너도 잘못 생각하고 있어. 그래서 내가 너랑 함께 가면 좋겠다고 생각한 거야. 새로운 걸 시도해보기 위해."

"난 이미 킬록과 새로운 걸 시도해봤어. 근데 그 결과를 봐." 헤스터가 받아쳤다. "그게 네가 지금 하려는 말 아니야? 우리도 결국 다른 가문들과 마찬가지일 거라는 거? 대체 무슨 자신감으로 네가 킬록보다 나을 거라고 생각하는 거야?"

"난 가부장이 아니니까, 그리고 저택의 주인이 될 생각 같은 것도 없으니까. 킬록이 원하는 건 가문의 남자들이 원하는 것과 같은 거였어. 자신이 한 집안을 이끌어가기를 원했지. 이 시스템 자체가 문제라는 걸, **모든** 걸 버리고 완전히 다른 방식으로 시작해야 한다는 걸 이해하지 못한 거야."

진눈깨비가 내리며 폭풍이 몰아치기 시작했지만, 추위와 습기에 무감각한 두 여자는 아랑곳하지 않았다.

"다르게 살 방법 같은 건 없어." 헤스터가 무뚝뚝하게 말했다. "어쨌든 소울이터에 대해서는 가문의 판단이 옳았지. 우린 그들

없이 살 수 없어."

"개소리." 데번이 말했다. "넌 허기를 극복했잖아. 카이도 마찬가지고. 둘 다 스스로 먹이를 찾아 나서지 않았어. 킬록의 죄는 킬록 개인의 문제야. 괜히 허기를 탓하고 있는 거라고. 그래야 네가 그의 거짓말을 믿어주고 그의 행동을 용서해줄 테니까."

"그건……" 헤스터가 반쯤 얼어붙은 비를 맞으며 말꼬리를 흐렸다. "설사 그게 사실이라고 해도 어떻게 나더러 상상할 수도 없는 미래를 믿으란 거야? 난 미래를 그려볼 수도, 감당할 수도 없는데. 이제 그만해. 혼자 생각할 시간이 필요해. 이만 가주면 좋겠어."

데번은 한숨을 푹 내쉬며 옆으로 비켜섰다. "이 말이 어떻게 들릴지는 모르겠지만, 정말 미안해."

"다들 늘 미안하다고 하지." 헤스터가 톡 쏘아붙이고는 총을 품에 안은 채 집으로 걸어갔다.

———•———

데번은 고동치는 심장을 진정시키며 헤스터가 트라퀘어 안으로 사라질 때까지 한참을 기다렸다가 느릿느릿 그 뒤를 따랐다. 날씨가 춥고 축축했지만, 아무렇지 않게 한낮의 진눈깨비 속을 헤치며 홀로 걸었다. 숲이 멀어지면서 저택은 점점 더 크게 시야에 들어왔다. 하얗게 칠해진 건물 외관이, 얼어붙은 빗속에서 반짝이는 뼈처럼 보였다.

헤스터에게 그런 이야기를 한 건 어리석었다. 그렇게 큰 위험을 감수하는 건 데번답지 않은 행동이었다. 하지만 다른 대안은 헤스터에게 아무 말도 하지 않고 조용히 카이와 떠나는 것뿐이었다. 기사들의 공격에 무방비하게 버려둔 채.

그럴 순 없었다!

데번은 자신의 격한 반응에 놀랐다. 데번은 주변인들의 상황을 두루 참작하기 위해 끊임없이 머릿속 회로를 돌리고 있는데, 언제부터인가 헤스터의 생존이 중요한 요소로 자리 잡기 시작했다.

둘 사이에 강한 유대 관계가 형성되었다는 뜻일까, 아니면 단지 데번이 외롭다는 증거일 뿐일까? 데번은 재로우가 떠난 후 처음으로 느껴본 우정 비슷한 감정을 간절하게 붙잡았다.

이미 뱉어버린 말은 후회해봤자 늦었다. 어차피 같이 가거나 아니거나 둘 중 하나였다. 그동안 해결해야 할 현실적인 문제가 한두 개가 아니었다.

우선 지난 2년간 찾아 헤맨 성배, 리뎀션 문제가 있었다. 제조법을 알아내는 건 어려울 듯했다. 그걸 아는 자는 킬록의 머릿속에 있는 유령뿐이고 킬록 자신도 그 비밀을 털어놓을 생각이 전혀 없어 보였다.

데번은 램지와 함께한 몇 달간의 훈련을 통해 레이븐스카가 배송 일정에 따라 리뎀션을 제조한다는 사실을 이미 알고 있었다. 여름에 재료가 도착하면 가을에 제조를 시작해 겨울에 마무리하고 보관하는 식이었다. 봄은 휴식기였다.

즉, 사철 내내 리뎀션이 보관되어 있을 거라는 뜻이었다. 지금도 리뎀션을 제조하고 있으니 분명 어딘가에 재고가 있을 것이다.

게다가 헤스터를 비롯한 몇몇 형제들은 여전히 리뎀션이 필요했고, 아마 킬록도 '제물'을 취하지 않을 때는 리뎀션을 먹을 것으로 추정되었다.

문제는 램지가 도착하기 전에 약이 보관된 장소를 찾아내 재고를 빼돌릴 수 있냐는 것이었다. 램지가 준 시간이 워낙 빠듯했기 때문이다.

데번은 미로를 빙 돌아 트라퀘어의 북쪽 계단을 올라 부엌을 통해 안으로 들어갔다. 놀랍게도 마니가 천으로 덮인 식탁에 홀로 앉아 데번을 기다리고 있었다. 데번이 들어오자 그는 의자와 지팡이에 몸을 의지한 채 자리에서 일어났다. "오셨군요, 데번 페어웨더 씨. 사격 연습은 재밌었나요?"

"제 실력이 형편없더군요. 제 아들은 어딨나요?"

"자기 방에 있어요. 내가 집 구경을 시켜줬더니 마음에 드는 방을 고르더군요." 마니가 조심스러운 미소를 지어 보였다. "여기서 당신을 기다리는 게 낫겠다 싶었죠. 우릴 찾느라 계단을 오르락내리락하는 수고를 덜어주고 싶어서요."

"정말 친절하시네요." 데번은 머릿속이 여전히 혼란스러웠다. "그럼 앞장서시죠."

마니가 고개를 끄덕이고는 절뚝거리며 부엌에서 나와 복도로 향했다. 그는 데번이 처음 보는 계단을 올라 저택의 '신관'으로 향했다. 신관은 1200년대에 지어진 트라퀘어의 나머지 동과 달리 1700년대에 지어진 건물을 뜻했다. 데번은 마니의 이런 설명을 들으며 흥미를 느꼈다. 어린 시절 데번의 눈에는 페어웨더 저택도 엄청나게 오래된 것처럼 보였는데, 이곳은 그 집보다 500년은 더 된 곳이었다.

"당신과 만나게 되어 참 다행이네요." 데번이 주위에 이터들이 있는지 유심히 살피며 말했다. "22년 전 저 때문에 곤욕을 치른 걸 사과드리고 싶었거든요. 그땐 정말 당신이 그냥 흥미로운 손님인 줄만 알았어요."

그가 불행한 기억을 곱씹는지 침울한 표정을 지었다. "아까도 말했지만 미안할 필요 없습니다. 아무것도 모르고 악의도 없었던 아이에게 원한을 품을 순 없죠. 듣자 하니 당신도 나름의 고초를 겪었다던데요."

"그러는 **당신**은요?" 2층에 다다랐을 때 데번이 질문을 던졌다. "여긴 어떻게 오시게 된 거죠? 그동안 무슨 일이 있었나요?"

그때 소울이터 한 쌍이 낮은 목소리로 이야기를 나누며 모퉁이를 돌아 나타났다. 마니가 그들에게 정중히 고개를 끄덕였고 데번도 똑같이 했다. 하지만 대화에 여념이 없는 그들은 데번과 마니를 알아채지도 못했다.

그들이 사라지자 마니가 조용히 말했다. "붙잡힌 다른 인간 몇 명과 함께 북쪽의 레이븐스카 저택으로 보내졌지요. 기사들이 우리를 호송했고요." 그는 계단참에 멈춰 지팡이에 기대 잠시 휴식을 취한 뒤 호화롭게 장식된 긴 복도를 향해 돌아섰다. "당시 웨스턴이 리뎀션 합성에 필요한 인간 피험자들을 모으고 있었거든요."

데번이 걸음을 뚝 멈췄다. "뭐라고요?"

"이런, 아직 못 들은 모양이군요?" 마니가 고개를 갸웃하며 두꺼운 안경 너머로 기민하게 눈을 빛냈다. "리뎀션을 처음 개발한 가부장은 소울이터가 인간 뇌에 존재하는 어떤 성분을 먹어야 한다는 걸 알아냈어요. 그는 아주 영리해서 그 성분을 화학적 형태로 분리하는 방법을 터득했고 덕분에 지금의 리뎀션이 탄생하게 되었죠."

"정말 놀랍네요." 데번이 경탄했다. "게다가 어처구니없을 정도로 간단하기도 하고요. 왜 아무도 그걸 발견하지 못했을까요?"

"다른 가문들은 보통 북이터의 관점에서 생각했지만 소울이터들은 본인들 문제니까 더 진지하게 접근했겠죠." 마니가 말했다. "북이터들은 소울이터들에게 물어봐야겠다는 생각 자체를 못 했을 겁니다. 당신네 종족은 그런 면에서 신기할 정도로 꽉 막힌 경향이 있잖아요. 기분 나쁘게 할 뜻은 없습니다만."

"기분 나쁘게 듣지 않았어요."

"어쨌든 웨스턴은 수년간 나를 가둬놓고, 채혈을 하거나 뇌에서 어떤 물질을 추출할 때만 꺼내주었어요." 그가 자신의 오른쪽 다리를 가리켰다. "또 내가 도망가지 못하도록 다리를 절게 만들었고요."

"정말 끔찍하군요." 데번은 경악했다. "지금도 약을 제조하려면 인간이 필요한가요? 너무 경악스러워요."

"속상했죠." 그가 트라우마에 익숙해진 양 무덤덤하게 말했다. "하지만 4년 뒤 웨스턴이 리뎀션을 완전히 인공적으로 제조하는 데 성공하면서 그 일은 마침내 끝났어요. 정말 다행이었죠! 이제는 인간의 도움 없이 약물의 모든 성분이 합성되고 있습니다." 마니가 다시 걷기 시작했다. "하지만 그건 내가 더이상 쓸모가 없어졌다는 의미기도 했죠."

에메랄드빛 카펫 위를 소리 없이 걸으며 그의 뒤를 쫓았다. "근데 왜 당신을 살려둔 거죠? 좀 무례한 질문일 수도 있겠지만요."

"괜찮아요. 난 지식인이었으니까, 글쓰기가 필요한 모든 일에 날 대리인으로 쓰려고 살려둔거죠. 그건 웨스턴이 자기 힘으로 할 수 없는 유일한 일이었으니까요. 그렇다고 친구가 된 건 아닙니다. 우리 사이에 존재하는 권력관계나 그가 나한테 저지른 짓을 생각하면 그건 불가능하죠. 하지만 우린 서로를 이해했어요. 그는 냉정한 사람이었지만 자기 일에 있어서만큼은 정말 뛰어났지요."

"그게 별건가요. 북이터들에게 지성은 손쉽게 얻을 수 있는 건데요."

"말도 안 되는 소리." 마니가 비난조로 말했다. "정보는 지성이 아닙니다. 컴퓨터도 책 전체를 담을 수 있지만 지적인 존재로 인정받진 않잖아요. 데이터를 저장할 수 있는 것과 그것을 창의적으로 **사용**하는 건 전혀 다른 문제입니다. 웨스턴은 둘 다에 능했죠."

"그렇게 생각해보진 못했네요." 듣고 보니 데번 자신도 특별히 똑똑한 건 아닌 것 같다는 생각이 들었다.

"어쨌든 난 16년간 웨스턴의 대리인 역할을 했어요. 그러면서 당신네 종족에 대해 엄청나게 많은 걸 알게 되었죠." 그의 입가에 자조적인 미소가 희미하게 어렸다. "지금은 이터들의 역사를 다룬 책을 쓰고 있기도 하죠. 그 책이 빛을 볼 날이 과연 올지는 모르겠지만요. 킬록이 출판을 허락해준다 하더라도 누가 그런 이야기를 믿어주겠어요."

"정말 놀랍네요." 데번이 진심을 담아 말했다. "킬록이 권력을 잡은 후에 그와는 어떤 합의가 있었나요?"

"킬록이 웨스턴을 비롯한 북이터들을 제거한 후, 난 킬록을 따르겠다는 조건하에 목숨을 건질 수 있었어요." 마니가 자신의 위태로운 처지에 얼마나 스트레스를 받고 있는지는 몰라도 겉으로는 전혀 티가 나지 않았다. 어쩌면 포식자들 거처에 머무르며 자신을 숨기는 데 능숙해진 것일 수도.

"킬록이 당신에게 많이 의지하는 것 같던데요."

"내가 해줄 수 있는 일이 있으니까요…… 지금은." 무심한 그의 어조는 이 상황이 언제든 바뀔 수 있음을 암시하는 듯했다. "다른 소울이터처럼 킬록도 글을 쓸 수는 있지만, 법적으로는 존재하지 않는 존재인 데다 더 큰 세상에 대한 경험도 이제 막 시작했죠. 반면에 나는 이 나라의 엄연한 구성원으로서 은행 계좌를 만드는 것부터 시작해 많은 일을 할 수 있고요. 무엇보다 나한텐 그에게 없는 신분증이 있잖아요. 그러다 보니 저들의 재정 관리를 돕고 약물 공급책과 소통하는 일도 하고 있죠."

"그렇다면 치료제에 어떤 성분이 들어가는지도 아시겠네요. 만들어진 약이 어디에 보관되는지도요." 데번이 주위를 힐끗 둘러보며 말했다. 근처에는 아무도 없었다. 이 집은 현재 인원의 네 배 이상을 수용할 수 있는 규모였는데, 겨우 열다섯 명이 기거하고 있었으니 사실상 빈 집이나 마찬가지였다. "킬록이 기록 업무를 포함한 모든 궂은일을 당신에게 맡기니까요. 아닌가요?"

"그게 당신의 관심을 끌 만한 정보인가요, 데번 페어웨더 씨?" 그가 다시 걸음을 늦추며 다가왔다. "그런 질문을 하시는 특별한 이유라도 있는지요?"

"내 아들을 살릴 정보니까요. 난 아들을 살리는 데만 관심이 있을 뿐이에요." 데번이 그의 호기심 어린 시선에 단호한 눈빛으로 맞섰다. "약 성분을 알면 내가 직접 약을 만들 수도 있을 것 같아서요."

"그건 당신이 이곳에 남지 않는다는 가정을 할 경우에만 유용한 정보겠죠." 마니가 안경을 고쳐 쓰며 말했다. "혹시 트라쿼어에서 나갈 생각을 하고 있는 겁니까?"

"당신은 아닌가요?" 데번이 침착하게 되물었다. "아까 예배당에서 당신 얼굴을 봤어요. 소울이터들 사이에서 어떻게 22년 동안이나 갇혀 지냈는지 나로선 상상이 안 되지만, 킬록의 쿠데타 이후에도 상황이 더 나아지진 않았을 것 같은데요? 젠장, 난 사실상 저들과 같은 이터인데도 여기서 지내기 싫은걸요."

"나아진 건 없습니다. 그건 당신 말이 맞아요." 그의 목소리에서 쓸쓸함이 묻어났다. "하지만 난 예순다섯 살인 데다 관절염과 당뇨를 앓고 있어요. 다리가 이래서 빨리 움직이지도 못하죠. 이제 이런 문제들을 현실적으로 받아들여야 해요."

데번이 벨트 고리에 엄지손가락을 끼워 넣으며 말했다. "글쎄요, 난 젊고 건강하고 엄청나게 빠른 데다 외부에는 조력자도 있죠. 우리, 서로 도울 수 있지 않을까요?"

마니가 한 걸음 더 다가와 데번과 어깨를 맞댔다. "어떻게 말인가요, 페어웨더 씨?"

"그야 상황에 따라 다르죠. 보관 중인 리뎀션이 얼마나 되나요?"

마니가 미소를 지었다. "얼마나 필요한데요?"

"욕심을 부리자면 카이가 평생 복용하고도 남을 양이면 좋겠지만, 지금으로선 당신이 줄 수 있는 만큼만 받기로 하죠."

이 전직 저널리스트는 지팡이 위에 두 손을 포개고 생각에 잠겼다. "큰 트렁크 하나를 가득 채우면 아이가 10년쯤 먹을 수 있는 양이 나올 겁니다. 워낙 작은 알약이니까요. 몇 주 더 기다릴 수 있다면 더 챙길 수도 있고요."

그럴 수는 없었다. "10년 치면 돼요. 다만 내일까지 필요하죠."

"내일요?" 그가 눈을 동그랗게 떴다. "그렇게 빨리 떠나려고요?"

"네, 리뎀션을 확보하는 대로 가려고요." 그리고 헤스터와 다시 한번 이야기를 나눌 기회도 있었으면 좋겠다고 데번은 속으로 생각했다. "내일 밤까지는 떠나야 해요. 도와주실 수 있나요?"

"그럴 것 같군요, 네." 마니가 체중을 반대쪽 다리에 옮겨 실으며 지친 다리를 잠시 쉬게 해주었다. "내일 리뎀션 재고 조사를 해야겠네요. 그래야 의심을 사지 않고 챙길 수 있을 겁니다."

"약 성분과 관련해 참고할 수 있는 자료도 전부 챙겨주세요." 데번이 압박했다. 10년치 약을 확보하고 성분과 제조법에 대한 자료까지 얻으면 약에 대해 알아낼 시간을 충분히 벌 수 있을 것이다.

하지만 마니는 바보가 아니었다. "그러면 난 뭘 얻을 수 있는지 다시 한번 말해줄래요? 당신이 뭘 해줄 수 있는지에 대해서는 아직 제대로 듣지 못한 것 같아서요, 페어웨더 씨."

"차로 여길 나가 함께 페리를 타고 아일랜드로 갈 수 있게 해줄 거예요. 가는 내내 내가 당신을 안전하게 지켜줄 거고요."

"아하, 아일랜드라…… 좋은 선택이군요. 동행이 또 있나요?"

"믿을 만한 내 친구들이 우릴 데리러 올 거예요. 어쩌면 헤스터도 같이 갈 수도 있고요."

"헤스터요? 그 아이가 무슨 생각을 하고 있나 했는데…… 음." 마니가 지팡이에 기댄 채 잠시 생각에 빠졌다. "내일 저녁 양조장에서 만납시다." 고민 끝에 그가 말했다. "7시 정각에요. 나도 시간을 정확히 지킬 테니 당신도 그렇게 해주기를 바랍니다."

"좋아요." 데번이 손을 내밀었다.

그들은 짧게 악수했다. "다시 만나서 정말 반가웠어요." 그는 지금까지 날씨 이야기라도 나눈 듯 경쾌하게 말했다. "날 따라와요, 페어웨더 씨. 아드님이 기다리고 있을 겁니다."

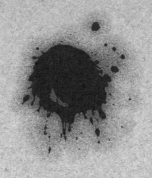

공주는 머리를 묶고 부츠를 신고
수천 개의 털로 지은 코트를 걸친 뒤
눈 내리는 고요한 어둠 속으로 발을 내디뎠다.
공주는 밤새도록 걸었다.

**샬럿 헉,
『털 뭉치 공주』**

왕자를 찾아 나선 공주

18개월 전

카멜롯에서 장장 8개월의 훈련 기간을 보낸 뒤 데번은 마침내 떠나도 된다는 '허가'를 받았다.

차창 밖으로 움푹 팬 아스팔트와 보행자들로 가득한 인도가 스쳐 지나갔다. 1년 전이었다면 데번도 이 광경에 흥분했을지 모르지만, 이제 저들과 함께 영영 살아야 한다고 생각하니 눈에 보이는 하수구로 기어들어가 나오고 싶지 않아졌다.

"기차역에 내려줄게. 거기서부터 알아서 가." 램지의 폭스바겐 승합차가 옥스퍼드의 꽉 막힌 도로를 가로질렀다. 그가 오토바이가 아닌 다른 차를 운전하는 것을 데번은 그때 처음 봤다. "네가 가진 돈이면 몇 년은 버틸 수 있을 거야."

"몇 년?" 훈련 기간 동안에는 몇 주면 될 거라고 했었다. "정말 몇 년씩이나 날 여기 내버려둘 생각이야?"

"그렇게 오래 걸리진 않을 거야. 길어봐야 1년이겠지."

아무런 도움도 되지 않는 말이었다.

"Co się dzieje(어떻게 된 거예요)?" 카이가 옆자리에서 속삭였다. "Gdzie jesteśmy(여기 어딘데요)."

"대체 무슨 말이야." 데번이 아이에게 말했다. 차에 탄 후로 벌써 세 번째 하는 말이었다. 아이가 아랫입술을 떨었고 데번은 한숨을 푹 내쉬었다. 여전히 유아기에 머물고 있는 카이는 점점 줄어드는 기사단용 리렘션을 먹으며 8개월을 보냈다. 이제 약은 더 이상 없을 것이다. 레이븐스카를 찾아내기 전까지는. 여행에 적응시키기 위해 램지가 아무 인간이나 잡아 아이에게 먹인 터였다.

"규칙을 기억해." 램지가 힐끗 뒤돌아보며 말했다. 규칙이 나열된 종이를 이미 먹었으면서 말이다. "보고할 게 아무것도 없더라도 2주에 한 번씩 꼭 전화해. 24시간 이상 늦어지면 그 장치를 폭파할 거야." 차는 노란불을 지나고 있었고, 그는 한 손으로 운전대를 잡고 다른 한 손으로 데번의 무릎에 놓인 메신저백을 가리켰다. "레이븐스카를 찾거나 계획이 바뀌면 더 빨리 전화하고. 기사단에서 지급한 휴대폰과 충전기가 그 안에 있으니 잘 보관해. 다른 가문들이나 인간 경찰에게 연락하면 어떻게 될지 알지? 그들과 접촉을 시도하는 순간 모든 지원을 끊고 장치를 작동할 테니 그렇게 알아."

"참 훌륭한 삼촌이네." 에이크에게 잘 배웠다는 생각이 들었다.

"고마워. 나도 노력 중이야. 기억해, 도시에 기사들이 보이면 새로운 곳으로 이동하라는 신호라는 걸. 뭐 질문 있어?"

"어, 있어. 내 아들이 영어를 쓰지 않는데 어떡하지?"

램지가 답답하다는 듯 눈을 위로 굴렸다. "네가 폴란드어 교재를 먹으면 되잖아, 멍청아. 그게 무슨 힘든 일이라고."

"그냥 언어 문제가 아니잖아. 쟤 지금 자기가 다른 사람이라고 생각하고 있다고!"

"그건 아주 흔한 일이야." 폭스바겐이 움푹 팬 도로를 덜커덕덜커덕 지나가며 역으로 급히 방향을 틀었다. "리뎀션이 존재하지 않는 소울이터의 세계에 온 걸 환영해. 쟤가 지금 자기를 매틀리라고 생각하지 않는 걸 행운으로 여기라고."

"행운." 데번이 음울하게 그의 말을 따라 했다. "물론 그렇겠지."

"그렇게 신경 쓰이면 점잔 작작 떨고 차에서 내리는 대로 새로운 먹이를 잡아주든지." 램지가 짜증을 냈다. "될 수 있으면 어린애를 잡는 걸 추천해. 그래야 탈이 날 가능성도 적고 기억이 축적되는 걸 막아주거든. 애들을 잡는 게 더 쉽기도 하고."

세상에. 데번은 속이 울렁거리기 시작했다. 일부러 카이에게 이상한 먹이를 줘서 데번이 빨리 사냥을 시작할 수밖에 만든 건 아닌지 의심이 됐다. 램지라면 충분히 그럴 수 있었다.

램지는 잠시 차를 세우고 시동을 껐다. "망치지 말고 제대로 해. 곧 연락할 테니까." 데번은 안전벨트를 풀고 문을 연 뒤 천천히 몸을 일으켰다.

세상은 정신없이 돌아가고 있었다. 자동차들이 따개비처럼 한데 엉켜 있었고, 자동차 매연과 땀 냄새가 진동했다. 인간들은 이리저리 뒤얽힌 채 각자 갈 길을 갔다. 데번과는 동떨어진 그들의 육체와 삶이 너무 가까운 곳에서 꿈틀대고 있었다.

데번이 지금까지 본 인간은 손에 꼽을 정도였고 그마저도 멀리서 본 게 다였다. 그러나 지금 그들은 도처에 널려 있었다. 기름지고, 투박하고, 시끄럽고, 섭취한 동물과 식물의 악취를 풍기는 인간들. 그들이 너무 **많았다.**

카이가 차에서 내리며 데번의 손을 잡고 옆에 바짝 붙어 섰다. 그런 아이의 손을 조심스럽게 꼭 잡아주었다. 아마 아이도 데번만큼이나 새로운 환경을 혼란스럽고 불결하게 느끼고 있을 것이다.

"어서 가." 램지가 차 안에서 짜증을 내며 잘 들리지도 않는 목소리로 말했다. "차 빼야 된다고."

데번은 더러운 공기를 가득 들이마셨다. "여기서 어떻게 살아남으라는 거야."

"멍청하게 굴지 좀 마. 몇 달간 훈련도 받았잖아. 뭐가 문제라는 거야." 램지가 몸을 수그려 문을 휙 닫고는 후진하기 시작했다. 더없이 혐오스럽기는 해도 그나마 가장 익숙했던 이터 세계의 마지막 보루가 멀어져갔다.

램지는 눈 깜짝할 사이에 사라졌고, 시커먼 아스팔트 길 위에는 인간이 아닌 남자아이와 성인 여자가 정처없이 남겨졌다. 한쪽에서는 차들이 굉음을 내며 달렸고, 다른 한쪽에서는 기차가 털컹털컹 지나갔다. 공기를 들이마실 때마다 매연 맛이 났다.

데번이 읽거나 먹거나 경험한 그 어떤 것도 지금 상황에는 하등 도움이 되지 않았다. 받은 훈련이라고는 기사단이 레이븐스카의 흔적을 추적하는 동안 시간 때우기용으로 램지가 제공한 강의와 인쇄 자료가 다녔는데, 그것조차 부질없었다. 현실은 사실과 정보만으로 이루어지지 않았고, 동화책을 읽는다고 결혼 생활을 잘할 수 있는 게 아니었던 것처럼 램지의 강의도 지금 이 환경에 제대로 대비시켜주지 못했다.

"Boję się(무서워요), 데번." 카이가 훌쩍였다. 그래도 엄마인 자신의 이름은 기억하고 있었다.

"영어를 다 잊어버린 거야?" 기사들이 몰래 아이를 데려가게 놔두지 말았어야 했다. 그 생각을 백만 번째 하며 데번이 물었다. "독일어는 못 하니? 독일어 동화도 몇 권 먹은 적 있는데. Sprichst du Deutsch(독일어 할 줄 알아)?"

"To nie jest moje ciało(이건 내 몸이 아니에요)." 검고 커다란 아이 눈에 눈물이 그렁그렁 맺혔다. "Powiedz mi, dlaczego mam to ciało(내 몸이 왜 이래요)?"

독일어도 물 건너간 듯했다. 어릴 적 동유럽 동화 좀 많이 읽어두었으면 좋았을 것을.

"다 괜찮아질 거야." 데번이 거짓말을 하며 엄지로 눈물을 닦아주었다. 첫 번째 결혼식 때 어느 고모가 데번에게 해준 말이었는데, 그것도 거짓말이었다. "우린 여행을 갈 거야. 재밌는 여행."

카이는 울음을 멈추지 않았다. 그럴 만도 한 게 아이가 지금까지 가본 곳이라고는 이스터브룩 저택과 기사단 본부가 다녔고, 처음 먹은 영혼은 잊을 수 없을 정도로 충격적이었다. 카이는 상처를 입었고 겁에 질려 있었다.

이터 아이는 어떻게 달래야 하는 걸까? 인간처럼 막대사탕이나 물려줄 수도 없는 노릇이었다. 좀 더 어렸을 때는 젖을 먹여 달랬지만 그러기엔 아이가 너무 컸고 데번도 젖이 끊긴 지 오래였다.

순간 데번은 자신이 엄마가 되는 법을 모른다는 걸 절실히 깨달았다. 카이에게도, 다른 누구에게도 말이다. 원래대로라면 데번은 이미 아이를 떠났어야 했다. 아이를 돌보는 신성한 일은 저택에 남겨진 고모들에게 넘겨졌어야 했다. 그러니까, 데번은 지금 미지의 바다를 항해하는 중이었다.

당장 아이의 울음을 멈추게 할 재간조차 없었다. 장난감이나 다른 오락거리를 사 줘야 할까. 아이가 무슨 문제를 겪고 있든 간에 마음을 돌릴 수 있는 무언가가 필요한데, 그건 **좋은** 양육법일까, **나쁜** 양육법일까? 아니, 위급한 상황에서 좋고 나쁨이 중요한 게 아니었다. 데번은 카이를 데리고 옥스퍼드 기차역 밖의 벤치에 앉아 메신저백을 뒤지며 현금을 찾기 시작했다.

구겨진 지폐를 뒤적거리던 데번은 화들짝 놀랐다. 가방 안에는 램지가 억지로 가져가게 한 지폐뿐 아니라 동화책 세 권, 그리고 재로우가 준 게임보이도 들어 있었다. 기사들은 그런 물건을 압수해야겠다는 생각 자체를 못 했거나, 그런 물건이 있으면 오히려 데번의 도주가 더 그럴싸하게 보일 거라고 생각한 모양이었다.

"이거 봐." 데번이 게임보이를 꺼내며 말했다. "한번 해볼래? 내 친구가 선물로 준 건데."

카이는 데번을 쳐다보지도 않았다. "Mały chłopiec zniknął(꼬마는 사라졌어요)." 아이는 두 팔로 무릎을 감싼 채 벤치에 앉아 몸을 앞뒤로 흔들었다. "Nie, nie. Jestem teraz małym chłopcem(아, 아니.

156

내가 그 꼬마지)!"

게임기를 켜자 화면이 밝아졌다. 팡파르 소리와 함께 마리오가 일련의 픽셀 형태로 등장했다. 자연을 모방한 단순한 풍경이 배경으로 깔렸다.

몸을 떨며 딸꾹질을 하던 카이가 게임기에 살짝 관심을 보였다. 뭔지 궁금한 모양이었다.

"이렇게 하는 거야." 데번이 버튼을 눌러 마리오를 움직였다. "납치된 공주를 구하는 거야. 이렇게 하면 점프할 수 있고, 저런 데 부딪치면 죽어. 이것 봐. 저기 버섯 위에서 벌써 죽어버렸잖아." 데번이 아쉬워하는 목소리로 말했다. "하지만 죽어도 다시 돌아와 계속 도전할 수 있어. 네가 이길 때까지."

궁극의 판타지였다. 게임 세계에서는 실수를 저질러도 언제든 다시 시작할 수 있었다. 누군가 데번의 인생도 새로 시작할 수 있게 해준다면 얼마나 좋을까. 그러면 무얼 바꿀 수 있을까? 그때는 공주를 구할 수 있을까?

카이가 게임보이를 서툴게 움켜쥐었다. 안정적으로 쥐기에는 손가락이 너무 짧았다. 이런 게임을 하기에 어린 나이였지만, 아이가 먹은 불쌍한 영혼은 아이보다 나이가 많을 것이다.

"Ciekawy(재밌겠다)." 아이가 혼잣말을 하더니 게임을 플레이하기 시작했다.

"착하네." 무릎에 앉히자 아이는 품에 폭 안겨 게임에 집중했고, 데번의 입가에는 미소가 번졌다.

아무리 모르는 언어를 구사하고 한 번도 만나본 적 없는 인간의 기억을 품고 있다 하더라도 아이에게서는 여전히 똑같은 냄새가 났다. 피부에서는 따스한 견과류 향이, 짙은 곱슬머리에서는 희미한 톱밥 냄새가 났다. 그리고 데번이 말로 아이를 달래주지 못하더라도 아이는 늘 그래왔듯 데번에게 매달리고 데번의 어깨 뒤에 숨었다. 섭취한 영혼으로 정신이 혼란스러울 때도 둘 사이에는 어떤 연결 고리가 남아 있었고, 지금으로서는 그것으로 족했다.

데번 페어웨더는 27년 인생 최초로 기차역에 들어섰다. 한쪽 어깨에는 훔친 현금으로 가득한 메신저백이, 다른 쪽 바짓가랑이에는 카이가 매달려 있었다. 플라스틱 곰팡내와 퀴퀴한 수화물 냄새가 감각을 어지럽혔고, 인간들이 재잘거리는 소리가 귓가를 때렸다. 한 남자가 전화 통화를 하며 데번 쪽으로 똑바로 걸어오다가 데번이 꿈쩍도 하지 않자 깜짝 놀라며 급히 방향을 틀었다. 데번은 남자가 내뱉는 욕설을 무시하고 (본인이 조심해야 하는 거 아닌가?) 계속 앞으로 나아갔다.

기차표를 사는 일은 복잡한 군사 작전을 방불케 했다. 데번이 50파운드 지폐를 내밀자 매표원이 눈썹을 치켜올렸지만 데번은 상관하지 않았다. 돈을 셀 줄 몰랐기 때문에 거스름돈을 확인하지도 않았다. 그저 승강장 위치를 제대로 찾을 때까지 역 주변을 어설프게 헤맬 뿐이었다.

마침내 기차에 탔다. 쓰러지듯 좌석에 주저앉자 안도감이 밀려왔다. 인간도 아까만큼 많지 않았고 쿠션도 푹신했다. 카이도 당장은 조용했다. 게임보이를 가지고 놀면서 폴란드어로 중얼대고 탄성을 지르기도 했다.

차창 밖으로 세상이 스쳐 지나가며 그들을 남쪽으로 실어 날랐다. 램지가 준 연락처 목록의 첫 번째 대상이 있는 곳으로. 남쪽은 재로우가 있는 곳이기도 하다는 것을 멍하니 떠올렸다. 가문들 모르게 재로우에게 연락해야 했다. 서로 도울 게 있을지도 몰랐다. 데번으로서는 이것이 최선의 기회였다.

하지만 막상 그것에 대해 본격적으로 생각해보려니 머릿속이 아득해지면서 기차의 반복적인 덜컹거림에 졸음이 밀려왔다. 데번은 차가운 유리창에 머리를 기댄 채 그대로 곯아떨어졌다.

마침내 레딩에 도착했다. 자꾸만 '리딩'이라고 잘못 발음하게 되는 도시. 데번은 기차에서 내려 제일 처음 발견한, 길 바로 건너편 호텔에 들어가 방값을 치렀다. 방에 들어가 작고 불편한 침대에 카이를 안은 채 누웠다. 그렇게 잤는데도 피로가 가시질 않았다.

램지가 인간 세상에 대해 알려주지 않은 것이 수두룩했다. 아마그 자신도 접해보지 못한 게 많았기 때문일 것이다. 인간과 처음으로 악수를 하다가 상대의 손을 거의 부러뜨릴 뻔한 일이 있고 나서야 데번은 자신이 신체적으로 우월하다는 걸 깨달았다. 또 인간보다 책 내용을 기억하는 능력이 훨씬 뛰어나다는 것도 알게 되었다.

하지만 그런 기억력은 기대만큼 유용하진 않았다. 가게에서 물건을 사거나 대중교통을 이용하는 정도의 간단한 일들은 무리 없이 소화했지만, 다른 많은 것은 이해 밖이었다. 문화적 소양이 부족했고 교육을 제대로 받지도 못했기 때문이다. 역사적 사건, 시사나 정치 문제에 감정을 쏟거나 가치를 매길 수 없었고, 그러다 보니 모두 무의미한 정보 나열에 불과했다. 총리가 뭘 했다느니 여왕

이 누굴 냉대했다느니 하는 모든 이야기가 모호하고 복잡하게만 들렸다.

낯선 땅에서 이방인으로 한 주를 꼬박 보낸 어느 날, 마침내 재로우에게 연락할 방법을 알아냈다.

데번은 카이를 방 안에 안전히 격리한 후 현금을 챙겨 비디오게임 매장에 가서 〈툼 레이더: 최후의 계시〉를 구입했다. 당황한 계산대 점원에게 돈을 찔러주면서 자신의 전화번호를 모스부호로 메모지에 적어달라고 부탁한 뒤, 그가 제대로 썼는지 꼼꼼히 확인하고서 연락처가 적힌 쪽지를 게임 케이스 안에 넣고 우체국으로 갔다.

"정말 죄송한데요, 손을 다쳐서 그런데 주소 좀 대신 써주실 수 있을까요? 이 소포를 런던 글래드스톤 저택의 재로우 이스터브룩에게 보내야 하거든요. 아, 죄송하지만 우편번호는 잘 모르겠어요……."

우체국 남자 직원은 뚱한 얼굴로 이를 앓았지만 굴하지 않고 거듭 부탁한 끝에 결국 남자는 데번의 부탁대로 우편번호까지 찾아 주소를 대신 적어주었다. 데번은 지을 수 있는 가장 환한 미소를 지어 보인 뒤 밀려드는 인파를 뚫고 호텔 방으로 천천히 돌아갔다.

이제 비디오 게임이 데번의 전화번호를 재로우에게 운반할 것이다. 모스부호로 적혀 발신자가 데번이라는 건 아무도 모를 것이다. 물론 그의 편지를 누가 몰래 볼 것 같지는 않았지만 그래도 혹시 모르니 뒤늦게 후회하는 것보다는 조심하는 편이 나았다. 할 수만 있으면 재로우는 데번에게 전화해 끊어진 관계를 다시 이어보려 할 것이다. 예전에 약속했던 것처럼 데번을 도울 것이며, 어쩌면 데번도 재로우를 도울 수 있을 것이다.

하지만 회전문을 천천히 통과하면서 데번의 머릿속엔 다른 가능성도 슬며시 고개를 들었다. 재로우를 마지막으로 본 지, 그러니까 카이의 탄생과 매틀리의 맹렬한 공격으로 촉발된 혼란의 여파로 그들이 떨어져 지낸 지도 3년이 지났다.

그사이 무슨 일이 벌어졌는지 알 수 없었다. 어쩌면 재로우는 또 다른 곳으로 옮겨졌거나 스스로 그곳을 떠났을 수도 있다. 어쨌든 그에게는 이제 빅이 있을 테니 그걸로 충분할 수도 있었다. 자신이 연락하면 그가 자신을 찾을 거라고 믿고 그러기를 바랐지만, 결코 확신할 수는 없었다. 때문에 석 달을 기다려본 뒤 상황을 다시 보는 게 좋을 듯했다.

그동안 레이븐스카를 찾아야 했다.

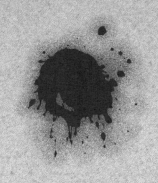

밤 소녀는 반딧불을 따라갔다.
반딧불도 소녀처럼 출구를 찾고 있었다.

조지 맥도널드,
『낮 소년과 밤 소녀의 역사』

반딧불을 따라가는 밤 소녀

12개월 전

레이븐스카를 찾는 일에는 혹독한 시행착오가 따랐다.

램지가 준 주소로 약물 공급책을 추적하는 것까지는 간단했다. 데번은 주소를 가지고 연기와 썩은 물 냄새가 나는 그들의 지하 아파트로 찾아갔다. 안에는 램지가 알려준 인상착의와 일치하는 남자 넷이 있었다.

마약이나 다른 불법 물품을 취급하는 인간과 이야기를 나눠본 적이 없었기 때문에 그들이 흔쾌히 거래에 응할 거라고 생각했지만, 오해였다. 그들은 데번에게서 이상한 기회를 엿봤다. 제 발로 혼자 온 순진하고 자신감 없어 보이는 여자를 인신매매 조직에 팔아넘기면 딱 좋겠다고 여긴 것이다. 그들은 데번의 요구를 한바탕 비웃어주고는 바로 붙잡으려 했다.

하지만 데번이 휘두른 첫 주먹에 남자 한 명의 목이 부러졌고,

첫 발길질에 또 다른 남자의 갈비뼈가 으스러졌다. 겁에 질린 다른 두 명도 미친 듯이 날뛰는 데번의 공격에 곧 나가떨어졌다. 데번은 도망치듯 그곳을 떠났다. 자신의 우발적 살인에 당황한 한편 그들이 **감히** 자신을 공격했다는 사실에 분노한 채.

껌이 눌어붙고 빛바랜 벽돌 건물들이 늘어선 거리를 절뚝거리며 돌아오면서 데번은 이 일에 좀 더 요령이 필요하다는 사실을 깨달았다. 잔뜩 굳은 표정의 웬 이상한 여자가 불법 창고에 나타나 무작정 비밀 클라이언트의 주소를 달라고 요구하는 건 너무 대책 없는 행동이었다. 그런 점에서 데번은 경험이 부족했다.

접촉할 다른 공급책이 많이 남아 있어 그나마 다행이었다. 하지만 첫 대면에 너무 놀라 다시 시도하는 게 두려워졌다. 휴대폰은 여전히 잠잠했고, 재로우의 침묵은 마음 한구석을 짓눌렀다. 원래대로라면 빨리 다음 도시로 넘어갔어야 했지만 며칠을 뭉개다 보니 한 주가 그냥 지나가버렸다.

그동안 데번은 카이와 대화할 수 있게 폴란드어 회화 책을 사먹었고 인간과의 소통을 원활히 하기 위해 번쩍이는 잡지나《TV 가이드》, 문화와 정치 관련 책 같은 걸 먹기도 했다. 재로우가 가르쳐준 대로 플라스틱 맛을 덜기 위해 케첩을 뿌려서 먹기도 했다.

그때만 해도 카이가 끝없는 굶주림에 시달리기 전이었고, 데번도 계속해서 희생자를 찾아 나서야 하는 일상에 쫓기기 전이었다. 그들은 조용히 공원이나 숲을 거닐며 자신들의 작은 세계를 넓혀 나갔다. 여전히 외로웠지만 적어도 지루하진 않았다.

"Tęsknię za domem, ale to miejsce jest ładne(고향이 그립지만 이곳

도 괜찮네요)." 한번은 카이가 이렇게 말했고, 데번은 안도하며 고개를 끄덕였다. 아닌 게 아니라 이 도시는 나름 괜찮았다.

아이를 놀이터에 데려가볼까도 생각했지만 그건 아무래도 위험할 듯했다. 누가 아이의 혀를 볼 수도 있었다. 카이는 혀를 잘 숨기지 못했고 말할 땐 발음이 심하게 샜다. 문제가 생기는 걸 피하기위해 그들은 인적이 드문 밤이나 이른 새벽에 외출하곤 했다.

인간 자체도 데번의 선입견에 대한 도전이었다. 이 큰 세상의여자들은 데번이나 고모들과는 다른 옷을 입었다. 데번의 치렁치렁한 리넨 치마는 공공장소에서 많은 이들의 눈길을 끌었다. 혹시역사물을 찍는 중이냐고 누군가 물은 적도 있었다. 그렇다고 대답하고 얼른 자리를 떴는데, 그렇게 말하는 것이 가장 안전할 것 같았기 때문이었다.

때로는 밖에 나와 인간들을 관찰하기도 했다. 자신과 비슷하면서도 너무 다른 이 수많은 사람들. 청바지를 입은 여자들이 공공장소에서 서로 손을 잡는 모습도, 남자끼리 공개적으로 결혼하는 모습도 지켜보았다. 그들은 가문 남자들처럼 몰래 만나지 않았다. 거리낌 없는 애정 행각도 데번의 호기심을 자극했다. 낯선 이들을 편히 관찰하기 위해 가끔은 선글라스를 구입해 착용하기도 했다.

자선 가게에 가서 아주 이상하고 대담해 보이는 책들을 집어 오기도 했다. 어린 시절에는 절대 먹을 수 없었던 책들. 데번은 일주일 동안 그 책들을 먹었다.

젠더, 섹슈얼리티, 믿음, 관계 같은 개념들이 까도 까도 끝이 없는 복잡한 층위를 이루며 뻗어나갔고, 데번은 자신이 경험한 좁은 세계와는 비할 수 없는 다양함에 혀를 내둘렀다. 책이든 삶이든 주변 세상이든 모든 것이 놀라움의 연속이었다.

얼마 지나지 않아 데번은 자선 가게에 가서 새 옷을 샀다. 청바지, 슬로건이 적힌 짙은 색 티셔츠, 죽은 소의 가죽으로 만든, 끈으로 묶는 신발. 어떤 옷이 자기 취향인지 아직은 알 수 없었지만 차차 알아낼 생각이었다. 리넨 치마와 긴 드레스는 내다 버렸다. 아무도 그런 옷을 억지로 입을 필요는 없었다.

같은 날 가위도 사 와 욕실 거울 앞에 서서 땋은 머리를 잘라냈다. 자신을 빤히 바라보고 있는 거울 속 여자는 공주는 아니었지만 분명히 **데번 자신**이었다. 그 순간 야릇한 만족감을 느꼈다. 마치 가짜 피부를 벗겨내기라도 한 것처럼.

그렇게 사색과 이런저런 문제들에 파묻혀 또다시 한 주를 흘려보냈을 즈음 마침내 휴대폰이 울렸다. 심장이 덜컥 내려앉았다. 그러나 전화를 건 사람은 램지였다. 데번은 울컥 짜증이 치미는 것을 느끼며 전화를 받았다.

"야, 이 덜떨어진 새끼야! 너 지금 뭐 하는 거야? 지금 무슨 휴가 나온 줄 알아?"

"난……."

"인간 여자는 새벽 2시에 어린애를 데리고 도시를 활보하지 않아. 넌 지금 남들 이목을 끄는 이상한 짓을 하는 거라고. 레이븐스카 애들이 퍽이나 네 근처에 오겠다. 어떤 이터는 도시에서 널 봤다는 제보까지 했어. 그것 때문에 내가 얼마나 힘들어졌는지 알아?"

"뭘 어떻게 해야 하는지 내가 어떻게 알아? 내가 진짜 인간도 아

166

닌데!" 데번이 마침내 한마디 할 기회를 포착하고 쏘아붙였다. "난 지금 배우는 중이라고."

"그럼 좀 빨리 배우든가! 더 이상 밤 산책은 안 돼. 그리고 될 수 있는 한 빨리 레딩을 떠나." 램지가 받아쳤다. "넌 도망자니까 도망자답게 행동하라고!" 그가 전화를 끊었다.

데번은 휴대폰을 내려놓고 텔레비전에서 흑백 무성 영화를 보고 있는 카이를 바라봤다. 아이는 전화가 온지도 모르는 눈치였고, 어차피 영어도 못 알아들었다.

"우리 이제 떠나야 해." 데번이 딱딱한 폴란드어로 말했다. "새로운 도시로." 램지가 준 목록에는 가야 할 곳이 아주 많이 적혀 있었다.

그날 저녁 데번은 쏟아지는 비를 맞으며 골난 카이를 데리고 버스에 올랐다. 그들은 앞좌석에 앉았는데, 왜인지는 몰라도 인간들은 뒷좌석을 선호하는 듯 보였기 때문이다. 데번은 탁 트인 시야가 마음에 들었다.

레딩의 붉은 벽돌 건물과 대학생 무리 몇몇이 짙어지는 어둠 속에서 멀어져갔다. 데번은 휴대폰을 무릎 위에 올려놓은 채 지저분한 창문 너머로 그 광경을 지켜봤다.

"Głodny(배고파요)." 카이가 손바닥으로 배를 누르며 말했다. "Głodny, 데번."

데번이 얼굴을 찡그렸다. "알아, 애야. 이따가 먹을 걸 챙겨줄게. 조금만 기다려." 데번은 아이를 위해 누군가를 잡을 자신이 없어 카이의 허기를 마냥 외면하기만 했다. 그런데 이젠 정말 사냥을 시작해야 한다는 생각에 극심한 불안감이 밀려왔다. 램지는 어린애를 주라고 했지만 그건 생각만 해도 끔찍했다. 반드시 그래야만 하는 상황이 오지 않는 한 그 짓만큼은 결코 하지 않으리라 결심했다.

그럼 누구를 선택해야 할까? 카이에게 소위 '나쁜' 인간들을 먹일 수도 있을 것이다. 살인자, 도둑, 강간범 같은 인간들. 재로우의 그래픽 노블에 나오는 음울한 영웅들처럼 인간쓰레기를 청소하는 자경단 행세를 하는 것이다. 하지만 누군가를 잡아먹을 때마다 카이는 자신이 먹은 인간들의 영향을 엄청나게 받는 듯했고, 그것이 지극히 **정상적**인 반응이라는 램지의 말은 데번을 두려움에 떨게 만들었다. 어딘가 뒤틀리고 사악한 인간을 먹었다가 카이의 영혼이 타락할까 봐 무서웠다. 카이의 정신 건강을 위해서라도 좋은 인간을 선택해야 했다.

그것 자체가 딜레마였다. 어떤 인간이 선한 인간, 아니, 선하다고 **할 만한** 인간인가? 선하다는 건 무슨 뜻일까? 그걸 어떻게 평가하나? 그리고 데번이 오로지 자기 아들을 위해 친절하고 착한 인간을 제물로 삼으려는 건 무얼 말해주는가? 아이가 선한 인간을 먹어서 '선한' 인간이 되면 이 모든 선하지 않은 짓을 어떻게 받아들일까?

이것은 앞으로 데번이 내려야 할 수많은 선택 중 첫 번째가 될 것이다. 선택이란 게 너무 힘들어서 싫었고, 갈수록 쉬워질까 봐 무섭기도 했다.

어쩌면 그냥 평범한 삶을 사는 '평범한' 인간을 고르면 되는 것인지도 모른다. 데번은 평범한 인간은 어떤 인간인지 상상해보려고 했지만, 떠오르는 거라곤 동화 속 농부들이나 고전소설에 나오는 하인들, 더 나아가서는 자신이 죽인 마약상 네 명뿐이었다.

데번은 자신이 얼마나 특권과 학대로 점철된 비좁은 세계에 갇혀 지냈는지 체감하며 절망했다. 아무리 많은 책을 읽어도, 아무리 새로운 경험을 해도 가문의 편견이 시야를 제한했다.

마치 밤 소녀처럼. 데번은 그런 생각을 하며 몸을 움츠렸다. 『낮소년과 밤 소녀의 역사』는 데번이 아직도 소장하고 있는 오래된 동화책이었다. 주인공은 성 밑 동굴에 살며 잔인한 마녀의 손에 키워진 소녀였다. 소녀는 오로지 어둠밖에 모르는 아이로 성장했는데, 어린 데번의 눈에는 크게 문제될 게 없어 보였다.

하지만 동화 속 밤 소녀의 세계는 너무 좁았다. 소녀는 동굴의 램프를 태양으로 여겼고 우주는 작은 방들로 이루어졌다고 믿었다. 사회에 대해 아무것도 알지 못했고 책도 거의 읽지 못했다. 이터 여자라면 충분히 공감할 만한 상황이었다.

그러던 어느 날, 소녀는 길 잃은 반딧불을 따라 동굴 밖으로 나갔다. 소녀가 다다른 곳은 성의 정원이었다. 그런데 소녀는 뜻밖의 이상한 반응을 보였다. 난생처음 달을 본 소녀는 그것이 동굴의 램프와 비슷한 거대한 램프일 거라고 생각했고, 하늘은 좀 다르게 생긴 지붕쯤이라고 여겼다. 수평선을 보고도 무한한 세상이라는 걸 받아들이지 못하고 벽이 멀리 떨어져 있는 또 다른 방으로 여길 뿐이었다.

'밖'이라는 개념은 밤 소녀에게 존재하지 않았다. 이후에도 영원히 존재할 수 없는 것이었다. 성장 배경에서 비롯한 깊은 고정관념 때문에 아무리 새로운 것을 봐도 자신에게 익숙한 방식으로밖에 해석할 수 없게 된 것이다.

어렸을 때 데번은 이 이야기의 복잡한 메시지를 완전히 이해하진 못했지만 이제는 그것이 무슨 뜻인지 충분히 이해할 수 있게 되었다. 사실 밤 소녀는 한 번도 동굴을 제대로 벗어난 적이 없던 것이다. 아, 물론 이야기 자체는 소녀가 왕자와 성을 얻고 나쁜 마녀가 죽는 것으로 끝나기는 한다. 하지만 밤 소녀는 결코 동굴을 떠날 수 없는 인물이었다. 소녀의 마음속에 동굴이 자리하고 있었으니까. 그러니까, 소녀는 전적으로 동굴을 가지고 현실을 바라봤다. 그런 공주들은 결코 구출될 수 없었다.

버스에서 잠들기 전 마지막으로 한 생각은, 어쩌면 데번이 거꾸로 생각하는 걸지도 모르겠다는 것이었다. 어쩌면 **모두가** 동굴 안에 살고 있고 밤 소녀가 유일하게 그 사실을 알아차린 영리한 아이였을지도.

———·———

버스는 이스틀리에 도착했다. 발음이 헷갈리는 또 다른 도시. 지도를 먹었음에도 데번은 지리에 약했다.

"Głodny." 폭우에 가까운 빗속을 뚫고 버스 터미널을 나서는데 카이가 떼를 썼다. "Głodny, Głodny, Głodny!"

"이제 조금만 있으면 밥 먹을 거야." 아이를 품에 꼭 안은 데번은 아이가 자신의 귀에 입을 갖다 대는 것을 보고 깜짝 놀라 떼어냈다.

좀 더 빨리 아이에게 먹을 걸 줬어야 했다. 훨씬 더 빨리. 하지만 희생자를 '사냥'해야 한다고 생각하면 공포가 앞섰다. 데번은 아직 마음의 준비가 되어 있지 않았다. 준비는 앞으로도 잘 되지 않을 듯했다.

하지만 카이가 굶주리고 있었다. 시간이 없었다.

둘은 또 다시 호텔을 찾았고(젠장, 왜 호텔은 하나같이 이렇게 비싼 걸까?), 데번은 카이에게 게임보이를 하거나 텔레비전을 보라고 하고는 홀로 방을 나섰다. 아들의 먹이를 구할 시간이었다. 어떻게든 이 일을 해내야만 했다.

운 좋게도 데번은 한 블록도 채 지나지 않아 첫 번째 희생양을 찾아냈다. 술에 취한 한 노인이 비틀대며 데번을 쫓아오면서 어딜 가냐는 둥 키가 정말 크다는 둥 자기 술 마시게 5파운드만 줄 수 있느냐는 둥 말을 붙였다.

데번은 걸음을 멈추고 돌아서서 그를 바라봤다. "당신은 좋은 사람인가요?" 그러고는 질문이 충분히 구체적이지 않았다는 생각에 덧붙여 물었다. "친절한 사람인가요?"

"뭐요?" 노인이 술을 너무 많이 마셔서 충혈된 눈을 가늘게 떴다. "내가 그렇다고 하면 나 돈 줄 거요, 키 큰 아가씨?"

남자는 적어도 60세는 넘어 보였다. 그만하면 충분히 산 셈이지 않을까.

"그럼요. 그렇다고 하시면 제 방으로 모시고 가서 그 돈 드릴게요." 데번은 이 말을 하고 나서 바로 후회했다. 노인이 데번의 말을 잘못 해석해 데번이 듣고 싶어 할 법한 말만 되는 대로 지껄일 것 같았기 때문이다.

하지만 놀랍게도 그는 입을 다물고 질문에 대해 곰곰이 생각했다. 이슬비가 다시 청승맞게 내리기 시작하는데도 술 취한 노인은 여전히 길에 서서 약간 슬픈 얼굴로 생각에 잠겼다.

"좋은 사람이 되고 싶었지." 그가 마침내 말했다. "좀 더 젊었을 땐 말이야. 우리 어머니는 내가 좋은 사람이 되기를 바랐을 텐데. 근데 좋은 사람 되기가 좀 어려워야지. 인생이 자꾸 멱살을 잡고 발길질을 해대잖아."

"그렇긴 하죠." 데번은 뜻밖에도 눈 뒤에서 무언가 뜨거운 것이 울컥하는 것을 느꼈다. "자, 그럼 같이 가시죠. 제가 비라도 피할 수 있게 해드릴게요. 제 침대를 내드릴 순 없지만 술과 약간의 현금 정도는 드릴 수 있어요."

노인은 그렇게 간단하고 쉽게 자신의 목숨을 내주었다. 그는 데번에게 악수를 청했는데, 그건 마치 수치심이라는 상처에 소금과 레몬즙을 뿌린 것이나 마찬가지였다.

데번은 그를 굶주린 카이에게 데려간 다음, 욕실에 들어가 문을 걸어 잠갔다. 그리고 밖에서 아이가 허기진 배를 채우는 동안 푹신한 호텔 수건에 얼굴을 파묻고 울었다. 손가락으로 귀를 막고 재로우에게 전화가 오진 않을까 휴대폰을 무릎 위에 올려놓은 채.

재로우는 전화하지 않았다. 휴대폰은 인간들이 믿는 수많은 냉담한 신처럼 데번의 기도를 무시하고 조용히 침묵을 지켰다. 그리고 마침내 방 안이 조용해졌다.

데번은 자리에서 일어나 자신만의 피난처에서 빠져나왔다. 엉망이 된 현장이 시야에 들어왔다. 침대 시트와 담요가 바닥에 나뒹굴었고 의자 한 개는 뒤집혀 있었다. 어지럽혀진 침대에는 곤히 잠든 카이와 싸늘하게 식어가는 노인이 나란히 누워 있었다. 그 혼란스러운 상황에서도 아이는 평온한 모습이었다.

데번이 조심하는 법을 배우기 전, 그러니까 남겨진 희생자에 대해 **경찰 수사**가 진행되기 전인 초창기에는 상황이 보통 이런 식으로 흘러가곤 했다. 데번은 시체를 욕실로 옮기고 변기에 기대어놓기만 했다. 노인은 영혼이 빼앗기는 과정에서 살아남지 못했다.

내일 해결하자. 데번은 슬픔에 지쳤고 잠이 필요했다.

그날 밤 아들과 함께 비좁은 싱글 침대에 나란히 누웠을 때 데번의 팔에 기대 졸면서 카이는 말했다.

"난 아무도 해친 적이 없어." 아이가 중얼거렸다. "그냥 살짝 건드린 정도지. 마누라가 내 신경을 긁을 때만. 그 망할 경찰관들이랑. 그놈들은 늘 여자 편만 들었거든. 맙소사, 난 그 여자를 사랑했는데 못할 짓만 했어. 그 여잘 사랑하지 않았더라면 좀 더 잘해줄 수도 있었을 텐데." 카이가 데번을 향해 돌아누웠다. "내 마누라도 당신처럼 울었지. 근데 난 당신한텐 아무 짓도 안 했는데. 왜 울고 그래, 키 큰 아가씨?"

"좋은 사람이 되기가 너무 힘들어." 데번이 이를 악물고 말했다. "인생이 자꾸만 멱살을 잡고 발길질을 해대잖아."

"사는 게 원래 그렇지 뭐." 아들은 이렇게 말했고, 그 끔찍한 순간 데번은, 죽은 건 카이고 카이가 흡입한 노인의 영혼이 아이의 몸을 차지한 것 같다는 느낌에 사로잡혔다. 하지만 또 곧장 카이는 좀 더 또렷한 억양으로 말했다. "잘 자, 데번. 다시 영어를 할 수 있게 돼 다행이야."

"잘 자, 아가." 데번이 시들어가는 모성애를 겨우 끄집어내 말했다. "푹 자야 해."

카이인지 누구인지 알 수 없는 아이가 잠들고 한참이 지난 후에도 이 모든 것의 무게가 한 겹의 낯선 피부처럼 데번을 바짝바짝 죄어왔다. 그렇게 데번은 숨도 못 쉬고 손도 까딱할 수 없을 지경에 이르렀다. 이대로 떠날 수도 있겠다는 생각이 들었다. 일어나서 그냥 가버리면 된다. 그러면 며칠 후 램지가 폭탄을 터뜨릴 것이고 카이는 더 이상 존재하지 않을 것이다. 데번은 그동안 홀로 재빨리 어딘가로 도망치면 된다. 그렇게 마침내 자유의 몸이 되어 모험을 떠난다면……

그때 데번의 목에 걸린 차가운 나침반이 스르륵 미끄러졌다. 누군가 얼굴에 찬물을 끼얹듯 정신이 번쩍 들었다. 아이를 떠나는 건 선택지에 없다. 용기를 내자, 속으로 되뇌었다. 심호흡을 하자. 견뎌내자.

나침반을 손에 꽉 쥐었다. 중요한 건 목표에 집중하는 것이다. 램지, 에이크, 매틀리, 저런 놈들이 승리하도록 놔두지 않을 것이다. 세일럼을 실망시킨 것처럼 카이를 실망시키지 않을 것이다.

집중하자.

재로우를 찾자.

계획을 세우고 그를 내 편으로 만들자.

망할 레이븐스카를 찾아내자.

카이를 위해 약을 훔치자.

그 후에는······.

아직 어둠이 깔린 호텔 방 안에서 전화벨이 울리며 침대 옆 테이블이 드르르 떨렸다. 데번은 허겁지겁 휴대폰을 찾아 폴더를 열었다.

생소한 지역 번호가 달린 모르는 번호였다.

심장이 미친 듯이 뛰기 시작했다. "여보세요?"

"나야." 거칠고 지친 고음의 목소리. 틀림없는 재로우의 목소리였다. "소포 잘 받았어. 길게 통화는 못 할 것 같아. 지금 브라이턴에서 얼마나 멀리 떨어져 있어?"

정오

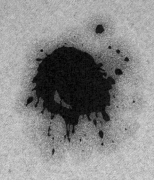

어쩌면 모든 괴물은 세상을 바꾸기 위한
기적인지도 모른다.

마리아 다바나 헤들리,
『일개 아내 The Mere Wife』

그렌델과 그의 어미

현재

카이가 선택한 방은 어릴 적 페어웨더 저택에 있던 데번의 방을 연상시키는 크고 화려한 방이었다. 티크 책장과 개구리눈을 한 인간들의 빛바랜 초상화가 4주식 침대와 드문드문 놓인 가구들을 굽어보며 자리다툼을 했다. 벽난로는 차갑게 식어 있었고 한때 근사했을 벽지도 벗겨져내리고 있었다. 습기가 차서 그런지 벽지 군데군데 미묘한 얼룩이 져 있었다.

카이는 데번에게 등을 보인 채 다리를 꼬고 침대에 앉아 무언가를 내려다보고 있었다. 게임보이일 줄 알았는데 막상 게임보이는 아이 옆에 놓여 있었다.

"안녕." 데번이 긴 여행으로 더러워진 맨발로 참나무 합판이 깔린 바닥을 가로질러 아들 옆에 앉았다. "뭐 해?"

카이가 몸을 틀어 적대감에 찬 눈빛으로 데번을 쏘아보았다. 데

179

번은 순간 멈칫했다.

"누가 문자를 보내는데요." 아이가 휴대폰을 내밀었다. 킬록과 헤스터와 대화를 나누기 위해 휴대폰을 두고 간 터였다.

새 메시지 아이콘이 떠 있었다. 무려 세 통이 와 있었는데, 모두 램지였다.

"내 거야." 데번이 얼빠진 표정으로 아이에게서 휴대폰을 뺏으려고 했다.

하지만 카이는 휴대폰을 꼭 쥔 채 데번에게서 물러났다. "휴대폰에서 소리가 나길래 확인해본 거예요. 누구랑 연락하는 거예요? 이 휴대폰은 레이븐스카 공급책을 찾는 용도로만 사용하는 줄 알았는데."

용기가 사라지자 목소리도 나오지 않았다. 그저 땅 밑으로 푹 꺼지고 싶은 심정이었다. 이런 식으로 아들에게 진실을 털어놓고 싶진 않았다. 살면서 숱한 위험을 겪은 데번이었지만 지금이 가장 두려운 순간이었다.

"왜 나한테 이런 걸 숨기는 거예요?" 아이는 목부터 서서히 빨개지더니 곧 얼굴까지 시뻘겋게 달아올랐다. "데번은 내가 믿을 수 있는 유일한 존재인 줄 알았어요. 내 편인 줄 알았다고요! 누구랑 문자를 주고받는 건데요?"

"설명하려면 길고 복잡해." 데번의 귀에도 자신의 목소리는 나약하게 들렸다.

"그래도 설명해봐요!" 카이가 검은 곱슬머리 사이로 데번을 노려봤다. "모두에게 무언가를 속이고 있잖아요. 정말 지긋지긋해.

누가 문자를 보냈냐고요?"

"내 오빠 중 한 명이라고!" 그렇게 쏘아붙이고는 이내 두 손으로 입을 가렸다. 아이에게 소리를 지를 생각은 없었다. 갈등으로 점철된 긴 하루가 이어지고 있었다.

카이의 적개심이 충격으로 누그러졌다. "데번에게 오빠가 있었어요?"

"물론이지." 데번이 지친 목소리로 말했다. "한 저택에 같이 사는 이들은 다 친척 관계야. 페어웨더 남자들은 전부 내 오빠이거나 삼촌인 셈이지." 아니면 아버지거나.

"하지만 그들 얘기는 한 번도 한 적 없잖아요!"

"그래, 그랬지." 데번이 코로 숨을 내쉬었다. 어릴 때 램지와 함께한 모험이나, 헤더가 자라고 토끼와 여우가 뛰어다니는 황무지에 대해서는 한 번도 말한 적이 없었다. 출입이 제한된 서재에 몰래 들어간 일이나 난간을 타고 다녔던 일에 대해서도. 카이에게 가문은 끊임없이 자신을 쫓는 실체 없는 두려움에 가까웠다. "네 말이 맞아. 네게 말하지 않은 게 있어."

"그렇겠죠, 제길!"

"말조심해."

"**나**더러 말조심하라고요? 빌어먹을 거짓말쟁이 주제에!"

데번은 아이의 뺨을 후려치지 않으려고 양손을 등 뒤로 고정했다. "난 네 보호자이자 네 엄마야. 엄마로서 해야 할 일을 하는 것뿐이야. 그래서 내 이야기 들어줄 거야, 말 거야?"

"**무슨** 이야기를 들으라는 거예요?" 감정이 북받친 아이는 눈물을 흘리며 외쳤다. 속은 여전히 어린애일 뿐이었다. "난 우리가 가문을 버리고 떠난 줄 알았는데 데번은 몰래 그들과 연락하고 있었던 거잖아요!"

"나한텐 선택의 여지가 없었어!" 데번이 카이의 어깨를 거칠게 붙잡았다. "네 배 속에 폭탄이 있으니까! 기사들이 의도적으로 심어놓은 게 있다고. 내 말 무슨 말인지 알겠니?"

카이가 딸꾹질을 하다 캑캑대기를 반복했다. 너무 놀라서 평소처럼 엄마의 손길을 거부하거나 뒷걸음치지도 못하는 눈치였다.

"네가 배에 있는 흉터나 잃어버린 8개월에 대해 한 번도 물어보지 않은 걸 다행으로 여겨야 할지, 불행으로 여겨야 할지 모르겠다. 매틀리를 먹은 직후부터 옥스퍼드 기차역에 도착할 때까지 기억나는 일이 있긴 하니?"

"스치듯 떠오르는 건 있어요." 아이가 기어들어가는 목소리로 말했다. "그마저도 잠깐이지만요."

"진실을 말해달라고 했지. 그래, 진실은 이래. 우린 매틀리를 죽이고 탈출한 게 아니야. 기사들이 우리를 붙잡아 옥스퍼드 외곽에 있는 자기네 본부로 데려갔지. 그들은 우릴 살려주는 대신 사라진 레이븐스카를 추적해 자기네한테 필요한 리뎀션을 찾아오라는 임무를 맡겼어. 그리고 내가 배신하는 일이 없도록 네 배 속에 폭발물을 심었지."

카이의 입이 딱 벌어졌다. 어마어마한 충격을 받은 듯했다.

"내가 2주에 한 번씩 보고하지 않으면 넌 죽어." 데번이 아이를 놓아주고 두 손으로 자신의 머리를 쓸어 넘겼다. "그들이 시키는 건 뭐든 해야 하지. 아니면 네가 죽으니까. 그들이 원하는 대로 레이븐스카와 그 약을 찾아내더라도 그들은 여전히 버튼 하나로 널 죽일 수 있어. 내가 좀 더 과감한 조치를 취하지 않는 한 말이야."

"왜 나한테 이 사실을 알려주지 않았어요?" 카이가 한 손으로 셔츠 자락을 들어 올리고 흉터를 찾았다. 아이는 새로운 불안감에 휩싸인 채 흉터 위에 손바닥을 가져다 댔다. 만지기만 해도 터지는 게 아닐까 극히 조심하는 모습이었다.

"왜냐면 넌 지난 2년간 굶어 죽지 않으려고 안간힘을 쓰며 살았으니까. 안 그래도 힘든데 네가 어떻게 할 수도 없는 문제까지 걱정하게 만들고 싶진 않았어." 데번이 무력하게 손짓했다. "그래도 적당한 때가 되면 이야기하려고 했어."

"그게 언젠데요?" 카이가 셔츠를 내리고 다시 벌컥 화를 냈다. "우리가 떠나기 직전에요? 발을 잘못 디뎌 내가 터져버리고 난 뒤에요? 데번은 늘 이런 식이에요. 나 대신 결정하고 날 멋대로 끌고 다니죠. 왜 날 믿지 않아요? 왜 내 말을 들어주지 않아요?"

데번이 움찔했다. "우리가 집을 떠날 때만 해도 넌 너무 어렸어. 겨우 아기티를 벗은 정도였지. 근데 이제는······."

"스물다섯 명의 어른이 되었죠." 아이가 기다렸다는 듯이 대답했다. "난 다른 아이들이랑 달라요. 내게도 알 기회를 줬어야 해요. 특히 그게 나에게 영향을 미치는 문제라면요. 말해줄 시간이 충분히 있었잖아요. 난 좀 더 빨리 알 자격이 있다고요. 일이 닥치기 **직전**이 아니라요."

데번은 신음하며 두 손을 들었다. "그래, 나도 알아. 좀 더 빨리

183

말해주지 못해 정말 미안해. 적당한 때를 찾지 못해서 그랬어."

"지금은 적당한 때고요?"

"그게……."

"내가 보기엔 많이 늦은 것 같은데요!"

"내가 미안하다고 했잖아, 응?"

"그렇게 말하지 마요." 카이가 아랫입술을 삐죽 내밀며 울컥 성을 냈다. "**미안하다는 말**은 달라질 생각도 없으면서 그냥 하는 말이잖아요."

"젠장." 정곡을 찔린 데번이 탄식했다.

"어른들이 하는 멍청한 사과 같은 건 필요 없어요. 데번에게 미안하다는 말 같은 건 듣기 싫다고요!"

데번은 처음으로 하는 아이의 무시무시한 공격에 여전히 비틀대고 있었다. "그럼 뭘 원하는데? 내가 무슨 말이나 행동을 해야 상황이 달라질까?"

"이제부터는 진실을 말해줘요. 무슨 일이 있어도, 늘." 카이가 성난 얼굴로 단호하게 말했다. "다시는 거짓말하지 않겠다고 약속해줘요. 적어도 나한테는요. 아무리 사소한 거라도 난 언제나 진실만을 원해요."

데번은 그건 약속할 수 없다고 말하려 입을 뗐다. 어떻게 그걸 약속할 수 있겠는가? 앞으로 무슨 일이 생길지, 데번이 어떤 희생을 감수하고, 어떤 결정을 내려야 할지도 모르는데.

하지만 아이의 창백하고 불안한 얼굴을 본 순간 그런 변명은 사라졌다. 혼란과 불확실성으로 뒤엉킨 삶에서 데번은 카이에게 변하지 않는 유일한 존재였다. 자신의 결정으로 인해 둘 사이의 신뢰가 이미 큰 타격을 받았기에, 지금이라도 제대로 정리하지 않으면 그들의 관계는 완전히 무너질 수도 있었다. 카이가 데번을 신뢰하지 않으면 데번도 카이를 지켜줄 수 없었다.

"약속할게." 데번이 마지못해 약속하는 것처럼 보이지 않으려 애쓰며 손을 내밀었다. "그런 의미로 우리 악수하자. 이제 우리 사이에 거짓말은 없어. 진실이 너무 힘겨울 때도 있겠지만 그때도 거짓말은 하지 않을게." 카이가 손을 너무 세게 움켜쥐는 바람에 악소리를 내며 덧붙였다. "하지만 다른 이들에게까지 그럴 거라는 법은 없어. 이건 오로지 너와 나 사이의 일이야."

"다른 이들은 가족이 아니니까요." 카이는 만지면 안 되는 걸 만지기라도 한 양 얼른 손을 빼내며 말했다. "우린 가족이잖아요. 진짜 가족. 그러니 서로 거짓말하면 안 돼요."

데번은 웃어야 할지 울어야 할지 몰라 코를 훌쩍이며 젖은 눈가를 닦았다.

"그럼 이제 진실을 말해보세요." 카이는 집요했다. 데번만큼이나. "왜 데번의 오빠가 문자를 보내는 거예요?"

"내 오빠는 기사야. 이름은 램지 페어웨더. 네게 **그걸** 심은 인물이지."

데번이 아이의 흉터를 가리키며 헤스터에게 한 이야기를 그대로 들려주었다. 용을 없애고 싶어 한 가부장들과, 기사단의 힘이 약해지는 걸 원치 않은 반항적인 기사들. 쿠데타를 일으켜 이 모든 사태를 촉발한 레이븐스카 쌍둥이 남매. 그리고 그 중간에 껴서 갈등하는 데번 자신. 얘기하는 내내 데번은 누가 갑자기 들어오진 않을지, 카이가 들을 만큼 들었다며 자리를 박차고 나가진 않을지 노심초사하며 식은땀을 흘렸다.

카이는 자리를 박차고 나가지 않았다. 미간을 잔뜩 찌푸린 채 미동도 없이 앉아 눈알을 이리저리 굴리면서 이야기를 들었다. 스물다섯 명의 어른이 가진 엄청난 지력을 마음껏 부리면서.

"그들이 시키는 대로 다 한다 해도 가문들과 기사단은 결코 데번을 살려주지 않을 거예요." 데번이 이야기를 마치자 카이가 말했다. "기사단을 위해 일한다 해도 기껏해야 약간의 시간을 벌 수 있을 뿐이겠죠."

"정확해." 데번은 말이 통한다는 데 묘한 만족감을 느끼며 아이의 흐트러진 머리카락을 쓸어주었다. 데번 혼자 묵묵히 이 모든 것과 씨름하지 않아도 되어 얼마나 다행인지 몰랐다. "우리에게 필요한 건 치료제랑 그 폭탄을 처리하는 방법뿐이야. 나머진 다 그저 그런 방해 요소에 불과하지. 이 두 가지만 얻으면 뒤도 안 돌아보고 그냥 떠나면 돼."

카이가 주먹 쥔 손으로 턱을 괴었다. "치료제는 여기 있잖아요. 우리가 손에 넣을 수 있을지는 모르겠지만."

"그건 가능할 것 같아. 마니라고, 그 인간 남자 있잖아. 그 사람이 킬록을 위해 궂은일을 도맡아 하고 있는데, 그가 우리랑 같이 나가는 조건으로 우릴 도와주기로 했어."

"아, 그 남자요. 잘됐네요. 그럼 내 안에 있는…… 이건 어떻게 해요?" 카이가 셔츠 위로 자신의 배를 다시 만졌다.

"내 친구가 그 문제를 해결하는 중이야."

"언제부터 데번에게 친구가 있었어요?"

데번이 아이를 찰싹 때렸다. "재로우라는 남잔데, 그가 날 도와주고 있어. 네 게임보이도 원래 재로우 거였어. 내가 재로우한테 받은 걸 너한테 준 거지."

"그렇군요." 카이는 그렇게 말했지만, 제대로 알아들었는지는 확신할 수 없었다. "그는 어디에 있는데요?"

"런던에서 오는 중이야. 내일 아침에 만나기로 했어. 탈출하기 전에."

"우리가 탈출하고 나면 남은 이들은 다 죽어요?" 카이가 데번의 손을 꽉 쥐었다. "사실대로 말해줄 거죠? 다 죽는다 해도 거짓말하지 않을 거죠?"

"이제 우리 사이에 거짓말은 없어. 약속했잖아." 데번도 아이의 손을 꽉 잡아주었다. "다 죽을지 어떨지는 모르겠어. 내 계획대로만 된다면 우린 여유 있게 이곳을 떠날 수 있을 테고 레이븐스카 구성원들에게 미리 경고를 해줄 수도 있을 거야. 그들이 원한다면 그 전에 이곳을 떠날 수도 있겠지." 그들이 데번의 말을 믿고 제때 철수하기만 한다면 말이다.

"헤스터는요?"

"널 보러 오기 전에 헤스터에게도 사실대로 다 이야기했어." 아들이 제일 늦게 진실을 알게 됐다는 것에 새삼 미안해졌다. "헤스터는 생각할 시간이 필요하대. 아직 확신이 서진 않은 모양이야."

카이가 아랫입술을 뜯었다. "우리가 할 수 있는 일은 죄다 위험하고 누군가를 다치게 하는 일뿐이네요."

"그러게." 사과의 말이 목끝까지 차올랐다.

"우리가 어떤 선택을 하든 누군가는 어떤 식으로든 고통을 겪을 거예요." 카이가 약간 슬픈 어조로 말했다. "그 점에 대해 설교를 한 적이 있었는데."

데번은 그냥 넘어가지 않았다. "너 말고 목사가 했겠지."

"그게 무슨 차이가 있나요? 데번이 뭔가를 먹고 산에 올라갔다고 쳐요. 그럼 데번은 '내가 먹은 음식이 산에 올랐다'고 할 건가요? 음식은 그냥 데번의 일부가 된 게 아닐까요?"

"무슨 말인지 모르겠어."

"됐어요." 카이가 한숨을 내쉬었다. "아무튼 정말 다른 방법은 없는 건가요, 데번?"

"있다 해도 아직까진 생각해내지 못했지."

"그리고 이제는 시간이 없고요." 카이가 시계를 보고는 침실 창문 너머로 보이는 하늘을 쳐다봤다. "이제 거짓말은 안 돼요. 하지만 내가 무슨 결정을 내리기엔 너무 늦은 것 같네요. 이제 우리에게 남은 건 데번의 방식뿐이에요." 카이가 잠시 말을 멈췄다. "근데 내가 정말 데번과 같이 떠나고 싶긴 한 걸까요?"

그 질문에 데번은 상처를 받았지만 내색하지 않으려 애썼다. 적당한 대답을 찾는 데만 집중했다.

"아니, 카이. 꼭 나랑 같이 가지 않아도 돼. 난 네가 평생 먹을 만큼의 리뎀션을 챙겨 여기서 나갈 수 있게 도울 거지만, 넌 보통 아이들이랑은 다르잖아. 네가 내게서도 벗어나기를 원한다면 난 붙잡지 않을 거야. 일단 여길 나간 뒤에는."

가문이 자신에게 한 것처럼 아이를 억지로 잡아두는 짓은 하지 않을 생각이었다. 그 점에 대해서는 확신이 있었다.

카이가 곁눈질로 데번을 흘끔거렸다. "내가 가버리면 날 미워할 거잖아요."

"아니, 절대. 네가 무슨 짓을 하든 그런 일은 없을 거야."

"정말요? 내가 데번을 배신해도요?" 카이는 이제 데번을 예의 주시하고 있었다. "내가 킬록에게 달려가 모든 걸 말하고 여기서 그와 평생 함께 살면서 인간들을 먹어댄다고 해도요?"

"그러면 네가 실수하는 거라 생각하겠지만 그래도 미워하진 않을 거야."

카이는 데번의 휴대폰을 만지작거리며 그 말을 곱씹었다. 데번은 선고를 기다리는 죄수가 된 기분이었다. 체념과 함께 마음의 평화가 찾아왔다.

잠시 숨 막히는 침묵이 흐르는가 싶더니 카이가 휴대폰을 내밀었다. "난 데번이랑 함께 가고 싶어요. 비록 데번이 거짓말을 많이 하긴 했지만요."

데번은 묻지 않을 수 없었다. "왜?"

"데번은 괴물이니까요. 내가 매틀리를 먹었던 날 그 남자가 말했던 것처럼." 카이는 놀랍게도 곁으로 다가와 가느다란 팔로 데번의 허리를 감쌌다. "날 지켜주는 키 크고 못된 괴물이요."

"아, 그럼 그거 칭찬이야?" 데번이 약간 혼란스러워하며 아이를 똑같이 안아주었다.

"매틀리가 날 어떻게 생각했는지 알아요. 모두가 날 무서워하죠. 여기 있는 다른 소울이터들조차 그래요. 하지만 데번은 날 무서워하지 않죠. 데번은 나보다 더 크고 못된 괴물이니까." 카이가 데번의 어깨에 얼굴을 묻었다 "데번은 날 돕기 위해서라면 무슨 짓이든 할 거잖아요. 나도 데번을 위해서라면 그럴 수 있을 것 같아요. 데번은 나의 괴물이고 난 데번의 괴물인 셈이죠. 내게 거짓말한 건 물론 슬프고, 우리 때문에 더 많은 이들이 다쳐야 한다는 사실은 안타깝지만 우린 함께 가야 해요. 우린 괴물 가족이니까."

샘솟는 자부심 덕분에 겨우 눈물을 삼킬 수 있었다. "다행이다." 데번이 목멘 소리로 말했다. "다행이라는 말로는 턱없이 부족하지만, 그래도 다행이야."

"대신 조건이 하나 있어요." 카이가 데번을 향해 얼굴을 치켜들었다. "내일 데번의 친구를 만날 때 나도 같이 갈래요. 그 게임보이 남자 말이에요. 그 사람 얘기 좀 더 해줄래요?"

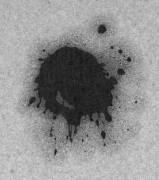

어디선가 귀에 익은 목소리가 들려와
왕자는 소리가 나는 곳을 향해 다가갔다.
그러자 라푼젤이 왕자를 알아보고 울면서
그의 목에 팔을 둘렀다.

그림 형제,
「라푼젤」

그리고 다시는
행복해지지 않았습니다

10개월 전

정말 오랜만에 일이 잘 풀리고 있다는 느낌이 들었다.

데번은 이스틀리에서 사우샘프턴까지 가는 내내 흥겨운 콧노래를 불렀고, 카이와 함께 브라이턴으로 가는 직행 열차에 오를 때도 콧노래를 멈추지 않았다. 정오쯤 램지가 전화를 걸어와 한바탕 욕설을 퍼붓기는 했다. 희생자를 호텔 욕실에 그냥 두고 나오는 바람에 경찰이 데번과 인상착의가 유사한 여성을 찾고 있다나. 데번은 다음엔 더 잘하겠다고 약속하며 어깨를 으쓱했다. 어차피 이미 이동 중인데, 왜 저렇게 난리람?

"여행 싫어요." 안전한 '마리오'의 세계 속에 숨고 싶었는지 게임보이에서 좀처럼 고개를 들지 않던 카이가 게임기를 내려놓더니 뚱한 얼굴로 창밖을 내다봤다. "우리 지금 어디 가는 거예요?"

"해변으로." 세일럼이라면 조개껍질과 모래가 있는 해변을 가고 싶어 했을 거라고, 데번은 뜬금없이 그런 생각을 했다. "너도 좋아할 거야. 전에 있었던 데보다 더 마음에 들걸?"

카이가 네 살짜리답게 입을 삐죽거리더니 노인의 어조로 말했다. "나 라거 한잔해도 돼? 점심때 마시는 라거 한잔이 정말 끝내줬는데."

"음, 안 돼."

한 시간도 채 지나지 않아 기념품 가게와 고풍스러운 건물이 어우러진 브라이턴 시내가 시야에 들어왔다. 2월의 끝자락은 성수기가 아니라 거리는 성가신 관광객 없이 한산했다.

데번은 엄청난 돈을 지불하고 호텔 방을 잡았다. 이번에는 바닷가에 위치한 호텔이었다. 데번도 카이도 바다는커녕 해변조차 본적이 없었기 때문에 해변으로 산책을 나가기로 했다. 어차피 부두로 가는 길이기도 했다.

책 속의 해변은 부드럽고 다정하며 모래로 뒤덮인 따뜻하고 즐거운 정열이 흐르는 곳이었다. 적어도 소설을 통해 데번이 상상한 곳은 그런 이미지였다.

막상 와보니 브라이턴 해변은 생각했던 이미지와는 완전히 달랐다. 이 해변은 모래가 아닌 자갈과 바위로 이루어져 있었는데, 자갈은 발가락 사이에 끼일 정도로 작았고 바위는 발을 쿡쿡 찌를 만큼 컸다. 하늘은 얼룩덜룩한 회색빛에다가 바닷물은 피부에 미끈거리는 잔여물을 남기는 쌉쌀하고 짭짤한 찬 수프 같았다.

"엄청나다." 데번이 중얼거리자 카이도 고개를 끄덕였다.

그래도 여긴 그들이 본 가장 아름다운 곳이었다. 날것 그대로였고, **진실했고**, 선명했고, 소박했다. 다시 태어나면 바다와 육지가 맞닿은 저 경계에 머물며 영원히 이곳을 떠나고 싶지 않을 것 같았다. 저 안에서 길을 잃고 헤매다 보면 진정한 자신을 찾을 수 있을 것도 같았다. 안전한 곳에 무사히 도착한다면 그곳에도 이렇게 거닐 수 있는 바위 해변이 있기를 바랐다.

날씨가 쌀쌀하고 관광객이 많지 않았음에도 해변의 산책로에는 작은 놀이기구들이 설치되어 있었고, 놀이기구마다 코트를 입은 인간 어린이 몇 명이 몰려 있었다. 데번은 청바지에 반소매 티셔츠를 입은 자신과 카이가 안 좋은 의미로 눈에 띈다는 사실을 깨달았다. 인간 세계에서는 날씨가 추워지면 외투가 필요했다.

"내일 놀이기구 타러 와도 돼요?" 눈이 휘둥그레진 카이는 데번이 남의 시선을 의식하는 것도 알아채지 못하고 말했다. 흥분하면 카이에게서 노인의 흔적이 싹 사라지는 것 같았는데, 데번은 그게 신기하면서도 희망적으로 느껴졌다.

"그래, 안 될 거 없지."

그들은 한동안 물가를 따라 걸으며 팰리스 피어 쪽으로 천천히 이동했다. 기온이 한 자릿수로 떨어진 데다 해가 뉘엿뉘엿 넘어가고 있는데도 과감히 수영을 즐기고 있는 사람들이 몇 보였다. 데번은 지나가는 사람들 얼굴을 빠짐없이 살폈다. 하지만 데번이 찾는 이스터브룩 왕자는 그곳에 없었다. 해변 곳곳에서 시끄럽게 웃고 떠드는 소리가 어렴풋이 들려왔다. 사람들이 무리를 이루었다 흩어지길 반복했다.

썰물 때가 되어 물이 빠지자 데번과 카이는 젖은 신발과 물이 잔뜩 튄 청바지 차림으로 자갈을 밟으며 잔교 밑으로 들어갔다. 들보 아래서 잠시 걸음을 멈추고 소금기와 나무 썩는 냄새가 뒤섞인 공기를 들이마셨다. 찰싹거리는 파도 소리가 동굴 같은 잔교 밑에서 축축하게 울려 퍼졌다.

도시 어딘가에서 대성당 시계가 늦은 시각을 알렸다. 재로우는 여전히 나타나지 않고 있었다.

"심심해요." 카이가 말했다. "호텔에 돌아가서 자면 안 돼요? 아니면 텔레비전을 보거나." 카이는 최근 몇 주 사이에 집에 가자는 말을 더는 하지 않았다. 이스터브룩 저택에 영영 돌아갈 수 없다는 것을 마침내 이해한 것이다.

"그래. 호텔로 돌아가자."

데번은 돌 부스러기를 으스러뜨리며 돌아섰다. 재로우가 나타나지 않으면 그냥 혼자 해결하면 된다. 어차피 결국엔 늘 혼자이지 않았던가.

그때 무언가 홱 움직이는 것이 느껴져 걸음을 멈췄다. 인간이라고 하기에는 너무 빨리, 순식간에 사라진 느낌이었다. 데번은 어두운 곳에서도 웬만한 건 완벽하게 볼 수 있었지만, 여기 팰리스 피어 밑은 나무 기둥이 빽빽한 숲처럼 얽혀 좀처럼 시야를 확보하기 어려웠다.

"왜 멈춰요?" 카이가 데번의 손을 잡아끌며 걸음을 재촉했다. 아이의 발음이 유독 심하게 샐 때였다. "텔레비전에서 곧 〈코리〉 1960년부터 영국 ITV에서 방영한 〈Coronation Street〉라는 드라마를 할 거야. 나 그거 보고 싶단 말이야."

196

아니, 〈코리〉를 좋아한 건 그 노인이었다. "넌 그 드라마를 한 번도 본 적이 없어." 데번은 이렇게 받아쳤다가 아이 눈에 눈물이 그렁그렁 맺히는 것을 보고 바로 후회했다. 아이의 잘못이 아니었다. 아이가 잘못한 건 하나도 없었다. "미안, 그런 뜻이 아니었어. 그래. 우리 빨리 돌아가서 〈코리〉 보자, 응?"

데번은 그게 어떤 드라마인지도 잘 알지 못했다. 그저 시트콤 같은 드라마라는 것만 어렴풋이 알 뿐이었다. 하지만 아이가 좋다는데 뭐가 중요한가? 그런 취향이 어디서 왔든 아이의 흥미를 돋우는 데 돈이 드는 것도 아닌데 말이다.

"네." 카이가 코를 킁킁대며 데번의 옷소매로 코를 닦았다. 당장은 기분이 풀린 듯했다.

그들은 길 없는 자갈 해변을 가로지르며 걸어갔다. 그때 데번의 시야 한구석에서 또다시 흐릿한 움직임이 포착되었다. 이번에는 걸음을 멈추거나 주변을 둘러보지 않았다. 확실히 인간의 움직임이 아니었다.

몇 분 후 해변을 빠져나와 길을 건넌 데번은 카이를 업고 호텔 계단을 올랐다. 비싼 가격에 비해 가구는 저렴한 그들의 호텔 방에 들어섰다. 카이가 침대에 누워 자리를 잡는 동안 데번은 텔레비전을 켜고 아이가 원하는 프로를 찾도록 도와주었다.

"잠깐 다시 나가봐야겠어." 데번이 짐짓 무심한 목소리로 말했다. "해변에 휴대폰을 떨어뜨린 것 같아. 너 혼자 괜찮겠니?"

카이의 시선이 순간적으로 미니 냉장고를 향했다. "괜찮아요."

데번이 얼굴을 찡그렸다. "마지막으로 말하는데, 넌 이제 겨우 네 살이고 라거는 마실 수도 없고 좋아하지도 않아. 냉장고에 손대면 게임보이 내다 버릴 줄 알아."

"알았어요, 알았어." 카이의 얼굴이 시무룩해졌다. "안 마셔요."

"그래, 착하지."

다시 산책로로 나가자 달콤하게 어두워진 거리에 불빛과 웃음이 가득했다. 브라이턴은 잠들고 싶지 않은 모양이었다.

하지만 해변은 텅 비어 있었다. 인간은 안전하게 헤엄칠 수 없는 차고 어두운 바다에서 제때 물러나는 분별력은 갖추고 있었다. 데번은 어깨를 움츠리고 (키가 작아 보이려 최근에 들인 습관이었다) 구부정한 자세로 팰리스 피어의 잔교 밑으로 들어갔다. 데번에겐 쓸모없는 샌들을 신고 비틀대며 바위 위를 걸었다. 젖은 땅에 끌려 청바지 밑단은 이미 축축했다.

재로우가 기다리고 있었다.

이번에는 숨거나 몰래 따라오지 않고, 주머니에 손을 넣은 채 물가에 가만히 서 있을 뿐이었다. 그는 후드티 대신 나이가 훨씬 많은 남자에게나 어울릴 법한 구식 항공점퍼를 입고 있었다. 곱슬머리는 군대식으로 짧게 잘려 있었으며, 처음 보는 텁수룩한 수염이 눈에 띄었다.

재로우는 혼자가 아니었다. 맨발의 키 큰 여자가 그 옆에 서 있었다. 검은 머리를 빅토리아풍으로 틀어 올리고 제인 오스틴 소설의 여주인공처럼 코바늘로 뜬 (하지만 색상은 지중해풍인) 숄을 두른 여자. 빅토리아가 틀림없었다. 이스터브룩 저택의 게임 룸 곳곳에 강렬한 개성을 남기고, 보이지 않는 존재감을 과시했던 여자.

"안녕." 재로우가 돌아보지도 않고 말했다. "오랜만이네."

데번은 무언가 그럴듯한 말을 하려고 입을 열었다가 와락 눈물을 쏟고 말았다.

침대 밑에서 쓰라린 작별 인사를 한 지 4년이 다 되어가는데도 다시금 말문이 막혀 연신 딸꾹질을 하며 눈물을 흘렸다. 모든 것이 돌고 돌아 겨우 제자리에 온 것 같았다. 몇 달간의 계획과 침묵, 망설임, 용기와 다짐, 긴 이별.

그동안 데번은 무엇이 되고 무엇을 보고 무엇을 했을까? 재로우는 데번이 어떤 존재인지 지금도 알고 있을까? 데번은 **그를** 지금도 알고 있다고 할 수 있을까? 그들의 관계는 너무 분열되고 어긋나서 이제 그것을 정말 우정이라고 부를 수 있을지조차 확신할 수 없었다.

정신 차리자, 데번은 속으로 되뇌며 이미 흠뻑 젖은 소맷부리로 코를 닦았다. "미안, 어떻게 지내? 내가 너무 미안해."

"뭐가 미안하다는 건지 모르겠네." 재로우가 돌멩이를 하나 주워 울퉁불퉁한 바닷물 위로 어설프게 물수제비를 떴다. "우린 그냥 바다 구경이나 하면서 평화롭게 이야기를 나누던 중이었어. 그치, 빅?"

빅토리아 이스터브룩이 고개를 끄덕였다. 빅토리아는 바다를 응시하며 하염없는 생각에 잠긴 듯했다.

"참, 이쪽은 내 누나야. 누나에게 네 얘기를 했더니 같이 오고 싶어 했어."

"만나서 반가워요, 빅." 데번이 조금씩 평정심을 되찾으며 목을 가다듬었다.

짙은 갈색 눈이 데번의 시선을 마주했다가 이내 다른 곳으로 향했다. 빅토리아가 힘겹게 "안녕하세요"라고 인사했다.

"우린 잘 지냈다가 못 지냈다가 해." 재로우가 말했다. "그래도 빅은 몇 년 전보다는 많이 좋아졌어. 적어도 누나 말로는 그래."

"좋아졌다니 정말 다행이에요." 데번은 빅토리아에게 그렇게 말하며, 속으로는 오늘이 빅에게 좋은 날일지 나쁜 날일지 궁금해했다. 지금과 반대의 모습은 어떨지 상상하려고도 했다. 이번에는 재로우에게 물었다. "유배 생활은 어때, 왕자님?"

그가 앓는 소리를 냈다. "지루하고 의미 없는 특권만 가득한 삶이지. 숨이 **탁탁** 막힌다니까. 난 IT쪽 일을 해. 지금도 게임은 할 수 있게 해주지만 시간이 나면 웬만해선 빅을 보러 가지. 그게 가장 중요한 일이니까."

"아이티? 그게 뭐야? 차 종류인가?"

"뭐라고? 아니, IT는 정보 기술의 약자야. 컴퓨터니 인터넷이니 하는 거 말이야. 요즘 가문들이 음성 인식에 관심이 많거든. 그 기술을 사용하면 손으로 직접 쓰지 않아도 글을 쓸 수 있어."

데번이 어깨를 으쓱했다. 처음 듣는 이야기였다. "아무튼 네가 와서 정말 기쁘다. 근데 기사들이 틈틈이 날 지켜보고 있어. 나 때문에 네가 곤란을 겪는 일이 없어야 할 텐데."

"나도 기뻐." 재로우가 허리를 굽혀 뾰족한 조약돌을 양손에 한 줌씩 집어 들고는 멍하니 굴리며 달그락달그락 소리를 냈다. "좀 더 일찍 전화하지 못해 미안해. 소포를 받긴 했는데 바로 안 열어

보고 나중에야 생각나서 열어봤어. 쪽지를 발견하고 발신자가 너라는 걸 깨달은 후에도 차마 전화 걸 용기가 나지 않아 시간이 필요했고. 게다가 휴대폰을 찾는 데도 한참이 걸렸지." 재로우가 한숨을 내쉬며 조약돌을 다시 해변으로 던졌다.

빅토리아는 침묵을 지키면서도 데번과 재로우 쪽으로 어깨를 숙여 대화에 귀를 기울였다.

"괜찮아." 지난 몇 달간의 고통이 벌써 아무것도 아닌 것처럼 느껴졌다. "지금 이렇게 와줬잖아. 그것만으로 감사할 뿐이야."

"연락하겠다고 약속한 건 난걸. 널 기다리게 하는 게 아닌데."

"그런 소리 마. 네가 아무것도 안 해도 널 나무랄 수는 없어. 어쨌든 난 네 형을 죽였잖아." 데번의 마지막 말에서 씁쓸함이 묻어났다.

빅토리아의 얼굴에 만족스러운 미소가 스쳤다 이내 사라졌다.

"난 그 소문 안 믿어." 재로우가 말했다. "그래서 말인데 네가 그날 진짜로 무슨 일이 있었는지 말해줄 생각이 있다면 나도 당사자 입을 통해 듣고 싶어."

데번은 그 이야기를 하고 싶지 않았지만, 재로우는 진실을 알 자격이 있었다.

그렇게 마지못해 데번은 그날 밤 일을 들려주기 시작했다. 파도 소리에 묻혀 들릴락 말락 한 나지막한 목소리로 필요한 사실만 간략히 전달하고 그 외에는 아무것도 덧붙이지 않았다. 그들 주위로 성난 파도가 느릿느릿 밀려와 바위에 부딪쳤다. 바람이 어찌나 습하고 소금기가 강한지 온몸이 소금에 절여지는 것 같았다. 빅토리

201

아도 데번에게 좀 더 가까이 다가와 (여전히 재로우를 방패처럼 앞세우기는 했지만) 이야기를 들었다.

이야기를 마치자 재로우가 말했다. "매틀리가 죽었다는 소식은 네가 떠나고 며칠 후에야 전해졌어. 우리가 들은 바로는 기사들이 그 후 기사단을 무단이탈하기 시작했다지. 이스터브룩에서는 모든 걸 네 탓으로 돌리고 있고."

"이런 일이 있었는데도 정말 괜찮아?" 두 형제가 사이가 좋지 않다는 건 데번도 익히 알았지만, 그래도 가족은 가족이었다.

"벌써 2년이나 지난 일인걸. 그 이후로 마음을 잘 정리했어. 사실 형이랑 그리 가까운 사이도 아니었고." 재로우가 손바닥으로 코를 문질렀다. "가족 얘기도 나왔으니 말인데, 네 아들은 어디에 있어? 아까 같이 걷는 거 봤어. 정말 많이 컸더라."

"호텔에 있어." 데번이 이어서 말했다. "매틀리가 그렇게 된 건 그 애 잘못이 아니야. 아이를 원망하지 않았으면 좋겠어."

"원망하지 않아. 말했잖아, 잘 정리했다고." 재로우가 발소리를 내지 않고 주위를 서성이기 시작했다. "그런데 무슨 함정 수사를 해서 레이븐스카를 추적하겠다고?" 그가 고개를 절레절레 저었다. "저예산 액션영화도 아니고."

"그들은 가상 인물이 아니야. 그 치료제도 마찬가지고. 그들이 그 약을 지금도 사용하는지는 모르지만."

"그들이 왜 너랑 거래할 거라고 생각하는데? 왜 그들이…… 아, 다 됐고." 재로우가 부드럽게 데번의 팔을 잡았다. "그런 건 하나도 중요하지 않아, 데브. 그들의 쓰레기 같은 정치 문제는 그냥 다 잊어버리자."

데번은 눈을 깜빡이며 바람에 흩날리는 머리카락을 쓸어 넘겼다. "잊어버리자니? 도망가자는 얘기야?"

재로우의 얼굴이 혼란으로 일그러졌다. "그러려고 날 여기로 부른 거 아니야? 어떻게 도망갈지 의논하려고?" 그가 자신의 누나를 가리켰다. "빅과 나는 필요하다면 오늘 밤이라도 떠날 수 있어."

"오늘? 지금 당장?" 데번은 하나도 웃기지 않으면서 웃음을 터뜨렸다. "아, 재로우. 우리가 어딜 가겠어?"

빅토리아는 여전히 생각에 잠긴 얼굴로 침묵을 지켰다.

"아일랜드로 가야지. 내가 전에 얘기했잖아." 재로우가 즉시 대답했다. "거긴 사람도 많지 않고 가문의 손이 아직 닿지 않아서……."

"그럴 순 없어." 데번이 말했다. "내 아들 몸에 폭탄이 들어 있거든. 내가 제때 연락하지 않으면 램지가 원격으로 그걸 터뜨려 아이를 죽일 거야."

"아. 젠장."

"정말 '젠장'이지."

"그 문제는 어떻게든 해결할 수 있을 거야." 재로우가 놀라울 정도로 빠르게 의욕을 되찾으며 말했다. "어떤 장치인지 알아내 신호를 방해하면 돼. 패러데이 상자나 전파 차단기 같은 걸 이용해서."

데번은 해결책을 떠올린 그를 덥석 안아주고 싶었지만, 그러는 대신 나지막이 이렇게 말했다. "분명 네 말이 맞아. 그런데 폭탄은 해결해야 할 문제 중 하나일 뿐이야. 사실 내 아들은 지금 한 달에

한 번씩 영혼을 먹어야 해. 곧 2주에 한 번으로 양이 늘어날 거고, 결국엔 매주 먹게 되겠지. 우리가 신호를 완전히 차단하고 외딴곳에 가서 산다면 아이를 위한 식량을 어디서 구할 수 있을까? 평생토록 매주 한 명씩 인간을 조달하는 건 간단한 문제가 아니야."

"다 일리 있는 말이네." 빅토리아가 조용히 말했다. 재로우가 그런 누나를 놀란 눈으로 쳐다봤다.

"도망가면 아이는 죽어." 데번이 말했다. "외딴곳에서 뭘 먹고 살겠어. 반대로 기사들이 시키는 대로 다 해도 램지가 날 살려줄 일은 결코 없을 거야. 이 덫에서 빠져나갈 방법은 없어. 나나 내 아이들에게 해피엔딩 같은 건 없다고." 데번이 모래와 자갈을 발로 찼다. "내가 어떤 상황인지 알겠어?"

"그렇다면 방법은 하나뿐이네." 재로우가 말했다. "너도 내가 무슨 말을 할지 알지?"

으슬으슬한 바람이 해안을 들쑤시며 물방울을 흩뿌렸다. 데번이 말했다. "아니, 난 카이를 포기하지 않을 거야."

"왜 안 되는데?" 그가 두 팔을 활짝 벌리며 거창하게 질문을 던졌다. "생각 정도는 해봐야지! 외딴곳에 사는 건 우리한텐 쉬운 일이야. 특별히 신경 쓸 것도 없어. 치료제도, 인간 희생양도 다 필요 없다니까. 오늘 밤에 떠나면 **내일** 아일랜드에 도착할 수 있다고!"

"**안 된다고** 했잖아. 난 카이 없이는 아일랜드도, 다른 어떤 곳도 가지 않아. 아이를 두고 이 도시를 떠날 일도 없어. 그 애를 굶어 죽게 그냥 놔두지도 않을 거고, 외딴곳으로 데려가 녀석이 괴물이 되는 걸 지켜보고만 있지도 않을 거야. 내가 죽는 한이 있더라도."

재로우가 데번을 매섭게 쏘아봤다. "아이 하나를 위해 모든 걸 잃어도 괜찮다는 거야? 무슨 그런 손해 보는 계산이 다 있어?"

빅토리아가 어깨에 두른 숄을 단단히 여몄다. 신경을 곤두세워 둘의 대화에 귀 기울이는 모습이었다.

데번은 나침반을 찾아 한 손에 꼭 움켜쥐었다. "사랑에는 대가가 없으니까. 그냥 선택일 뿐이지. 우리가 계속 숨을 쉬고 하루하루 살아나가는 것처럼 말이야. 사랑은 가치의 문제가 아니야. 가격의 문제도 아니고. 그런 개념들은 적용되지 않아."

데번의 팽팽한 숨과 재로우의 꼬인 숨이 맞부딪쳤다. 도시 어딘가에서 시계가 밤 10시를 알렸다. 잔교 위의 조명이 어두워졌고 일부는 완전히 꺼졌다. 이제 그만 놀고 돌아갈 시간이었다.

"그렇다면 난 널 도울 수 없어." 그의 관자놀이가 팔딱거렸고 피부의 혈관이 팽팽하게 당겨졌다. "난 약속을 지켰어. 나와 빅이 위험해질 수 있는데도 개의치 않고 널 만나러 왔지. 근데 넌 너를 구하지 않겠다는 거잖아. 그렇다고 네 아이들을 구할 수 있는 것도 아니면서. 내가 해줄 수 있는 게 아무것도 없는데 왜 나한테 연락했는지 모르겠다."

빅토리아가 손을 뻗어 남동생의 팔을 잡았다. "재로우…… 침착해야지."

"나 지금 침착해." 그가 툴툴거렸다. "어리석게 구는 건 데번이라고!"

"그럼 이걸로 끝인 거야?" 바람이 데번의 뺨을 매섭게 때렸지만 데번의 눈은 오래된 서가처럼 바짝 말라 있었다. "이대로 그냥 가문의 삶으로 돌아가게? 전전하며 종처럼 살려고? 인신매매, 강제 결혼, 범죄의 공모자로……"

"죽는 것보단 낫지!" 재로우가 그 황량한 해변에서 고래고래 악을 썼다. "네가 이기지도 못할 게임에 뛰어들어 구할 수도 없는 괴물을 위해 죽는 꼴을 지켜보는 것보단 나아. 난 빅을 돌봐야 하고, 넌…… 넌 구제 불능이야. 내 말 알아들어? 젠장, 나도 한계라는 게 있다고!"

"난 그런 거 없어." 데번이 말했다. "가문들 덕분에 한계 같은 거 모르게 됐지. 어쩌면 아이 때문일 수도 있고."

"그래, 그게 너지." 데번은 재로우가 그렇게 매몰차게 말하는 것을 처음 보았다. "네가 아이를 포기 못 하니까 지금 여기 이러고 있는 거야. 그래서 결국엔 죽게 될 거고. 램지는 네가 아이를 포기하지 않을 거라는 걸 알고 그걸 악용하고 있어."

"그 반대일 수도 있지. 난 내가 이 게임에서 이길 수 있을 거라고 생각해."

"재로우." 빅토리아가 격앙된 목소리로 말했다.

"빅, 잠깐만. 잘 들어, 데번. 이건 네가 이길 수 있는 게임이 절대 아니야!"

"그럼 게임에서 나가지 뭐." 데번이 말했다. "졸 노릇은 그만두고 규칙을 바꾸는 거야."

재로우가 두 손을 들었다. "방금 네 입으로 그건 불가능하다며."

"어느 지점까지는 램지가 시키는 대로 해야겠지. 그가 원하는 대로 레이븐스카도 찾아내고. 어차피 카이에게도 그들이 필요하니까. 그런 다음 신호 차단기든 패러데이 상자든 뭐든 만들어서 도주하는 거야. 약을 챙겨서."

"그런 말도 안 되는 계획이 어딨어!" 재로우는 화가 나 시뻘게진 얼굴로 데번을 노려봤다. "그걸 성공하려면 얼마나 많은 변수가 맞아떨어져야 하는지 알아? 난 그런 계획에……."

"**재로우!**" 빅토리아가 거의 고함치듯 소리를 높였다. "우리가 도와야 해!" 그러고는 두르고 있던 숄을 내팽개치고 동생의 팔을 붙들었다. 숄이 해변 저 너머로 펄럭대며 날아가는데도 빅토리아는 아랑곳하지 않았다.

"뭐라고?" 재로우가 경악했다. "빅, 설마 진심은 아니지?"

"진심이야." 빅토리아는 단호하고도 침착하게 말했다. "우리가 도와야 해. 그 누구에게도 도움받아본 적 없는 나라서 이렇게 말하는 거야."

재로우는 빅의 말에 크게 한 방 먹은 듯했다. 기가 한풀 꺾인 그는 어쩐지 나이보다 훨씬 늙어 보였고 매우 지쳐 보였다.

"무슨 말인지 알아요." 빅토리아가 데번을 돌아보며 말했다. 줄기차게 불어오는 바람에 머리카락이 나부꼈다. "**다 알아요**, 데번 페어웨더. 당신 말이 맞아요. 아이들을 사랑하는 마음엔 대가가 없지요. 아이가 살아 있든 죽었든, 가까이 있든 멀리 있든."

"대가는 없지요." 데번이 맞장구를 치며 손을 내밀었다. 잠시 후 빅토리아가 그 손을 맞잡았다. 빅토리아의 손에서 힘이 느껴졌다.

"세상 모든 신과 악마여, 우릴 도와주소서." 재로우가 날카로운 조개껍질을 집어 들고 부서진 가장자리를 엄지손가락으로 쓰다듬었다. "좋아, 데번. 그럼 우리가 뭘 어떻게 해야 하는지 말해줘."

"하나씩 해결해야지." 데번은 끝없이 펼쳐진 바다를 등진 채 나침반을 열어 바늘이 북쪽을 가리킬 때까지 천천히 방향을 돌렸다. "일단 신호 차단기에 대해 알려줘."

이제 비밀은 없어

현재

해변에서 그를 만난 지 1년 정도 흐른 지금, 데번은 또다시 재로우를 찾아 물과 땅의 교차로를 걷고 있었다.

전날 밤 데번과 카이는 그간의 스트레스에도 불구하고, 아니 어쩌면 그 스트레스 덕분에 깊이 잠들어 느지막이 일어났다. 데번은 외출하기 전에 샤워부터 해야 한다고 고집을 부렸다. 비록 아주 오래되긴 했어도 욕실엔 값비싼 비누와 샴푸가 구비되어 있었다. 데번은 욕조에 물을 받아 그것들을 쏟아부은 뒤 피부의 묵은때를 씻어냈다.

목욕을 마치고 욕조를 비워낸 후 카이를 위해 새로 물을 받았다. 카이가 씻는 동안 옷장을 뒤적이는데, 몸에 맞는 청바지나 하의가 하나도 없었다. 시내에 나온 김에 쇼핑을 좀 해야 할 것 같았다. 아쉬운 대로 고른 건 타탄 무늬 치마였다. 웬만한 여자에겐 바닥에 닿을 만큼 긴 치마였지만 데번에게는 무릎 바로 아래까지 왔다. 미국인 관광객이나 입을 법한 옷이라 우스꽝스러워 보이는 데다 주머니까지 없었지만, 어쨌듯 깨끗하니 지금으로선 그걸로 충분했다.

데번과 카이는 정오가 다 돼서야 트라쿼어 성문을 나섰다. 그들은 손을 잡고 이너레이던 시내로 통하는 유일한 큰길을 따라 걸었다.

대지 곳곳에 아직 겨울이 들러붙어 있었다. 황량한 들판에 얇게 서리가 내려앉았고 잎이 떨어진 나뭇가지에는 얼음이 매달려 있었다. 날씨는 이례적일 정도로 따뜻했다. 어제 내린 진눈깨비가 햇빛에 녹고 있었지만 하늘은 더 많은 눈을 예고했다. 전형적인 영국 날씨였다.

트위드강이 시야에 들어오자 카이가 말했다. "우리끼리 나갔다 오겠다고 하면서 레이븐스카 형제들한테는 뭐라고 말했어요?"

"사실대로 말했지. 시내에 쇼핑하러 간다고." 데번이 손목시계를 확인했다. 11시가 조금 넘었다. "그리고 쇼핑은 진짜 할 거야. 오늘 밤 탈출하기 전에 사둬야 할 게 있거든. 그 전에 재로우를 만나러 섬에 들를 거긴 하지만."

"헤스터는요?"

"헤스터가 뭐? 우리 방이 어딘진 헤스터도 잘 알 거야." 데번이 불편한 기색을 띠며 말했다. "마음만 먹으면 오전 중에 얼마든지 들를 수 있었어. 근데 그러지 않았잖아. 헤스터는 그냥 더 이상 귀찮게 하지 않는 게 좋을 것 같아."

큰길은 트위드강 가로 이어졌다. 굽이치는 강물 위로 큼직한 다리가 나지막하게 놓여 있었는데 그리로 쭉 가면 이너레이던 시내가 나왔다.

"저길 건널까요?" 카이가 다리를 가리켰다.

"아니, 우린 강기슭을 따라 걸을 거야."

"하지만 강가 쪽으로는 길이 없는데요."

"저 자전거 길을 따라가면 돼. 저 앞의 들판과 이어지는 거 보이지? 저 길을 따라가면 섬이 나올 거야."

그들은 다리를 뒤로하고 오른쪽으로 방향을 틀어 풀이 무성하게 자란 들판과 나무들이 우거진 가파른 언덕을 지났다. 이윽고 쇠사슬로 묶인 울타리 앞에 다다랐다. 자전거 길은 어부들이 다니는 작은 길로 갈라져 가파른 강둑으로 이어졌다.

데번은 강가에 멈춰 섰다. 강물은 나무가 늘어선 강변을 양쪽에 거느린 채 포말을 일으키며 빠르게 흘러가고 있었다. 이 강을 건너는 게 인간에겐 쉽지 않을지 몰라도 그들에겐 쉬운 일이었다.

드디어 앞에 세 개의 섬이 보였다. 가장 작은 섬은 물줄기의 방향을 바꾸는 부드러운 모래 더미에 지나지 않는 반면 가장 큰 섬은 모래톱에, 작고 울창한 숲까지 갖추고 있었다.

"아무도 안 보여요." 카이가 최대한 까치발을 하고 서서 손차양을 한 채 여기저기 살폈다. "지금쯤 와 있어야 하는 거 아니에요?"

"곧 올 거야." 데번이 아들에게 손을 내밀었다. "업혀. 너 혼자 이 강을 건너는 건 무리야."

카이는 순순히 데번의 말을 따랐고, 데번은 강둑에서 내려가 허벅지까지 오는 강물 속으로 걸음을 옮겼다. 강을 건너는 동안 물살이 소용돌이치며 다리에 철썩철썩 부딪쳤다. 물보라가 치고 거품이 일었다.

젖은 몸으로 힘들게 강기슭에 도착했지만 정작 섬에는 아무도 없었다. 최근에 누가 왔다 간 흔적도 없었고 오래 머문 흔적은 더더욱 없었다. 그들은 양옆에 강을 낀 자그마한 숲을 샅샅이 둘러보았다. 그래 봤자 전체 면적이 트라퀘어 하우스의 아래층과 비슷한 정도였다.

"혹시 다른 섬을 말한 거 아니에요?" 카이가 습진이 생긴 팔꿈치를 긁어댔다.

"아니야, 분명 여기야. 이렇게 세 개의 섬이 모여 있는 곳은 이 일대에 여기밖에 없었어." 의심이 스멀스멀 피어올랐다. 평소 같았으면 걱정하지 않았겠지만 지금은 작은 실수가 엄청난 결과를 초래할 수도 있기 때문이었다.

"그럼 일찍 철수한 걸까요?" 카이는 무언가 도움을 주려 했지만 도리어 걱정거리만 더 안겨주고 있었다. "아니면 막판에 런던에서 무슨 일이 생겨서……."

으드득. 우지직. 아무리 나뭇잎이 바스락대고 강물이 철썩거려도 이터들의 예민한 귀는 속일 수 없었다. 그들은 들려오는 발소리를 놓치지 않았다. 북서쪽 어딘가에서 들려오는 소리였다.

데번이 두 손을 입에 대고 속삭이듯 말했다. "누구세요?"

"나야." 재로우가 마지막 가시덤불을 헤치고 빅토리아를 대동한 채 모습을 드러냈다. 빅토리아는 손을 흔들며 미소까지 지어 보였다.

"늦어서 미안." 재로우가 예의 그 유순한 미소를 띠었다. "근처 비앤비에서 하룻밤을 묵었는데 늦잠을 잤지 뭐야."

데번의 눈에 그는 꼭 배낭여행 온 60년대 록 가수 같았다. 잘 어울리지 않는 등산용 반바지에 제법 괜찮은 등산용 부츠. 수염은 제멋대로 나 있었고 관자놀이에는 벌써 새치가 자라고 있었다. 데번은 너무 기뻐 입가에 미소가 떠나지 않았다.

"안녕, 데번." 빅토리아는 전에 봤을 때보다 훨씬 차분하고 자신감에 찬 모습이었다. "오랜만이네요."

"둘 다 와줘서 너무 기뻐요." 데번이 진심을 담아 말했다. "그리고 정말 오랜만이에요."

"나이가 드니 감상만 느나 봐?" 재로우가 다가와 데번을 안아주었다. 무게 중심이 한쪽으로 쏠린, 어색하고 뻣뻣한 포옹이었다. 데번이 웃으며 그를 똑같이 안아주었다. 빅토리아도 데번을 안아주었다. 그리고 자신을 노골적으로 경계하며 곁눈질하는 카이를 바라봤다.

"네가 와줘서 다행이야." 재로우가 조금 떨어져 서서 데번을 재빨리 훑었다. "재밌는 치마를 입었네. 네가 타탄 스타일을 좋아하는지 미처 몰랐는데."

"음, 뭐, 로마에서는 로마의 풍습을 따라야지."

"그럼, 그럼." 재로우의 날카로운 시선이 이번에는 데번의 아들을 향했다. "안녕, 꼬마. 많이 컸구나. 마지막으로 봤을 땐 요만했는데." 그가 양손을 얼추 아기 몸길이만큼 벌렸다. "이쪽은 내 누나

빅이야. 네 친고모이기도 하지."

빅토리아가 입술을 들먹거렸지만 아무 소리도 나오지 않았다. 그는 침을 삼키고 다시 입을 열었다. "나에겐 아들이 둘 있단다…… 어딘가에."

카이는 그들의 외모에 놀라 말문이 막힌 듯했다. 이스터브룩 형제들은 기질과 성격은 저마다 달랐지만 검은 곱슬머리, 거무스름한 피부, 그리고 지중해 혈통의 특징은 공통적으로 가지고 있었다. 카이도 어느 정도 물려받은 유산이었다. 지나가는 사람이 재로우와 카이를 보면 삼촌과 조카보다는 아버지와 아들 사이로 착각할 법했다.

"네 게임보이 아직도 잘 가지고 있어." 말문이 막힌 아들 대신 데번이 말했다. "아니, 카이가 가지고 있다고 해야겠지. 얘가 마리오를 아주 좋아하거든." 카이는 얼굴이 새빨개져서는 알아들을 수 없는 말을 뭐라고 중얼거렸다.

"그거 반가운 소식이네." 재로우가 이어서 말했다. "아이랑 같이 왔다는 건…… 아이 몸 안에 뭐가 들어 있는지도 다 털어놓았다는 뜻이겠지?"

"응, 카이도 이제 모든 걸 알고 있어."

"잘됐네." 재로우가 가장 가까이에 있는 평평한 바위에 자리를 잡고 앉았다. 그러고는 커다란 휴대폰 사이즈의 투박하고 네모난 검정 플라스틱 기기를 꺼냈다. "그럼 바로 본론으로 들어가지. 이게 내가 만든 신호 차단기야. 감사 인사를 들으려고 하는 말은 아니지만 이걸 만들기 위해 맛대가리 없는, 폭탄이랑 RFID(원거리 정보 인식 기술) 관련 서적을 한동안 먹어대야 했지."

데번은 그 물건을 당장 낚아채고 싶었지만 참아야 했다. "효과는 확실해?"

카이도 동시에 물었다. "배터리가 나가면요?"

"똑똑한 꼬마네!" 재로우가 첫 번째 것과 거의 똑같이 생긴 두 번째 기기를 꺼내 두 개를 동시에 내밀었다. "그걸 대비해 네 엄마가 가지고 다닐 여분의 장치를 하나 더 만들었지. 두 개 다 배터리를 잘 채워놓고, 한쪽 기기에서 배터리를 교체할 땐 반드시 다른 기기를 켜놓도록 해. 배터리가 바닥나면 램지가 원격 제어에 성공할 가능성도 높아지거든." 그가 이번에는 데번의 질문에 답했다. "어, 효과는 확실해. 지난 6개월간 수차례 테스트했어. 내 무덤에 맹세해, 데브. 그 어떤 위성 신호나 이동 통신 신호도 이 기기를 통과하진 못할 거야. 기기를 늘 몸에 지니거나 아주 가까운 곳에 놓기만 한다면."

그가 차단기를 데번과 카이에게 하나씩 건넸다. 카이는 전원 스위치를 켜고 기기를 찬찬히 살폈다. 데번도 똑같이 기기를 살펴보며 떨리는 손을 진정시키려 애썼다. 그래도 별 효과가 없자 차단기를 그냥 꽉 움켜쥐었다.

램지가 앞으로 몇 시간 이내에 기폭 장치를 작동할 가능성은 매우 희박했다. 레이븐스카에게 무언가 크게 잘못됐다는 경고를 주고 싶은 게 아니라면 말이다. 그럼에도 이 차단기를 가지고 있는 것만으로 데번은 훨씬 마음이 놓였다.

"그때 이야기한 다른 건에 대해 말하자면, 무려 8개월이 걸리긴

215

했지만 거금을 들여 운전을 배우고 가짜 면허증을 구하는 데 성공했어. 우린 이제 아일랜드에 갈 수 있어. 네 신분증은 사진이 없어서 못 만들었지만."

"괜찮아, 어차피 그건 힘들 거라고 생각했어."

"그래도 너와 카이를 아일랜드로 데려가는 데는 별문제 없을 거야. 케언리언에서 벨파스트까지 페리를 타고 가는 동안 차 안에 숨어 있으면 돼. 국경에선 나만 검문을 받으면 되고."

"정말 놀라워." 데번이 눈물을 흘리며 말했다. "네가 날 위해 해준 이 모든 일…… 이 빚은 죽을 때까지도 다 못 갚을 것 같아."

"사랑에는 대가가 없다며." 재로우가 한쪽 팔로 데번의 어깨를 감싸며 말했다. "네가 그걸 가르쳐줬잖아, 데브. 나한테 빚진 거 하나도 없어. 왜, 너희 북부 사람들이 하는 말 있잖아. 아, 생각났다, 다……."

"괜찮아질 거라고." 데번이 이어 말했고, 둘은 미소를 지었다.

"근데 우리 일정이 어떻게 되죠?" 빅토리아는 긴장한 기색이 역력했다.

"맞다, 일정. 미안해요." 데번이 자신의 짧은 머리를 쓸어 넘겼다. "램지가 밤 11시쯤 오기로 했어요."

"확실한 거야?"

"응. 시간과 장소를 확인하겠다고 어제 문자했었어. 나도 카이의 도움을 받아 답장을 보냈고." 데번이 휴대폰을 톡톡 두드렸다. "카이를 위해 가져갈 리뎀션은 저녁 7시면 준비될 거야. 그 집에서 일하는 인간 조수가 도와주기로 했어."

"인간?" 재로우가 의심 어린 눈초리로 눈썹을 치켜세웠다. "다른 사람을 끌어들여도 정말 괜찮을까?"

"그가 못 하겠다고 하면 내가 직접 해결해야지. 하지만 난 그 남자가 우릴 도울 거라고 믿어." 데번이 말했다. "그 얘긴 좀 기니까 일단 날 믿어줘."

"무턱대고 일단 믿어달라? 얘 또 시작이군." 재로우가 쓴웃음을 지었다.

"알았어, 알았어. 어쨌든 우린 리뎀션을 챙긴 다음 바로 떠나는 게 목표야. 저 뒤에 있는 다리 앞에 차를 대고 있다가 우릴 태워주면 좋을 것 같은데." 데번이 잠시 멈칫했다. "혹시 일이 잘못돼서 우리가 나타나지 않으면 기다리지 말고, 알았지?"

"해 뜰 때까지는 기다릴게. 아니면 기사들이 나타날 때까지." 재로우가 부드럽게 말했다. "어느 쪽이 먼저 오든 그때까진 기다릴 거야. 네게 최대한 기회를 줘야지."

"넌 이미 충분히 기회를 줬어, 재로우." 데번이 몸을 일으켰다. "먼저 일어나서 미안한데, 떠나기 전에 시내에서 사야 할 것들이 있어. 괜찮다면 우린 이만 가볼게. 이따 밤에 보자."

재로우도 자리에서 일어났다. "오늘 밤에 봐, 친구."

———•———

"걱정돼요?" 젖은 발로 이너레이던을 향해 터벅터벅 걸어가고 있을 때 카이가 물었다. "데번의 진짜 속마음을 알고 싶어요. 재로우에게 걱정하지 않는다고 말한 건 알지만요."

"걱정은 내 삶의 방식이야. 걱정 덕분에 나도 살고 너도 살지. 하지만 우린 한 번에 하나씩 해결하기로 했잖아. 지금 당장은 우리에게 필요한 모든 걸 살 수 있을지 그 걱정뿐이야. 여행할 때 먹을 책, 바보 같아 보이지 않는 옷, 아, 맙소사, **신발**도 사야 되네. 계속 이렇게 맨발로 다닐 순 없잖아." 강둑으로 올라오자 땅이 점점 건조해졌다. 데번은 지저분하게 방치된 운동장을 비스듬히 가로질렀다. "이쪽이야. 시내는 동쪽에 있어."

"아." 카이가 데번의 옆구리를 쿡 찔렀다. "근데 데번 여자 친구는요?"

"헤스터는 여자 친구가 아니야. 안 지 겨우 이틀밖에 안 됐는걸."

"그래도 카드나 선물 같은 걸 주는 게 좋지 않을까요?" 카이가 끈덕지게 말했다. "데번에게 친구가 많은 것도 아닌데 그렇게 쉽게 떠나보낼 순 없죠."

"누가 널 이렇게 건방진 녀석으로 키웠니?"

"그냥 하는 말이에요."

"그러시겠지." 데번이 복수한답시고 아이의 머리를 헝클어뜨렸다. "적당한 게 보이면 살 수도 있고."

시내에 진입하자 길이 콘크리트 보행로로 바뀌며 잡초처럼 솟은 건물들이 시야에 들어왔다. 이너레이던의 번화가는 아담한 편이었다. 교회 하나, 상점 몇 군데, 중간에 띄엄띄엄 자리 잡은 집 몇 채, 그리고 대형 상점이나 전문 기관 같은 필수 시설이 다였다. 이 정도면 충분했다.

처음 눈에 띈 신발 가게에 들어가 신발을 샀다. 직원이 당황한 눈치였지만 아랑곳하지 않았다. 인간의 무거운 발걸음을 흉내 내기엔 튼튼한 부츠만 한 게 없었다. 데번은 딱 자기 스타일의 부츠를 골랐다.

옷 고르기도 식은 죽 먹기였다. 자선 가게의 남성복 코너를 뒤져 블랙진과 블랙 셔츠를 찾아낸 뒤 탈의실에서 옷을 갈아입었다. 마침내 타탄 스커트에서 벗어나게 되어 기뻤다.

카이를 위해서는 소지품, 옷 그리고 이제 신호 차단기까지 수납할 작은 배낭을 구입했다. 그러고 나서야 먹을 걸 골랐다. 카이에게는 잡지와 SF 소설을, 자신이 먹을 걸로는 스릴러와 잔혹한 범죄 소설을 선택했다. 상업 소설에는 늘 중독성 있는 단맛 같은 게 존재했다.

"데번이 고른 책이 뭐였죠?" 카이가 물었다. "『카르밀라』라는 책이었던가? 그 책 재밌어 보이던데요."

"어, 그냥 옛날 고딕소설이야." 왜 레즈비언 뱀파이어가 나오는 걸 골랐는지까지 설명하고 싶지는 않았다. 카이는 웃음을 참지 못할 것이다. "네 취향은 아니야, 확실해."

쇼핑을 마치고 돌아가는 길에 빈티지 상점 앞을 지났다. 데번은 그곳을 그냥 지나치지 못하고 다시 돌아와 가게 안을 들여다봤다. 두꺼운 유리와 수많은 보안 장치가 달린 진열창 뒤에 금색 체인과 검정색 십자 무늬 가죽으로 된 빈티지 샤넬 핸드백이 위풍당당하게 진열되어 있었다.

구식이긴 하지만 유행을 타지 않는 디자인이었다. 그만큼 무지막지하게 비싸기도 했다. 데번처럼 뭘 잘 몰라도 모양과 로고만으로 고급 가방이란 걸 한눈에 알아볼 수 있을 정도였다.

데번이 카이의 어깨를 붙잡았다. "잠깐만, 저걸 사야겠어."

"진열창에 저 가방이요?" 카이가 영문을 모르겠다는 듯이 매끈한 검정 가죽을 멍하니 바라봤다. "왜요? 데번에겐 메신저백이 있잖아요."

"나 말고 헤스터에게 주려고. 헤스터가 기차에서 도망가면서 가방을 잃어버렸잖아. 뭐든 하나 사줘야 할 것 같아." 이제 다시는 못 보게 될 수도 있을 테니까. 데번은 속으로 덧붙였다.

"저걸 사주면 뭐가 달라지나요?" 카이가 의심 어린 눈초리로 핸드백을 빤히 쳐다봤다.

"뒤엎어진 그 인생을 보상해줄 순 없겠지. 그건 뭘 해줘도 불가능할 거야."

"네? 그럼 왜 사려는 건데요?"

"아까는 헤스터에게 줄 선물을 사라며?" 데번이 무심하게 대꾸했다.

카이가 코를 긁적였다. "그래도 저건 너무 **평범해** 보여요."

"진짜 좋은 물건은 원래 평범한 거야." 카이를 데리고 상점 안으로 들어가며 말했다.

15분 후, 데번은 화려하게 포장된 줄무늬 상자를 들고 가게에서 나왔다.

"와!" 카이의 눈이 휘둥그레졌다. "1000파운드라고요? **나**한테도 그렇게 큰돈은 쓴 적 없으면서!" 아이가 입을 삐죽거렸다. "게

다가 5분 전만 해도 선물 생각은 하지도 않았잖아요! 그건 **내** 아이디어였는데."

"어이구, 욕심쟁이! 너한테도 할 만큼 했거든." 핸드백에 돈을 많이 쓴 건 사실이었다. 하지만 괜히 샀다는 생각은 조금도 들지 않았다. 돈이야 나중에 더 구하면 되니까. "그리고 네 말이 맞는 것 같아. 난 친구가 별로 없어서 친구를 소중히 여겨야 해."

"나야 뭐 늘 맞는 말만 하죠." 카이가 의기양양하게 혀를 쏙 내밀었다.

———— · ————

다시 트라퀘어 하우스에 도착했을 때 데번과 카이는 걷고 쇼핑을 하느라 얼굴이 붉게 달아올라 있었다. 데번의 손목시계가 3시를 가리켰다. 마니와의 약속까지 이제 몇 시간밖에 남지 않았다. 그러고 나서 또 몇 시간 뒤에는 기사들이 도착할 예정이었다.

"너 먼저 방으로 올라갈래?" 데번이 아들에게 말했다. "괜찮다면 난 헤스터를 찾아보려고."

"네, 그럼 여자 친구랑 얘기 잘 해요." 카이는 그렇게 말하고 데번에게 꿀밤을 맞기 전에 잽싸게 도망갔다.

헤스터는 아래층 응접실에서 창밖을 바라보고 있었다. 다행히 혼자였다. 무릎 위에 작은 스케치북을 올려놓고 트라퀘어의 미로와 정원 풍경을 스케치하는 중이었다. 바깥 풍경을 완벽히 재현한 그림은 아니었다. 명암을 부드럽게 처리해줄 색이 사용되지 않아서인지 어두운 부분은 너무 어두워 보였고 밝은 부분은 너무 밝아 보였다. 미로 입구의 철문은 꼼꼼하게 묘사된 반면 출구는 생략되어 있었다. 이 미로를 빠져나갈 방법은 없어 보였다.

"정말 잘 그렸다." 데번이 다가가며 말했다. "독학한 거야?"

"잘 그리긴." 헤스터가 연필을 잡은 손에 힘을 주었다. 스케치북 위에서 연필심이 뚝 부러지면서 작은 흑연 조각이 종이 위에 튀었다. "따라 그리기만 하는 거지, 새로운 걸 그리진 못해. 내가 창의성이 떨어져서 그렇겠지. 그 점에 대해선 네가 맞았던 것 같아." 헤스터가 충혈된 눈으로 데번을 올려다보며 물었다. "근데 무슨 일이야?"

"너랑 이야기 좀 하려고." 데번이 상자를 필요 이상으로 꽉 움켜쥐며 말했다. "내가 꼴 보기 싫을 수도 있겠지만, 그래도 너무 늦기 전에 선물은 전해주고 싶었어."

헤스터는 어리둥절한 표정이었다. "선물? **나한테**?"

"잃어버린 가방 대신 쓰라고." 데번이 화려하게 포장된 상자를 건넸다. 시간이 흐를수록 부끄러움이 밀려들었다. "총을 새로 사줄 순 없으니까 이 정도는 해야 할 것 같았어."

헤스터가 당황한 얼굴로 상자를 바라봤다. "도대체 뭘 산 거야? 혹시 이거 빈티지 상점에서 샀어? 거기 엄청 비싼데!"

"그런 건 신경 쓰지 마." 데번이 평소답지 않게 얼굴을 붉히며 말했다. "있지, 지금 이런 이야기를 하는 게 맞는지 모르겠지만……." 과연 이런 이야기를 할 **적절한** 순간이 있기는 할까? "우리와 함께 떠날 생각이 있다면 저녁 7시까지 양조장으로 와줘. 이 말을 하고 싶었어. 아니, 우리랑 같이 가지 않더라도 제발, 11시 전에는 꼭 이곳을 떠나야 해. 여기 계속 있지 않을 거라는 약속만이라도 좋아, 응? 기사들이 작정하고 여길 칠 거라고."

"난……." 헤스터가 멍하니 입을 뗐다.

그때 갑자기 복도에서 여럿이 왁자지껄 떠드는 소리가 들려왔다. 킬록과 헤스터의 다른 형제들이 다가오고 있는 듯했다. 둘은 죄짓다 걸린 것처럼 깜짝 놀랐다.

"기억해, 7시 양조장." 데번이 반대쪽 문으로 나가려다 뒤돌아보며 덧붙였다. "네 그림 창의적인 것 같아. 너의 시각, 너의 해석이 담겼잖아."

헤스터가 입술을 살짝 벌린 채 데번을 쳐다봤다. 데번은 킬록과 다른 남자들이 들어오기 직전에 응접실을 빠져나와 카이가 기다리는 침실로 향했다. 빨리 어둠이 찾아오기를 초조히 기다리면서.

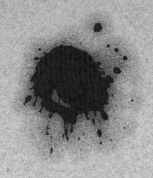

나는 처음으로 복수심 비슷한 감정을 맛봤다.
삼키는 순간에는 향긋한 와인처럼 따뜻하고 독특한 풍미가
있었는데, 뒷맛은 부식된 금속 같았고
마치 독을 먹은 것처럼 느껴졌다.

샬럿 브론테,
『제인 에어』

다크호스

저녁은 막 세탁한 이불처럼 두툼하고 축축하게 트라퀘어 하우스를 덮쳤다. 데번은 어둠이 내리는 광경을 지켜보다가 매틀리에서 도망친 날이 정확히 2년 전 오늘이었음을 깨달았다.

다만 지금은 그때와 상황이 달랐다. 이번엔 계획이 있었고 도와줄 누군가가 있었다. 그러니 더 잘될 것이다. 데번은 애써 걱정을 제쳐두고 침실 창문을 열었다. 시계는 6시 45분을 가리켰다.

카이는 창가에 앉아 시내에서 사 온 잡지 《뉴 사이언티스트》를 천천히 먹고 있었다. 재로우의 게임보이는 전원이 꺼진 채 아이 옆에 놓여 있었다.

"그거 맛이 어때?" 아들에게 이런 질문을 할 수 있다는 것에 기뻐하며 데번이 물었다.

"별과 천둥 맛이 나요." 아이가 또 한 장의 종이를 입에 넣으며 말했다. "'그것'처럼 짜고 뜨겁지도 않고요. 앞으로 다시는 누군가를 먹지 않아도 돼서 정말 다행이에요!" 카이가 문득 확신이 서지 않은 듯 잠시 멈칫했다. "그렇죠? 여기서 나가면 이제 다시는 누구도 먹을 필요 없는 거죠? 킬록이 억지로 시킬 수도 없는 거죠?"

"지금까지 나온 모든 게임을 걸고 말하는데, 다시는 너에게 누군가를 먹으라고 요구하지 않을 거야." 그 말에 표정이 밝아지는 아들의 모습을 흐뭇하게 지켜봤다. 그건 데번의 진심이기도 했다.

"게임보이 가져갈 건데, 괜찮죠?" 카이가 침대 끄트머리로 옮겨 앉아 다리를 달랑거렸다. "아, 그리고 내가 제일 좋아하는 〈닥터 후〉 티셔츠도요."

"게임보이를 두고 가는 건 네 손가락 발가락을 두고 가는 거잖아." 데번이 말했다. "그 티셔츠도 꼭 챙기고. 소중한 물건은 아무것도 놓고 가지 마." 새로 산 블랙진, 블랙 셔츠, 데님 재킷을 입은 데번도 나름 멋져 보였다. 주머니가 달린 바지를 되찾아 기뻤다.

"데번은 뭘 챙겼어요?" 아이가 물었다.

"난 돈뿐이지." 데번은 카이에게 현금이 가득 든 부드러운 반지갑을 보여주었다. "옷이랑 세일럼의 나침반도 챙겼지."

"그리고 리뎀션도요."

"그래, 양조장에서 리뎀션도 챙겨야지." 데번은 잡지, 옷, 신호차단기로 꽉 찬 아이의 배낭을 집어 들었다. "게임보이 이리 넣어. 이제 갈 시간이야."

카이가 게임기를 안에 넣고 배낭을 맸다. "사건은 늘 밤에 일어나는 것 같네요."

"공주의 삶이 원래 그래. 끔찍한 일은 마녀의 시간에 일어나는 법이거든." 데번은 가방을 한쪽 어깨에 둘러멨다. "내 시계를 맡아 줘. 네가 시간 확인하는 역할을 해줘야겠다."

"알겠어요." 카이는 자신에겐 너무 큰 시계를 한쪽 팔목에 두르고 조심스럽게 시곗줄을 조였다.

"신호 차단기는 켜져 있지?"

아이가 고개를 끄덕이며 검은 플라스틱 기기를 보여주었다. 두 기기 다 제대로 작동하고 있었다.

"왜 그래? 갑자기 왜 그런 슬픈 눈빛을 하는 거야?"

"아무것도 아니에요. 그게, 사실 긴장해서 배가 좀 아파요." 카이가 침울한 표정을 지었다. "우리 잡히진 않겠죠? 일이 잘못되면 안 되는데."

데번은 뭐라고 해줄 말이 없어서 아이의 이마에 입을 맞추고 말했다. "이제 갈까?"

7시 5분 전, 집은 고요했다. 피곤에 지친 이들은 응접실에 모여들어 느긋하게 잡담을 나누거나 카드 게임을 했다. 자연은 잠시 활동을 멈춘 듯했다. 바람이 잦아들자 완벽한 정적이 찾아왔다. 다행히 이터들은 최악의 순간에도 사뿐히 걸을 수 있는 존재였다. 게다가 여긴 카펫도 두꺼워서 데번은 털북숭이 나방처럼 가뿐히 이동할 수 있었다. 위아래 검은 옷을 입은 182센티 털북숭이 나방. 발걸음이 어찌나 가벼운지 카이는 거의 공기처럼 날아다니는 느낌이었다.

둘은 손을 잡고서 조용히 복도를 지나 징이 박힌 거대한 오크 문을 열고(다행히 삐걱 소리는 나지 않았다) 정문을 통해 어둠이 깔린 밖으로 나왔다. 하늘에서 다시 하얀 눈송이가 흩날리기 시작했다.

안뜰을 가로지르던 중 바스락대는 소리가 1층 창문을 통해 들려왔다. 데번은 카이를 홱 잡아당겨 품에 안은 채 그대로 얼어붙었다. 곧이어 변기 물 내리는 소리와 수도꼭지 트는 소리가 들려왔다. 누군가 화장실에서 볼일을 본 모양이었다. 문이 쾅 닫히자 데번은 작게 한숨을 내쉬었다. 카이는 손바닥으로 입을 막은 채 킥킥거렸다.

가벼운 발걸음으로 텅 빈 진입로를 건너가자 저 앞에 양조장이 가만히 모습을 드러냈다. 근처에는 아무도 없었다. 헤스터 역시 보이지 않았다. 실망은 곧 체념으로 바뀌었다. 대체 뭘 기대한 건지. 겨우 이틀 전에 만나 험난한 여행 한번 같이했을 뿐이다. 그런 그가 데번과 함께 범죄 공모자가 되어 야간도주까지 해주길 기대한 것 자체가 어리석었다.

그래도 마음이 살짝 아파오는 건 어쩔 수 없었다.

"7시 정각이에요." 그들이 양조장 입구 쪽으로 살금살금 다가가고 있을 때 카이가 조용히 말했다. "데브, 이거 너무 멋진데요. 스파이가 된 기분이에요!" 아이가 손으로 배를 지그시 눌렀다. "근데 배는 여전히 아프네요."

"우리 스파이 맞아. 어느 정도는." 데번은 그렇게 대꾸하고 문손잡이를 슬쩍 돌려보았다. 열려 있는 문을 통해 안으로 들어갔다.

양조장은 어딘지 심상치 않은 분위기를 풍겼다. 증류기며 탱크며 모든 장비가 그대로 있었지만 비워진 한쪽 면에는 테이블, 버너, 화학 키트, 작은 용기들 따위가 어지럽게 널려 있었다. 알약이 담긴, 뚜껑 있는 플라스틱 병들이 철제 선반을 빼곡히 채웠다. 작업대 한쪽에는 만들다 만 리뎀션이 수북이 쌓여 있었고, 효모와 홉의 달콤한 냄새와 쇳내 나는 화학 약품 냄새가 뒤엉켰다. 뒤섞인 감각에 혼란스러워진 데번이 콧잔등을 찡그렸다.

겨울 바지, 셔츠, 두툼한 외투 차림으로 구석 책상에 앉아 있던 아마린터 파텔은 데번이 들어오자 자리에서 일어났다. 관절염으로 고생하는 사람다운 느릿한 움직임이었다. "안녕하세요, 데번 페어웨더씨." 마니 옆 바닥에는 여행 가방이, 테이블 위엔 다리가 접힌 안경이 놓여 있었다. "제시간에 정확히 오셨군요."

"반가워요." 데번이 말했다.

"나도 마찬가집니다. 빨리 이곳을 뜨고 싶네요."

"걱정되진 않으세요?" 데번이 진심으로 궁금해하며 물었다. "우리가 떠난 뒤 이들한테 무슨 일이 벌어질지 물어보실 줄 알았는데, 아무 말씀 없으시네요."

"그거야 내 알 바 아니죠." 전직 저널리스트가 무뚝뚝하게 대답했다. "난 일, 가족, 삶을 모두 잃고 22년간 두려움 속에서 외롭게 살았어요. 가끔 피까지 뽑혀가면서요. 거짓 미소를 머금고 쓸모 있는 인간이 되려고 애썼지요. 저들에게 잡아먹히지 않으려고 말입니다. 이젠 나가고 싶어요." 그가 골똘히 생각에 잠겨 덧붙였다. "그리고 내 책을 출판하고 싶습니다. 킬록은 결코 허락하지 않겠지만, 엿이나 먹으라지요."

"그렇군요. 그 점에 대해선 다시 묻지 않을게요."

"고마워요."

"리뎀션은 챙겼나요?"

"완성되어 병에 담긴 건 전부 저 여행 가방 안에 넣었어요. 나머지는 그냥 두고 가야 할 것 같네요."

"7시 10분이에요." 카이가 씩씩하게 말했다.

"그래, 잘한다. 가서 창밖을 잘 지켜봐. 누가 몰래 오면 안 되잖아." 데번이 부드럽게 말했다.

카이는 고개를 끄덕이고서 잽싸게 창가로 달려가 블라인드 틈으로 밖을 내다봤다.

다시 마니를 향해 돌아선 데번은 여행 가방을 테이블 위에 올려놓고 딸깍 소리를 내며 가방을 열었다. 가방 안은 꼼꼼히 포장된 알약으로 꽉 차 있었다. 데번과 카이에겐 값으로 환산할 수 없는 보물이나 마찬가지였다. 손이 조금 떨렸다. 그동안 숱한 고생을 하며 찾아 헤맨 것이 이 가방 하나에 다 들어 있다니.

데번은 다시 가방을 닫았다. "좋아요, 자료는요?"

"이미 다 챙겼죠." 마니가 가죽 장정의 노트를 꺼내 던졌고, 데번은 반사적으로 그것을 받았다. "킬록의 개인 업무 일지예요. 리뎀션의 성분, 수량, 배송에 관한 정보가 기록되어 있지요. 제조 관련 기록도 좀 있고요. 시간과 인내심, 그리고 약물 샘플만 확보하면 제조법을 알아낼 수 있을 겁니다." 그가 떨리는 손으로 콧수염을 쓸어내렸다. "킬록이 우릴 쫓아오면 어떻게 할지 대책은 있나요? 오늘 밤, 늦어도 내일쯤에는 일지가 없어진 걸 눈치챌 텐데요."

"킬록에게는 그보다 더 큰 문제가 닥칠 거예요. 몇 시간 후에 기사들이 들이닥칠 예정이거든요. 아마 벌써 이너레이던에 도착해 급습 준비를 하고 있을 거예요."

"그렇군요." 그가 천천히 눈을 깜빡이며 안경을 고쳐 썼다. "위험한 게임을 하고 있네요, 페어웨더 씨."

"저에게 이건 게임이 아니에요." 데번은 노트를 귀중품이 든 메신저백에 넣었다. "자 그럼, 우리랑 함께 가요. 이동하는 동안 내가 당신을 보호하고 도와줄게요. 하지만 아일랜드에 도착하면 계약은 끝나는 겁니다. 좋은 관계로 헤어져 평화롭게 각자의 길을 가도록 합시다. 동의하죠?"

"좋습니다. 저도 공연히 이터들과 함께 지낼 생각은 없어요. 이번에도 기분 나쁘게 할 뜻은 없었습니다만."

"이번에도 기분 나쁘게 듣지 않았어요." 데번이 건조하게 말했다. 그 순간, 창밖을 내다보던 카이가 갑작스레 끼어들었다. "데브, 밖에 누군가 있어요."

"뭐? 누구?" 데번이 창가로 다가가 블라인드 틈으로 밖을 내다봤다.

집에서 나와 자갈 진입로에 서 있는 두 명의 형상이 눈에 들어왔다. 대화 내용은 들리지 않았지만 과장된 제스처로 보건대 잔뜩 화가 난 모습이었다. 마니도 창가로 와 눈을 가늘게 뜨고 어둠 속을 응시했다. "저들은……."

"킬록?" 데번이 짧게 되물었다. "맞아요. 그리고 킬록이랑 싸우고 있는 건 헤스터 같은데요."

언쟁이 점점 고조되고 있었다. 고함 소리가 진입로를 타고 양조장 안에 있는 데번의 귀에까지 들려올 정도였다.

"둘이 지금 뭐 하는 거예요? 왜 싸워요?" 카이가 속삭였다.

"헤스터가 여기로 오기로 했나요? 킬록은 어떻게 하죠?" 마니가 물었다.

"모르겠어요. 어쨌건 상황이 썩 좋진 않네요. 문제가 생길 수도 있겠어요."

"그럼 지금 빨리 나갑시다." 마니가 허리를 곧추세우고 창문에서 몸을 뗐다.

데번은 얼굴을 찡그렸다. 그냥 떠나는 편이 현명했다. 밖에서 무슨 일이 벌어지고 있는지는 몰라도 그들에게 불똥이 튀어 탈출에 지장이 생길 가능성이 농후해 보였다. 지금 가면 이동 중에 챙겨야 할 인원이 한 명 줄어드는 것이기도 했다.

"데브?" 카이가 속삭였다. "어떻게 해요?"

하지만 그냥 가버릴 수가 없었다. 같이 갈 수도 있는 친구를 두고 가야 한다고 생각하니 견딜 수 없이 괴로웠다. 카이 말대로 데번에게는 **친구가 많지 않았으니까.**

창밖에서는 화가 난 킬록이 여동생을 내버려두고 주먹을 불끈 쥔 채 예배당으로 향하고 있었다. 헤스터는 진입로에 남아 추운 겨울 날씨를 보여주듯 허연 입김을 내뿜었다.

"가서 무슨 일인지 알아봐야겠어요." 데번이 결심을 굳히며 말했다. "여기 올 생각이었는데 킬록이 방해한 걸 수도 있잖아요."

"그게 과연 현명한 일일까요?"

"무슨 일이 일어나는지 알아야 대처도 하죠." 데번이 돌아서서 마니에게 여행 가방을 건넸다. "내 아들을 데려가세요. 이 리뎀션도요. 양조장 서쪽 출입문으로 나가서 미로를 빙 돌아 북쪽으로 가는 거예요. 저택 북쪽에 있는 망루로 갈 테니 거기서 만나요. 15분도 안 걸릴 거예요."

마니가 데번의 소매를 잡았다. "당신이 오지 않으면요? 언제까지 기다릴까요?"

"데번은 반드시 올 거예요." 카이가 말했다.

데번이 미소를 지었다. "괜찮아, 카이. 저분은 꼭 해야 할 질문을 한 것뿐이야." 데번이 이번에는 마니에게 말했다. "15분이 지나도 내가 오지 않으면 차가 대기하고 있는 장소로 가요. 거기가 어딘지는 카이가 알아요." 공포에 질린 마니가 카이를 두고 가버릴 수도 있으니 정확한 약속 장소는 알려주지 않는 편이 나을 듯했다.

마니가 고개를 끄덕였다. "알겠어요, 페어웨더 씨."

"행운을 빌어요." 카이가 데번을 짧게 안아주었다. 데번은 순순히 자신의 말을 따라준 아들에게 키스를 퍼붓고 싶은 마음이었다. "난 괜찮을 거예요. 걱정하지 마세요."

"조심해." 데번이 말했다. "자, 이제 어서 가세요."

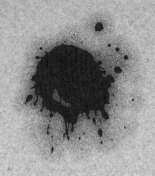

아이를 보고도 아이를 모른다 하는 사람들에게
죽음을 선포하노라. 자신이 진흙으로 이 세상을 빚어
안전한 곳으로 만들었다고 생각하는 남자들, 여자는 세상을
뒤집을 수 없다고 생각해 자기 발밑에 두고 깔아뭉개는 남자들.
그런 이들을 위해 쓸 총알은 차고도 넘치나니.

마리아 다바나 헤들리,
『일개 아내』

미로 속으로

빈손으로 홀로 남은 데번은 양조장에서 나와 문을 닫았다. 자갈 진입로에는 여전히 눈이 흩날리고 있었다. 킬록은 이미 한참 전에 예배당 안으로 들어가고 없었다. 그가 거기서 뭘 하는지는 생각하고 싶지 않았다.

텅 빈 진입로에 남겨진 헤스터의 초록색 블라우스와 머리카락 위로 눈송이가 내려앉았다. 그는 양조장을 등진 채 홀로 우두커니 서 있었다.

데번은 자신이 다가가고 있다는 것을 알리기 위해 일부러 저벅 저벅 소리를 내며 자갈길을 가로질렀다. "안녕." 부드러우면서도 또렷한 목소리로 외쳤다.

"데브!" 헤스터가 뒤를 돌아봤다. 샤넬 가방을 가슴에 바짝 끌어 안고 있었다. "널 만나서 다행이야. 너무 늦은 줄 알았는데."

"너무 늦다니, 뭐가?"

"다, 전부 다." 헤스터가 웃으며 말했지만 웃음은 이내 흐느낌으로 바뀌었다. "네가 내 세상을 완전히 뒤집어놨잖아. 그래놓고 생각할 시간도 안 주고……." 헤스터가 새 핸드백에서 손수건을 꺼내 눈물을 닦고 코를 풀었다. "우리 얘기 좀 할 수 있을까? 1분이면 되는데."

지금, 기사들은 트라퀘어를 치기 위해 어딘가로 모여들고 있고, 세일럼은 저 멀리 떨어진 저택에서 잠들어 있다. 카이는 아마린더 파텔과 함께 작은 망루를 향해 달려가는 중이고, 재로우는 다리 근처에 세워놓은 검은 차 안에서 누나와 함께 데번을 기다리고 있다. 그리고 지금 여기, 이 나른한 트라퀘어 하우스의 달도 안 뜬 겨울 하늘 아래에는 데번과 헤스터만이 유일하다.

"그래." 데번이 또다시 어설프게 사과하려다 가까스로 참으며 말했다. "나 여기 있잖아. 얘기해."

"난 네게 엉뚱한 이유로 화가 난 것 같아. 마땅히 화를 내야 할 것에는 화가 안 나는데 말이야." 헤스터가 손수건을 집어넣으며 말했다. "우리가 처음 만났을 때 나에겐 어떤 희망이 있었어. 낯선 누군가를 이 집에 데려오면 뭔가를 바꿀 수 있을 것 같다는 희망. 바보 같지? 네가 무슨 마법사처럼 내 문제를 해결해줄 수 있을 거라고 생각했나 봐. 뭘 기대했는지는 나도 모르겠어. 그냥 무슨 일이든 일어나길 바랐던 것 같아." 헤스터는 고개를 절레절레 저었다. "그런데 넌 모든 걸 더 복잡하게 만들었고 내게 불가능한 선택을 요구했지."

"다 동화 때문이야." 데번이 씁쓸하게 말했다. "우린 공주고 누군가 우리를 구하러 올 거라고 믿으며 컸잖아. 그러니까 스스로 탈출해야겠다는 생각은 못 하고 평생 누가 구해주기만을 기다리며 사는 거라고."

"가문이 원한 게 그런 거였겠지." 헤스터가 팔짱을 꼈다. "네가 한 짓에 대해서는 여전히 배신감이 들어."

"당연히 그러겠지. 명백히 배신이었으니까. 좀 더 일찍 널 믿었으면 좋았을 텐데."

"우리 둘 다 그랬으면 좋았겠지."

예배당에서 알 수 없는 비명이 짧게 들려왔다. 데번과 헤스터는 킬록이 금방이라도 창밖으로 튀어나올 것만 같아 불안하게 그쪽을 흘깃거렸다. 하지만 덧문은 내려져 있었고 킬록은 나타나지 않았다.

"미래에 대한 내 감정이 어떤지는 잘 모르겠어." 헤스터가 예배당에서 다시 몸을 돌리며 말했다. "그래도 너랑 카이랑 함께 가고 싶어. 아직도 그 제안이 유효하다면 말이야. 적어도 지금 내 마음은 그래. 킬록이 실망할 테지만 어쩔 수 없지."

"네가 함께 가주면 우린 기쁠 거야." 데번이 반 박자 빠르게 말했다.

"우리?" 헤스터가 토라진 듯 캐물으며 눈썹을 치켜세웠다.

"아니, 나 말이야. 네가 우리랑 함께해주면 **내**가 기쁠 거라고." 너무도 데번답지 않게 또다시 홍조가 올라왔다. "킬록 얘기가 나왔으니 말인데, 방금까지 그가 여기 있는 걸 봤어."

헤스터의 얼굴이 침울해졌다. "맞아, 오빠는 예배당에 가는 길이었지. 근데…….'' 갑자기 말을 뚝 끊었다.

"'영성체' 하러?"

"아까 오빠랑 싸우지 말았어야 했는데. 어쩌면 오빠를 보는 게 이게 마지막일 수도 있잖아. 이미 끝난 일이지만.'' 그가 한숨을 내쉬었다. "카이는 어디 있어?"

대답하려는 찰나, 데번의 휴대폰 진동이 울리기 시작했다. 밖이 쥐죽은 듯 고요해 진동 소리가 상대적으로 시끄럽게 느껴졌다. 데번은 반사적으로 휴대폰을 꺼내 폴더를 열었다.

램지에게서 온 전화였다. 작은 초록색 화면을 응시하는 동안 데번의 몸에서 아드레날린이 솟구쳤다. 무언가 잘못되지 않은 한 그가 지금 연락할 이유가 없었다. 아니면 계획이 바뀌었거나. 휴대폰이 성난 곤충 로봇처럼 더 요란하게 윙윙거렸다.

"전화 안 받을 거야?" 헤스터가 조용히 하라고 공연히 손짓하며 말했다. "안 받을 거면 그냥 꺼놓든가."

문득 의심에 휩싸인 데번은 '거절' 버튼을 누르고 뒤따르는 정적에 열심히 귀를 기울였다. 잔잔하고 나른한 시골 밤. 새와 곤충들. 겨울바람에 흔들리는 나뭇가지.

아니, 그렇게 조용하지만은 않았다. 멀리서 나지막하면서도 또렷하게 들려오는 엔진 소리, 점점 더 커지는 그 소리. 차들이 무리지어 다가오고 있는 것 같았다.

"젠장." 데번은 휴대폰을 떨어뜨려 발로 쾅쾅 밟았다. 플라스틱과 리튬이 그의 부츠 밑에서 날카로운 소리를 내며 깨졌다. "빨리

가야 해. 지금 당장."

"무슨 일이야?"

엔진 소리가 더욱더 커지고 있었다. 분명 차가 오는 소리였다. 그것도 여러 대가.

"램지가 왔어. 예상보다 몇 시간이나 일찍!"

차들이 큰길에서 나와 트라퀘어 부지 안으로 진입하자 잔디밭 저 끝에서 헤드라이트가 번쩍거렸다. 수많은 헤드라이트. 숨을 곳 하나 없이 탁 트인 곳에 이렇게 서 있는 건 너무 위험했다.

"가자." 데번은 반쯤 정신이 나가 있었다. "다시 건물 안으로 들어가야 해. 그게 가장 빠른 길이야!"

데번은 헤스터와 나란히 전력 질주하기 시작했다. 기사들의 오토바이가 잔디밭을 가로지르며 무서운 속도로 다가왔다. 트라퀘어 하우스 곳곳에서 불이 켜지고 레이븐스카 형제들이 하나둘 창밖으로 얼굴을 내밀었다. 뭔가 심상치 않은 기운을 눈치챈 듯했다. 킬록 역시 놀란 얼굴로 눈을 크게 뜬 채 예배당 문가에 모습을 드러냈다.

"어디로 가는 거야?" 헤스터가 속삭이듯 물었다.

"망루. 마니와 카이가 거기서 기다리고 있을 거야!" 데번이 정문을 박차고 들어와 현관 홀의 매끄러운 타일 바닥을 미끄러지듯 가로지르다 벽을 붙잡고 균형을 잡았다. 기사들이 빵빵대고 부르릉거리며 집 앞에 오토바이를 세웠다.

"헤스?" 한 남자가 걱정스런 얼굴로 달려왔다. "이게 무슨 일이야? 누가 찾아왔나 봐……."

데번이 남자를 옆으로 밀치고 달려가자 그는 하려던 말을 미처 하지도 못하고 꽥 소리를 질렀다. 데번은 응접실을 지나 별도의 출입문이 있는 부엌으로 향했다. 어깨로 부엌문을 밀치고 안으로 돌진하는 바람에 잉크티를 끓이던 레이븐스카 형제들을 기겁하게 했다.

그렇게 뒷문을 통해 밖으로 뛰쳐나왔다. 헤스터와는 아직 팔짱을 끼고 있었다. 여기서 계단을 내려가면 웃자란 산울타리 미로가 있는 녹지와 이어진다. 지금 위치에서는 나무에 가려 잘 보이지 않지만 그 너머에 조그만 흰 망루가 있었다. 카이와 마니가 거기에 도착해 있기를 바랄 뿐이었다.

데번은 헤스터와 나란히 계단을 뛰어 내려갔다. 카이가 이 난리통에서 안전하게 떨어져 있어 천만다행이었다. 그때, 트라퀘어 하우스에서 첫 비명이 울려 퍼졌다. 이어서 총성과 굉음도 들려왔다. 기사들이 순식간에 들이닥쳤는지 요란한 소리가 잇따랐다. 곧 있으면 이 집의 모든 벽이 피로 물들 터였다. 이미 그렇게 되었을 수도 있지만.

"내 형제들은 몸을 피하지도 못했는데." 헤스터가 사색이 된 얼굴로 힘없이 말했다. "이러다 안에 있는 사람들 다 죽겠어. 미리 경고해주지 않은 내 잘못이야!"

그 순간, 화살이 둘 사이를 가르며 날아와 데번의 코를 간발의 차이로 비껴갔다. 그들이 방금 나온 문에서 기사 한 명이 나타났다. 기사는 활을 들어 올려 또 한 방을 쏠 준비를 하고 있었다.

헤스터가 번개 같은 속도로 새 핸드백에서 낡은 리볼버를 꺼내

들더니 기사와 동시에 발사했다. 헤스터의 총알은 기사의 목을 관통했고, 기사의 화살은 육중한 소리를 내며 헤스터의 어깨를 꿰뚫었다.

헤스터가 어울리지 않는 비명을 지르며 비틀비틀 뒷걸음질 치다 난간을 붙잡고 간신히 몸을 가눴다. 기사는 손으로 목을 감싸며 바닥에 주저앉았지만, 손가락 사이로 검은 피가 콸콸 쏟아졌다.

데번은 쓰러진 기사에게 달려가 피가 솟구치는 목을 힘껏 밟았다. 기사가 죽어가며 알아들을 수 없는 비명을 내질렀다. 데번은 버려진 석궁과 화살통을 집어 들고 돌아섰다.

헤스터는 여전히 난간을 붙잡은 채 꼼짝 않고 서 있었다. 블라우스는 검은 피로 푹 젖어 있었고, 찢어진 실크 아래로 어깨의 주근깨가 드러났다.

"괜찮아?" 데번은 말을 내뱉자마자 어리석은 질문을 한 자신을 자책했다.

헤스터가 이를 악물고 웃었다. 이마에 식은땀이 흥건한 게 엄청난 통증에 시달리고 있는 듯했다. "아주 좋아. 끝내줘." 그러고는 몸을 곧추세우려 애쓰다 욕설을 내뱉었다.

"내가 여기서 나가게 해줄게." 데번이 헤스터의 허리를 팔로 감싸 안고 석궁을 어깨에 멘 채 좁고 미끄러운 계단을 절뚝거리며 최대한 빠르게 내려가기 시작했다.

헤스터가 고통스럽게 쌕쌕대며 소리 내 웃었다. "너한테 안기려고 화살까지 맞다니 믿기지가 않네!"

"그냥 말로 하지 그랬어." 데번은 자연스럽게 받아치는 자신에게 놀랐다. "난 처음부터 네가 마음에 들었다고. 우리가 다른 식으로 만났더라면…… 아니, 됐다. 우린 이렇게밖에 만날 수 없었는걸."

헤스터가 깜짝 놀란 얼굴로 데번을 올려다봤다. "왜 진작 얘기하지 않았어?"

"그러는 넌?" 데번이 받아쳤다.

트라퀘어 하우스에서 몇 발의 총성이 울렸다. 레이븐스카가 반격하는 소리였다. 뒤이어 비명이 난무했다.

"나만 무장한 건 아닌가 보네. 다행이다. 내 형제들도 마냥 당하기만 하진 않을 거야."

데번은 계단을 네 단씩 빠르게 내려갈지, 늦더라도 친구의 다친어깨를 더 조심해야 할지 갈등하며 발걸음을 재촉했다.

"불만은 아니고 그냥 궁금해서 그런데……." 자세를 바꾸기 위해 잠시 멈춰 선 틈을 타 데번이 물었다. "어떻게 그렇게 빨리 새총을 구한 거야?"

"널 만나러 가는 길에 총기 보관함에서 가져왔어. 떠날 거면 총이 필요할 것 같아서."

마침내 그들은 계단 발치에 다다랐다. 양옆에 잔디밭을 낀 미로가 눈앞에 나타났다. 잔디밭 끄트머리에는 헤스터의 사격장이 위치한 숲이 있었고, **그 너머에** 망루가 있었다.

카이와 마니처럼 그들도 미로를 빙 돌아 숲을 거쳐 망루로 향하는 긴 경로를 택할 수도 있었지만 그러면 평평한 잔디밭을 가로지르는 동안 원거리 무기를 소지한 기사들의 공격에 노출될 수밖에 없었다.

"헤스! 마니! **누구 없어!**" 킬록은 아까 그들이 빠져나온 부엌문을 열고 비틀대며 집 밖으로 나왔다. 달빛이 호리호리한 그의 실루엣을 비췄다. 그는 붉은 머리를 길게 풀어 헤친 채 엉망이 된 옷차림을 하고 있었다. "다 어디 간 거야?"

그의 말이 채 끝나기도 전에 램지가 기사 둘과 용 셋을 양옆에 끼고 거실 유리문을 통해 밖으로 걸어 나왔다.

"데번!" 램지가 순간의 정적을 깨고 외쳤다. 그가 주머니에서 송신기를 꺼냈다. "네가 아들을 어디에 숨겼든 이걸 막아내진 못할걸!"

램지가 버튼을 눌렀다. 모든 준비를 했음에도 순간 데번은 움찔했다. 하지만 역시나 아주 만족스럽게도 아무 일도 일어나지 않았다. 비명 소리도, 어떤 종류의 폭발음도 들리지 않았다. 킬록이 혼란스러워하며 잠시 그 자리에 얼어붙었다. 이 대결에 어떤 복잡한 의미가 있는지 그는 이해하지 못했고, 이해할 수도 없었다.

"어디 마음껏 해보시지!" 데번이 내심 안도하며 외쳤다. "넌 더 이상 카이를 건드리지 못해!"

"어차피 카이는 필요 없어." 램지가 으르렁거리며 킬록을 가리켰다. "나한텐 **저놈**이 있으니까. 제군들, 레이븐스카를 포획하라!"

"택도 없는 소리!" 킬록이 포효했다. "죄인들! 원흉들! **사탄의 기사들!** 주님이 나와 함께하실지니!"

레이븐스카 가문의 마지막 가부장은 붉은 머리를 나부끼며 기사들에게 돌진했다. 1대 3이었다. 그는 마지막 순간까지 자신의 신성을 믿었다.

램지가 권총을 꺼내 들었다. 헤스터가 전날 잃어버린 그 권총. 주저없이 쐈지만 총알은 빗나갔다. 연습도 부족했고 킬록의 움직임도 너무 민첩했다.

킬록은 미친 듯이 웃어대며 둘 사이의 거리를 좁혀왔다. 기사들에게 둘러싸인 상황에서도 그는 램지에게 돌진했고, 램지의 손에 들린 총을 바닥에 떨어뜨리는 데 성공했다.

헤스터가 침을 꿀꺽 삼켰다. "록……."

더는 지켜보지 않았다. 멜로드라마는 주인공이나 시간이 남아도는 사람을 위한 것이었다. 킬록이 끼어든 틈을 타 데번은 다친 헤스터를 들쳐 안고 미로 속으로 뛰어들었다.

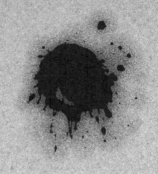

이제 고통이 그를 뒤덮었다.
그는 모든 걸 얻었으나 모든 걸 잃었고,
울고 있는 자신이 수치스러웠다.

신시아 보이트,
『**매의 날개** The Wings of a Falcon』

기사와 용

현재

트라퀘어의 미로는 과거의 전성기를 회복하지 못한 상태였다. 길 양옆으로 덤불이 2미터 높이까지 올라왔고 길의 폭은 60센티미터가 채 되지 않았으며 여기저기에 잡초가 무성했다. 너무 오랫동안 방치되어 있었다.

데번은 그 어둡고 뾰족한 미로 속을 잠시 이리저리 달리다가 피를 흘리고 있는 헤스터를 바닥에 내려놓았다. "걸을 수 있겠어?" 전력 질주하느라 폐는 타들어가는 듯했고, 헤스터의 무게를 지탱하느라 팔이 아파왔다.

헤스터가 몸을 축 늘어뜨리며 가방을 움켜쥐었다. "걸어야 하는 거면." 움직일 때마다 어깨에 꽂힌 화살이 흔들렸고, 블라우스는 검은 피가 말라붙으며 딱딱하게 굳어가고 있었다. "맙소사, 킬록은! 우리 오빠는……."

"집과 여동생을 지키다 죽었겠지." 데번이 땀을 뻘뻘 흘리고 숨을 헐떡거리면서도 최대한 부드럽게 말했다. "계속 괴물로 살아가는 것보단 그게 나을지도 몰라."

"네 말이 맞았으면."

"그러게." 데번이 헤스터의 어깨에 꽂힌 화살을 잡았다. "이걸 부러뜨려야겠어. 그냥 놔두면 어디에 크게 한번 걸릴 것 같아. 준비됐어?"

헤스터가 얼굴을 찡그리며 동의의 뜻으로 손짓했다. 데번이 순식간에 화살대를 부러뜨렸고, 헤스터가 비명을 지르며 소매로 입을 막았다.

"이제 됐어." 데번은 사과하듯 말하고서 부러진 화살대를 옆으로 던졌다.

"나 좀 일으켜줄래?"

"물론이지." 데번은 그가 똑바로 설 수 있게 돕다가 어느 정도 몸을 가눌 수 있게 되자 바로 다시 출발했다. 다친 몸이 허락하는 선에서 최대한 서둘러야 했다.

"그 기사." 사라지지 않는 고통에 이를 갈며 헤스터는 힘겹게 말했다. "아까 네 이름을 부른 사람 말이야. 아는 사람이었어?"

"램지? 어, 내 오빠야."

"그럴 거 같았어. 네가 서재에서 오빠 얘기 했던 거 기억나. 다시 물어본다는 걸 깜빡했네."

"램지 페어웨더." 데번이 음울하게 한 음절 한 음절을 꾹꾹 눌러 발음했다. "어렸을 때의 램지를 봤다면 너도 마음에 들어 했을 거야. 램지와 킬록은 친구가 됐을지도."

헤스터가 괴로워하며 웃었다. "이 세상에 정상적인 가족은 진짜 없는 걸까? 어디에도?"

"가끔 책에는 등장하지. 매우 드물기는 하지만." 데번은 빨리 이 구불구불한 미로를 빠져나가고 싶은 마음에 오른쪽 산울타리 사이를 비집고 들어갔다. 가시에 찔려가며 덤불을 힘겹게 헤쳐나갔다. 나뭇가지에 맨살이 긁히고 옷이 찢어지고 머리카락이 뒤엉켰다. 하지만 숨을 헐떡이며 비틀비틀 나온 곳은 미로 속의 또 다른 길이었다.

멀리서 불길이 치솟는 소리가 희미하게 들려왔다. 집이 불타고 있었다. 예상치 못한 곳에서 연기가 피어오르고 있었다. 기사들이 불을 질렀거나 레이븐스카 형제들이 자폭을 했거나 둘 중 하나였다. 둘 다 말도 안 되지만 또 둘 다 그럴 법하기도 했다.

데번은 조금만 더 가면 된다고 말하려 뒤를 돌아봤다가 헤스터의 얼굴을 보고 입을 다물었다. "왜 그래?"

불길이 번지는 광경을 바라보며 그는 잠긴 목소리로 말했다. "내가 옳은 일을 한 거라고 말해줘. 나 지금 세상에서 제일 악랄한 범죄를 저지른 기분이야. 정당한 이유라고 생각했던 것들이 지금은 하나도 생각나지 않아."

데번이 헤스터의 어깨를 감싸 안고 그에게 키스했다.

헤스터의 입술은 헤스터의 체취와 비슷한 맛이 났다. 달콤 쌉쌀했으며 바닐라 담배, 깨끗한 피부, 저렴한 립글로스 맛이 났다. 늙고 답답한 그 어떤 남편보다 훨씬 나았다. 모든 것이 파멸로 치닫는 지금, 이러지 말아야 할 이유가 있을까? 이 밤이 어떻게 끝날지도 점점 더 불확실해지고 있는 상황이었다. 오늘 죽는다 해도 무덤까지 가지고 갈 후회 하나는 줄어든 셈이었다.

먼저 입술을 뗀 것은 헤스터였다. 손으로 자신의 배를 누른 채 데번의 어깨에 머리를 묻었다. 하지만 포옹을 풀거나 몸을 돌리지는 않았다. 데번이 헤스터의 머리카락에 얼굴을 묻은 채 말했다. "뒤돌아보지 마, 헤스. 절대 뒤돌아보면 안 돼. 우린 선택을 했고 계속 앞으로 나아갈 거야. 알지?"

"알아." 헤스터가 나지막하게 답했다.

그때였다. 화살이 수풀을 뚫고 그들 옆을 스치듯 날아와 지금 이 순간을 박살냈다.

"젠장." 데번이 헤스터를 안고 다시 비틀대며 달리기 시작했다.

"데번!" 미로 안으로 쫓아 들어온 램지가 그들 뒤 어딘가에서 외쳤다. 분노가 끓어오른 그는 더 이상 데번을 어설픈 별명 따위로 부르지 않았다. "넌 절대 여길 살아서 못 나가!"

데번은 대답하지 않았다. 어느 쪽으로 가야 기사들을 따돌릴 수 있을지 머리를 굴리느라 여념이 없었다. 발밑에서 나뭇가지가 부러지는 소리가 났다. 여기서는 이터들도 소리 없이 달릴 수 없었다.

"시야만 확보되면 내가 몇 놈 해치울 수 있을 것 같은데." 헤스터가 데번의 귀에 대고 말했다. "몇 명이나 따라오고 있어?"

"모르겠어!" 데번이 또 다른 아치형 통로를 통과해 방금 나온 통로와 별반 달라 보이지 않는 가시나무 터널을 지나갔다. 분명 이쪽으로 가면 될 것 같았는데 아니었다.

헤스터가 리볼버를 꺼냈다. "한 놈 보이는 것 같아. 일단 쏴아겠어."

"잠깐만!" 데번은 총이 자신의 어깨 위, 사실상 귀 바로 옆에 있다는 사실을 자각했다. "총알을 낭비하면 안 되는데……."

"지금 그런 거 따질 때가 아니야." 헤스터가 데번의 품에 안겨 몸을 비튼 채 (아마도 엄청난 고통을 무릅쓰고) 총알을 발사했다.

충격이 데번의 두개골 안을 가득 채웠고, 동시에 고막이 펑 하고 터졌다. 데번은 욕설을 내뱉었지만 자신이 욕하는 소리가 거의 들리지 않았다. 다른 모든 소리도 메아리에 묻혀 희미하게 들렸다.

누군가 분노에 찬 소리를 질렀다. 놀랍게도 그 와중에 기어이 한 놈을 맞춘 것이다.

그들에게 날아오는 총알은 없었다. 램지는 킬록이 쳐낸 총을 놓고 온 모양이었다. 불행 중 다행이었다.

"물러서! 다음번엔 네놈들 머리통을 명중할 테니까." 말은 이렇게 했지만 헤스터의 몸은 이미 축 늘어져 있었다.

데번은 웅크린 헤스터를 꽉 움켜쥐고 좀 더 속도를 냈다. 그때, 가시나무 반대쪽 벽 사이로 숲과 그 너머의 땅이 살짝 보였다. 출구를 찾는 데 시간을 허비할 때가 아니었다. 데번은 헤스터를 품에 안고 마지막 산울타리 사이를 비집고 들어갔다. 나뭇가지가 입술과 눈을 긁어댔다. 그리고 마침내 지긋지긋한 미로에서 빠져나왔다.

망루는 트라퀘어의 작은 숲속으로 50미터쯤 더 들어간 곳에 고목에 둘러싸여 있었다. 석회암으로 된 작은 탑 밖으로 나선형 통로가 나 있었다. 높이는 3, 4미터쯤 됐고 꼭대기에 낮은 벽이 둘러져 있었다. 별과 새를 관측하기 위해 지어진 것인데 아이들을 위한 장난감 성처럼 보이기도 했다. 그 장난감 성 위에서 머리가 헝클어진 다섯 살 소년이 동정을 살피고 있었다.

"아무래도⋯⋯." 헤스터가 입을 열었다.

"기사들을 따돌릴 순 없겠지. 그래, 알아. 일단 저기까지 가서 한 자리에서 싸우긴 해야 할 것 같아." 데번이 숲속으로 내달렸다. 팔이 욱신거리고 입안이 말라왔다. 한 시간 전만 해도 깨끗해 보이던 새 옷은 땀과 피(주로 헤스터의)로 범벅되고 여기저기 찢겨 넝마가 되다시피 했다. 망루에 가까워지자 미로 안에 갇힌 기사들과 용들의 외침이 잦아들었다. 데번은 남은 힘을 겨우 쥐어짜 나선형 통로를 올라갔다.

"숨어!" 꼭대기에 다다른 데번이 외쳤다. "놈들이 쫓아오고 있어!"

카이가 야트막한 장벽 뒤로 잽싸게 몸을 피했다. "어떻게 된 거예요?" 반쯤 쓰러진 데번에게 아이가 물었다. "아무리 기다려도 데번은 안 오고, 그런데 갑자기 총소리가 나는 거예요. 그리고 데번, 저기 좀 봐요. 집에 불이 났어요!"

동시에 마니가 외쳤다. "헤스터!" 마니는 현명하게도 이미 몸을 바짝 낮추고 두 팔로 가방을 꼭 끌어안고 있었다. 숱 없는 그의 머리에 땀이 송골송골 맺혔다.

그들 뒤에서 주홍빛이 마치 후광처럼 비쳤다. 트라퀘어가 큰 불길에 휩싸이면서 멀리 떨어진 이곳에까지 그림자와 빛줄기를 드리운 것이다. 불이 이렇게 급속도로 번진 걸 보면 집 상태가 정말 엉망이긴 했었던 모양이다. 어쩌면 기사들이 여러 곳에 불을 질렀던 것일 수도.

"네, 저예요." 데번이 헤스터를 내려놓자 헤스터가 마니에게 답했다. 그러고는 가방을 반사적으로 꽉 움켜쥔 채 그에게 몸을 기댔다. 비싼 가죽은 이미 더러워지고 구겨져 있었다.

"대체 어디 있었던 거예요?" 카이가 너덜너덜해진 소매로 코를 훔쳤다. 어디선가 찾아낸 오래된 녹슨 정원용 가위가 아이 손에 들려 있었다. "얼마나 걱정했는지 알아요!"

"내가 꼭 돌아오겠다고 했잖아." 데번이 그런 아들을 대견해하며 말했다. "몸을 낮춰. 놈들이 쫓아오고 있어."

"저기 보이네요." 마니가 긴장한 목소리로 말했다.

데번은 용들이 미로에서 나오는 모습을 장벽 너머로 지켜봤다. 빽빽한 관목 사이에 데번이 낸 바로 그 구멍으로 그들이 나왔다.

"기사들은 어딨지? 왜 용들만 보이는 거야?"

"몰라, 이따 생각해!" 헤스터가 힘겹게 몸을 일으켜 리볼버를 장벽 위에 올려놓고 조준했다.

데번이 두 손으로 카이의 귀를 막았다. 총성이 두 번 울렸다. 데번의 귀도 그 어느 때보다 크게 울렸다. 한 명은 쓰러졌지만 다른 용은 순간적으로 몸을 웅크려 총알을 피했다. 헤스터가 다시 장벽 뒤로 물러났다.

데번은 카이를 놓아주고 훔쳐온 석궁을 만지작거렸다. "맙소사, 이거 어떻게 쏘는 거야?"

"아, 세상에! 내 총 받고 그건 나한테 줘. 영지에 그렇게 오래 살면서 한 번도 사냥을 안 나가본 거야?"

"지금 농담하는 거지?"

"나한테도 무기가 있어요." 카이가 정원용 가위를 흔들었다. "나도 도울게요!"

"가만히 있는 게 돕는 거란다." 마니가 아이의 어깨에 손을 얹고 말했다. "괜히 나서서 엄마를 방해하지 말고."

"저분 말씀 잘 듣고 꼼짝 말고 있어!" 데번이 헤스터의 리볼버를 낚아채, 산울타리에서 망루 앞으로 달려오려는 용에게 발사했다.

총알은 터무니없이 빗나갔지만, 용은 이번에도 피한답시고 몸을 옆으로 날리다가 그만 오발탄이 날아오는 방향으로 제 발로 뛰어들었다. 총알이 용의 머리를 명중해 두개골을 박살 냈고, 산울타리 벽은 뇌 조각들로 얼룩졌다.

"이게 바로 행운이지!" 데번이 포효했다. 총알은 떨어졌고, 다가오는 기사와 용은 늘어나고, 중상을 입은 친구와 함께 장난감 성에 갇힌 신세였지만, 방금 건 정말이지 끝내주는 한 방이었다.

"준비됐어." 헤스터가 소매를 검은 피로 잔뜩 적신 채 석궁을 움켜쥐었다. "의사가 있으면 좋으련만."

"기사들이에요!" 카이가 외쳤다. "숲을 돌아온 것 같아요."

용은 그저 주의를 분산시키기 위한 미끼에 불과했다. 기사들이 그들의 시선을 피해 다른 경로로 망루에 접근했다. 데번은 램지와 일랜드가 북측에서 망루 난간을 넘어온 순간에야 뒤를 돌아봤다.

헤스터가 석궁의 방아쇠를 당겼다. 화살이 일랜드의 목에 명중하며 그를 장벽 뒤로 넘어뜨렸다.

"이!" 소리를 내지르던 램지가 반격했다. 총을 잃어버린 건지, 킬록에게 총알을 다 써버린 건지 그의 손에는 또 석궁이 들려 있었다. 그런데, 헤스터를 향하던 그 화살이 이내 가슴을 꿰뚫고 채집용 나비처럼 헤스터를 벽에 고정시켰다.

헤스터가 갈고리에 걸린 물고기처럼 숨넘어가는 소리를 냈다. 분노에 휩싸인 데번은 주먹을 휘두르며 몸을 날렸다. 어디 육탄전에 저따위 석궁을 쓸 수 있는지 보자. 카이가 소리를 지르고 마니가 아이를 붙잡는 것이 어렴풋하게 느껴졌지만, 지금 데번의 모든 신경은 오빠에게 쏠렸다. 데번은 파도처럼 그를 덮쳤다.

어렸을 때, 말다툼을 하다가 아니면 그냥 재미 삼아 오빠들과 몸싸움을 벌이곤 했다. 비쩍 마른 몸으로 흙먼지를 뒤집어쓰고 싸우던 어린 시절.

이제 남매는 그런 차원에서 벗어났다. 램지가 돌진하는 데번을 붙잡았고, 그들은 나선형 계단 꼭대기에서 팽팽히 맞섰다.

데번이 잭나를 그의 쇄골에 박아 넣었다. 역한 피 맛이 입안을 가득 채우며 끔찍했던 과거의 기억을 불러왔다. 램지가 비명을 지르며 발을 헛디디는 바람에, 두 사람은 함께 뒤로 넘어지며 망루 계단 아래로 굴러떨어졌다. 램지의 주먹이 데번의 등을 내리쳤고 데번의 무릎이 램지의 갈비뼈를 강타했다.

그들은 스무 개 남짓의 돌계단을 굴러 땅바닥에 철퍼덕 쓰러졌다. 둘 다 여기저기 멍든 채 땀을 뻘뻘 흘리며 욕설을 내뱉었다. 통제력을 잃은 데번이 미처 무언가를 잡기도 전에 램지가 발을 들어 데번의 배를 걷어찼다.

데번이 헛구역질을 하며 대굴대굴 굴러갔고, 램지가 두 손으로 바닥을 짚으며 일어섰다. 석궁은 형편없이 부러져 모서리가 삐죽

삐죽한 나무 몽둥이가 되어 있었다.

"너 대체 뭐 하는 짓거리야?" 램지가 땀범벅이 된 검은 머리를 늘어뜨린 채 말했다. "지금 모두의 등에 칼을 꽂고 있잖아. 넌 충성심 같은 것도 없어?"

데번은 몸을 일으켜 두 발을 벌리고 주먹을 치켜들며 싸움 자세를 취했다. "내 가족에겐 있지. **진짜** 가족. 너 따위가 그런 걸 알 턱이 없지만!"

"**우리** 가족은 너한테 모든 걸 줬어. 넌 공주였다고!" 그가 부러진 석궁을 낚아채 데번에게 휘둘렀지만 데번은 피했다.

"난 그딴 거 바란 적 한 번도 없었어!" 데번이 부서진 벽돌을 집어 그의 머리로 던졌지만, 램지 역시 피했다. "난 그저 네가 약속한 소소한 삶을 원했을 뿐이야. 내 아이들과 함께하는 해피엔딩. 그냥 세일럼을 돌려주고 날 내버려두면 됐을 일이라고!"

"인정해, 넌 졌어." 그가 으르렁댔다. "이 망할 저택에 있는 놈들 내가 다 죽여버릴 거야!"

"졌다고?" 이젠 안쓰러울 지경이었다. "기사단은 끝났어. 가문은 널 버렸고 내 아들은 안전하지. 내가 **이긴** 거라고. 네가 무슨 짓을 하든!"

램지가 부러진 무기를 끝까지 손에 쥔 채 가슴을 들썩이다 멈칫했다. "아니, 이 정돈 수습할 수 있어." 그가 유리알 같은 눈을 번뜩이며 차가운 분노를 발산했다. "내가 어떻게든 수습할 거야!"

"데브! 이거 받아!" 카이가 장벽 위로 몸을 내밀어 반짝이는 큼직한 무언가를 던졌다. 정원용 가위가 몇 미터 떨어진 풀밭 위에 떨어졌다. 날이 땅속에 박힌 채.

데번과 램지가 동시에 가위를 향해 몸을 날렸다. 하지만 가위는 데번에게 더 가까웠다. 데번은 손잡이를 잡고 땅에 박힌 가위를 뽑아 힘껏 휘둘렀다.

가윗날의 넓적한 면이 램지의 두개골을 가격했다. 어른답지 않게 그는 소리를 꽥 지르며 푹 쓰러졌다. 피가 흐르고 부어오른 관자놀이에 손바닥을 대는 그에게 데번이 이번엔 가윗날을 목에 겨누며 달려들었다. 하지만 램지는 빨랐다. 그는 부러진 석궁을 휘둘러 데번의 눈두덩을 가격했다.

극심한 통증이 머릿속으로 퍼져나갔고 눈가는 벌써 부어오르기 시작했다. 그런데 어찌 된 일인지 웃음이 나와 도저히 멈출 수가 없었다. 서로를 찔러 죽이려 애쓰며 풀밭을 구르고 있는 꼴이 시시한 뱀파이어 영화의 한 장면처럼 느껴졌다.

램지는 그다지 웃기지 않았는지, 힘 빠진 데번의 손에서 얼른 가위를 낚아채더니 거꾸로 돌려 날을 치켜들었다. 데번이 몸을 뒤로 젖히며 피했고, 램지도 이마에 피를 흘리며 순식간에 무릎을 짚고 일어났다. 그리고 곧바로 데번 위에 올라타 날을 흉골에 들이댔다.

데번이 가까스로 램지의 손목을 잡았다. 램지는 체중을 실어 우스꽝스러울 정도로 힘껏 데번을 내리눌렀고 데번은 날카로운 끝이 가슴에 닿는 걸 어떻게든 막아보려고 안간힘을 썼다. 램지의 이마에서 흘러내린 피가 뺨을 타고 턱밑으로 떨어졌다. "넌 절대 여길 살아서 못 나가!"

그때 데번의 멀쩡한 한쪽 눈으로 카이가 나선형 계단을 살금살금 내려오는 모습이 보였다. 아이는 경고의 표시로 혀를 날름거리며 그들에게 몰래 다가오고 있었다.

먹을 준비를 하는 것이었다.

싸움에서 밀리고 있는 와중에도 데번은 아들이 스스로를 파괴하는 그 행동을 못 하게 말려야 했다. 하지만 소리를 지르면 램지가 낌새를 알아차리고 카이를 공격할 것이다. 그것만큼은 절대 용납할 수 없었다.

램지의 공격을 막아내느라 팔을 부들부들 떨던 데번이 이를 악문 채 말했다. "오빠는…… 좋은…… 사람이야? 친절한…… 사람이야?"

짙어지는 어둠 속에서 카이가 고개를 저었고 데번은 그 모습을 보고 심장이 덜컥 내려앉았다. 이것은 카이의 선택이지 데번의 선택이 아니었다.

"그게 무슨 개소리야?" 램지가 들이댄 가위의 뾰족한 끝이 점점 더 아래로 향하더니 마침내 데번의 살에 박혔다. "별 미친……."

카이가 튀어 올랐다.

데번은 아이를 봤지만 램지는 보지 못했다. 카이는 램지의 등 뒤에 올라타 그의 귀를 더듬었다. 아이의 무게까지 더해지자 데번은 신음을 내뱉었고, 가위는 이내 옆으로 미끄러지며 데번의 가슴에 긴 자상을 남기고 피부를 찢어놓았다.

램지가 몸을 틀어 두 손으로 카이의 목을 움켜쥐려 했다. 아들이 위험했다. 데번은 늑골에 아직 꽂혀 있는 가위를 잡아 빼 휘둘렀다.

금속 가윗날이 살을 파고들며 그의 허벅지 근육을 갈랐다. 램지
가 울부짖었고, 검은 잉크 피가 진흙땅을 적셨다.

카이가 그의 귓가에 입 맞췄다. 입술이 귀에 포개지고 혀가 펼
쳐졌다. 램지가 헉 소리를 내며 아이의 어깨를 움켜쥐었지만 손아
귀에서 힘이 급속도로 빠져나갔다. 몸을 일으키려고 안간힘을 써
보기도 했지만 데번에게 찔린 다리에 힘이 풀리면서 앞으로 고꾸
라지고 말았다.

카이는 저주받은 작은 원숭이처럼 삼촌의 등에 매달렸다. 램지
가 공포에 질린 채 비명을 지르고 팔다리를 덜덜 떨며 바닥을 기었
다. 데번은 그저 바라볼 뿐이었다.

카이가 영혼을 먹는 모습을 제대로 본 적이 없었다. 아이가 배
를 채우는 동안 비겁하게 숨어 있는 편을 택했으니까. 카이는 희생
양의 몸부림과 움직임에 익숙했다. 몸을 최대한 작고 유연하게 만
들어 거머리처럼 들러붙을 수 있는 법을 알고 있었다.

램지의 시선이 데번을 향했다. 공포로 휘둥그레진 눈. 오래전
매틀리에게서 봤던 그 순간을 다시 **보는** 것 같았다. 뭔가를 아는
존재에서 아무것도 모르는 존재가 되는 순간, 영혼이 그저 뇌가 되
는 순간.

'나는 생각한다, 그러므로 나는 존재한다.' 기사 램지 페어웨더
는 어떤 생명도 아닌 그저 텅 빈 그릇이 되어 맥없이 쓰러졌다.

데번과 함께 자란 오빠는 이제 사라지고 없었다.

데번은 기절했다.

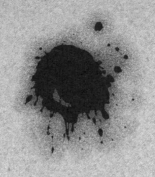

너도 언젠가 나이가 들면
다시 동화책을 집어 들게 될 거란다.

**C. S. 루이스,
대녀에게 보낸 편지**

동화는 이제 끝

데번은 수년간 습관처럼 꿔온 악몽을 꿨다.

꿈속에서 데번은 자신이 죽인 사람들의 시체로 가득한 미로에서 길을 잃은 외로운 늑대였다. 뾰족하고 두꺼운 벽을 이루며 우뚝 솟은 가시덤불, 이빨 같은 뿌리, 악취 나는 잎. 가지고 있던 무기는 부러졌고 몸은 상처로 욱신거렸으며 보호하려던 공주는 어둠의 기사의 공격을 받아 하얀 석탑 위에서 죽어가고 있었다.

축축한 무언가가 얼굴 위로 한 방울 떨어졌다. 그리고 또 한 방울, 다시 또 한 방울. 눈을 깜빡였다. 눈물이 아니었다. 차디찬 12월의 진눈깨비였다. 이건 꿈이 아니라 현실이고, 데번은 깨어 있었다.

데번이 고통스럽게 일어나 앉았다. 가위가 늑골 밑으로 20센티미터의 자상을 남겨놓았다. 출혈로 인해 머리가 어지럽고 혼란스러웠다. 검은 피가 이미 더러워진 셔츠를 더 검게 물들이며 빗물과

261

흙먼지에 섞여 쇳내 나는 진흙탕 속으로 흘러들었다.

데번은 고개를 돌렸다. 램지는 근처 풀밭 위에 널브러져 있었다. 죽어가고 있는지 이미 죽었는지 알 수 없지만 아직 종이가 되어 허물어지지는 않은 상태였다.

아들은 램지 옆에 바싹 붙어 있었다. 비가 내리는데도 졸린 듯 나른한 모습이었다.

"카이!" 데번은 기어가 아이의 어깨를 흔들었다. 마지막으로 북이터를 먹었을 때 과부하로 얼마나 힘들어했는지가 떠올라 몸이 아픈 건 생각도 안 날 정도로 마음이 아려왔다. "괜찮아? 뭐 필요한 거 없니? 너 지금……."

아이가 눈을 떴다. "데번은 파괴자였대." 카이가 어색하게 혀를 굴리며 불분명하게 말했다. "넌 네 나름대로 아주 독보적이야."

순간 안도감과 혐오감이 충돌했고, 데번은 눈물을 흘리며 웃었다. 오늘 밤 이렇게 대성공을 거두었음에도 결국 아들을 구하는 데엔 실패했다. 아들을 위해 데번이 했던 약속, 살인, 세상으로부터 지켜주겠다던 광적인 다짐에도 불구하고 아이가 자신의 의지로 범죄를 저지르는 것을 막지는 못했다.

아이는 데번을 사랑하기 때문에 그 죄를 감수하기로 선택한 것이다. 사랑이 때때로 끔찍해질 수 있다는 걸 데번이 배웠듯 카이도 똑같이 그 사실을 깨닫게 되었다.

말문이 막힌 데번은 아들을 향해 두 팔을 벌렸다. 아이가 거절할까 봐 무서웠지만 달리 해줄 수 있는 일이 생각나지 않았다. 카이는 여전히 데번의 아들이었다. 그것이 지금 무슨 의미가 있는지는 데번도 알 수 없었지만.

카이가 데번의 품으로 기어들어 와 앙상한 몸뚱이를 다친 데번의 몸에 포갰다. 그리고 엉망이 된 셔츠에 얼굴을 파묻었다. 데번은 아이를 꼭 끌어안았다.

언젠가는 자신의 약속이 유의미해질 날이 올 거라고 데번은 속으로 생각했다. 언젠가는 세상을 올바른 방향으로 바꿀 힘이 생길 것이다. 데번, 그리고 카이는 좋은 사람이 될 것이다. 여기서 멀리 떨어진 어딘가에서는.

"다시는 그러지 마. 부탁이야. 너 스스로한테 다시는 그러면 안 돼. 우리가 자유로워지고 난 다음에도 절대." 데번이 아이의 냄새를 들이마셨다. 체취만큼은 그대로였다. 아이 마음속에 아무리 수많은 영혼이 살아도 이것만큼은 한 번도 변한 적 없었다.

"알겠어요." 카이가 데번의 품에서 벗어나더니 갑자기 걱정스러운 표정으로 위를 올려다봤다. "데브, 헤스터는요? 많이 다쳤잖아요. 깜빡 잊고 있었어요."

죄책감, 너무 심한 죄책감. "난 잊지 않았어. 하지만 네 상태부터 먼저 확인해야 했지." 데번이 축축한 셔츠를 벗어 상복부를 단단히 감쌌다. 늑골에 난 상처를 어떻게 압박해야 하는지 알 수 없었다. 팔다리처럼 지혈대를 두를 수 있는 것도 아니었으니까. "여기 잠깐 앉아 있을래? 너만 괜찮으면 위에 올라가봐야겠어."

"난…… 괜찮아요." 아이가 말했다. "다 괜찮아질 거예요, 데브."

데번이 고개를 끄덕이고 눈가를 닦았다. 진눈깨비가 갈수록 세차게 내려 쓸모없는 짓이었다. 얼굴은 금세 다시 축축하게 젖었다.

카이는 다행히 아프지 않았다. 혼란에 빠진 건 확실하고 어쩌면 과부하에 시달리고 있을 수도 있지만, 고통에 사로잡혀 비명을 지르거나 발작을 일으킬 위험은 없어 보였다.

남은 눈물을 다 쥐어짜고 상처를 단단히 동여맨 데번은 불과 10분 전까지 램지와 죽일 듯이 싸우며 굴러 내려왔던 망루 계단을 힘겹게 올라갔다. 오빠. 아니, 젠장. 램지 생각은 하지 말자. 헤스터가 먼저였다. 데번은 마지막 계단을 올라 마침내 전망대에 다다랐다.

전망대에 홀로 남은 마니는 여전히 몸을 웅크리고 있는 헤스터 앞에 쭈그리고 앉아 있었다. 화살이 오른쪽 어깨에 하나, 늑골 바로 밑에 하나 꽂혀 있었다. 벽에 튄 검은 피가 로르샤흐 검사잉크 방울을 이용한 심리 검사에 쓰일 법한 얼룩무늬를 이루었다.

좋지 않군, 데번은 생각했다. 두려움으로 속이 울렁거렸다. 팔다리면 몰라도 몸통에는 중요한 장기가 너무 많았다. 헤스터는 어째서 그 오랜 시간 동안 응급처치 설명서 하나 먹어놓지 않은 걸까? 한심하기 이를 데 없었다.

"헤스터는 괜찮아요." 마니가 몸을 떨며 말했다. "헤스터는…… 오, 세상에, 정말 대단한 밤이군요!"

혼란에 빠진 데번이 물었다. "괜찮다고요?"

"괜찮다는 기준이…… 뭔지는 모르겠지만……." 헤스터가 숨을 헐떡거리며 몸을 폈다. "죽진 않을 것 같아."

"어떻게 된 거야?" 지칠 대로 지친 데번이 무릎을 꿇으며 말했다. "그 화살은……." 데번이 말을 잇지 못했다. 화살은 검은색 샤넬 백에 박혀 있었다. 이제 와서 발견한 거지만 두꺼운 고급 가죽이 화살을 비스듬히 막아낸 덕분에 가벼운 자상과 멍 정도만 남길 수 있었던 것이다.

"진짜 운이 좋았네. 가방이 돈값 한다는 말은 정말 사실인가 봐." 데번이 경탄했다.

"운? 내가 완벽한 타이밍에…… 가방을 앞에…… 놓은 거지. 운도…… 다 스스로 만드는 거라고!"

"똑똑도 하셔라." 데번이 안도의 미소를 지으며 헤스터를 다시 안아 올렸다. 오늘 밤 벌써 세 번째 안는 것이었다. "조금만 참아, 헤스. 악몽이 거의 끝나가고 있으니까." 그건 틀림없는 사실이었다. 이런 상태가 영원히 지속될 순 없었다. 그 어떤 것도 마찬가지였다.

"그래? 지금 나 납치하는 거야?"

"아니, 공주님을 구하고 있는 거지."

"고맙기도 해라." 헤스터가 중얼거렸다. 데번이 다시 내려다봤을 때 헤스터는 기절해 있었다.

데번은 헤스터를 소중히 안은 채 진눈깨비로 미끄러운 바닥을 조심하며 계단을 내려갔다. 머리가 빙글빙글 돌고 현기증이 났다. 마니가 가쁘게 숨을 몰아쉬며 털끝 하나 다치지 않은 몸으로 느릿느릿 그 뒤를 따랐다. 한 계단씩 내려올 때마다 리뎀션으로 가득 찬 여행 가방이 쿵 소리를 냈고 약병이 달그락댔다.

아프지 않은 곳이 없었지만, 데번은 그런 감각에 익숙했다. 아프다는 건 적어도 살아 있다는 걸 의미했다. 세찬 진눈깨비가 살갗을 적셨다. 어쩌면 이 눈이 저 불을 끌 수 있을지도 몰랐다.

아래로 내려온 데번은 그사이 조용히 숨을 거둔 램지를 발견했다. 엉망이 된 정장 안에 흠뻑 젖은 종이 더미만 덩그러니 남아 있었다. 그가 변하는 광경을 보지 못해 다행이었다. 둘 사이에 남은 마지막 품위 한 조각을 지킨 것 같았다.

"내 부하들이 네 뒤를 쫓을 거야." 데번이 다가오자 카이가 자리에서 일어나며 말했다. "레이븐스카를 소탕하기 위해 남은 기사와 용을 모두 이리로 데려왔지. 적어도 몇몇은 살아남았을 거야. 저들의 격렬한 저항에도 불구하고 말이지." 카이가 말하다 말고 비난의 눈초리로 데번을 위아래로 훑었다. "넌 네가 무슨 짓을 했는지도 모르지, 데브? 가문들이 이 일에 대해 알게 되면 결국 넌 위험인물이 될 거야."

램지를 연상시키는 카이의 목소리. 데번은 오싹해졌다.

"넌 누구니?" 데번이 물었다. "널 계속 카이라고 불러도 되는 거야? 램지야? 목사? 변호사야? 전기 기사야? 아니면 모두 다인가?"

"그게 뭐가 다른가요?" 아이가 담담하게 말했다. "내가 그들이고 그들이 나예요. 그 점에 대해선 킬록이 옳았어요."

"신이시여." 데번이 앓는 소리를 냈다.

"아니요, 난 신은 아니에요. 전지전능하지도 않고요." 카이가 고개를 갸웃했고 데번은 그 순간 아이의 얼굴에서 분명 오빠의 표정을 봤다. "하지만 데번의 잘못이 아니라는 것 정도는 말해줄 수 있어요. 작은 기적이죠."

"음." 데번은 아이의 갑작스러운 변화가 여전히 당황스러웠다.

"정확히 나의 어떤 죄를 사하여준다는 거지?"

"죄를 사해주는 건 아니에요." 카이가 말했다. "내가 데번의 죄를 없애줄 수는 없죠. 단지 램지가 기사단에 잡혀간 게 데번 탓은 아니라는 말을 해주고 싶었어요. 그건 어른들 잘못이죠. 램지와 데번은 아무런 잘못도 하지 않았어요. 램지도 인정을 못 했을 뿐 속으로는 알고 있었고요." 카이가 말을 멈추고 생각에 잠겼다. "누군가에게 상처를 입었을 때 화를 내야 하는데 못 낼 때가 있어요. 상처가 너무 크고 고통스러워서 그걸 인정하는 것 자체가 너무 힘들기 때문이죠. 그런 종류의 고통은 무시하거나 외면하는 것 말고는 방법이 없어요. 아니면 다른 누군가에게 넘겨버리거나. 램지가 데번에게 했던 것처럼요."

데번은 어리둥절해하며 눈을 깜빡였다.

"램지는 상처를 입었어요." 카이가 말했다. "결코 받아들일 수도 떠올릴 수도 없는 일들을 겪었지요. 다시 말하지만, 그건 데번 잘못이 아니에요. 그 어떤 것도요." 카이가 민망해하며 자신 없는 표정을 지었다. 조금 전까지만 해도 어른처럼 보였는데 순간 다시 아이가 된 것 같았다. "그냥 데번이 알아야 할 것 같아서 하는 말이에요."

"고맙다고 해야겠지?" 데번이 싱겁게 말했다. 그리고 이제는 좀 솔직해져도 될 것 같다는 생각에 덧붙였다. "오빠가 조금은 그리울 것 같아."

카이가 고개를 끄덕였다. "그도 알아요. 데번이 그렇게 말해줘서 기쁠 거예요."

어쩌면 그것이 삶에서 바랄 수 있는 최고의 선물이 아닐까, 데번은 생각했다. 어떤 삶을 살았든 죽고 나서 누군가에게 그리운 존재가 되는 것.

그들은 한때 곰이 출몰했다고 전해지는 트라퀘어의 오래된 숲을 가로질렀다. 데번은 의식을 잃은 헤스터를 안고 절뚝거리며 걸었다. 상처 입은 부위에서 여전히 피가 새어 나와 셔츠를 검게 물들였다. 카이가 옆에서 걸으며 리뎀션이 든 가방을 묵묵히 옮기는 마니를 도왔다.

멀리서 사이렌이 공습경보처럼 요란하게 울려 퍼졌다. 마침내 누군가 맹렬하게 타오르는 불길을 알아차리고 신고를 한 모양이었다. 가문들이라면 질색할 상황이었다.

"이게 그럴 만한 일이었을까요?" 마침내 강가에 다다랐을 때 (조금만 더 가면 나오는 한적한 다리를 저 앞에 두고) 카이가 물었다. "너무 많은 이들이 죽고, 저택은 파괴되고, 데번의 오빠와 헤스터의 오빠까지 희생되었잖아요. 우리 하나 도망가기 위해 이래도 되는 거였을까요?"

데번은 자신을 닮은, 그리고 이제는 오빠의 말투로 말하는 아들을 내려다봤다. 마치 어린 램지의 유령을 보는 것 같아 마음속에서 동요가 일었다.

"이건 가치나 비용의 문제가 아니야." 이번에도 매번 하는 똑같은 대답을 들려주었다. 다른 대답은 이제 생각조차 할 수 없었다. "난 언제나 내가 사랑하는 이들을 위해 할 수 있는 최선을 다할 뿐이야. 달리 할 수 있는 일은 아무것도 없으니까."

카이가 입술을 잡아당겼다. "세일럼은요?"

세일럼이라, 정말 지독한 질문이 아닐 수 없었다. 만약 루턴이 진실을 말했다면, 남쪽 어딘가에 있는 소녀는 지금쯤 엄마가 자신의 열 번째 생일에 올 정도로 자신을 사랑하지는 않았다는 사실에 상처를 받고, 배신에 분노하고 있을 것이다. 그리고 만약 루턴이 거짓말을 했다면, 그러니까 그가 세일럼에게 엄마 이야기를 전혀 하지 않았다면, 남쪽의 그 소녀는 데번이 존재하는지도 모를 것이다. 당연히 전혀 보고 싶어 하지도 않을 것이고.

어떻게 해도 좋게 끝날 수 없는 이야기였다.

데번이 입을 뗐다. "그래, 세일럼이 있지. 그 아일 잊지 않았어. 널 여기서 멀리 떨어진 안전한 곳으로 데려간 다음 다시 돌아와 네 누나를 데려올 거야."

데번이 걸음을 내디딜 때마다 세일럼은 점점 더 멀어지고 아일랜드와 자유는 점점 더 가까워지고 있었다. 이대로 가버리면 세일럼을 불행한 결혼 속으로 밀어 넣는 것이나 마찬가지였지만, 세일럼을 구하려면 카이를 위해 지금까지 들인 모든 노력보다 훨씬 더 피나는 노력이 필요할 것이다.

그것은 다음을 위해 남겨놓아야 할 여정이자 모험이었다. 지금 당장은 한 발을 다른 발 앞에 놓을 힘밖에 남아 있지 않았다.

"세일럼에게 돌아갈 때 나도 갈래요. 가족은 같이 있어야죠."

"물론이지." 데번은 너무 지쳐서 입씨름할 힘도 없었다. 나중에 다시 이 얘기를 할 기회가 있을 것이다.

그들은 마침내 큰길에 이르렀다. 갓길에 세워진 검은 차가 보였다. 헤드라이트는 밤 소녀의 적막한 동굴 속 램프처럼 빛났다. 마치 소녀를 거대한 정원으로 이끄는 반딧불처럼, 광활한 어둠 속에서 반짝이는 작은 불빛이었다.

"저기 있어요!" 카이가 데번에게 씩 웃어 보이고는 재로우와 빅토리아가 기다리는 자동차를 향해 달려갔다. 마리오의 테마송을 흥얼거리며, 지금으로선 상상조차 할 수 없는 삶을 향해 달려갔다.

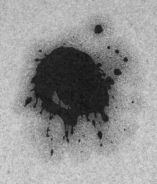

우리가 우리일 수밖에 없다는 것이
우리의 용서받을 수 없는 죄이다.

진 울프,
『**중재자의 발톱**The Claw of the Conciliator』

에필로그

아일랜드의 이른 새벽, 집은 잿빛에 잠긴 채 정적에 휩싸여 있다.

늘 그렇듯 너는 이미 일어나 있다. 데번과 헤스터가 일어나려면 아직 한참 기다려야 한다. 헤스터는 특히 늦게 자고 늦게 일어나는 타입이라 9시 반이나 되어야 일어날 것이다. 한때는 매우 규칙적인 생활을 했고 아침만 되면 늘 초조하게 눈을 떴던 데번도 지난 3년 간 파트너의 느긋한 생활 습관을 받아들였다. 평소 같으면 재로우가 곧 일어나겠지만 그는 일주일간 더블린에 가 있다. 양조장에 필요한 재료를 구입하고 마니(그는 도시에서 혼자 사는 편이 좋다고 한다)를 만나기 위해서다. 그 말은 곧 빅도 그와 함께 갔다는 뜻이다.

남은 건 작지만 아늑한 이 다락방에 있는 너뿐이다. 서까래에는 너의 조각과 스케치가 걸려 있고 연청색 벽이 화려한 색상의 가구들과 극명한 대조를 이룬다.

혼자지만 외롭지는 않은 너는 잠시 침대에서 뭉그적거리며 새 소리에 귀를 기울인다. 대부분 울새, 푸른 박새, 되새다. 근처 숲에는 가면올빼미도 살고, 좀 더 깊이 들어가면 솔개, 황조롱이, 참매, 개구리매 등을 찾아볼 수도 있다.

맹금류의 큰 새들이 사냥하는 모습을 관찰하는 것은 즐거운 일이다. 맹금류가 집중해서 먹잇감을 모는 걸 보면서 너는 스스로의 허기와 잔인함을 본다. 네 머릿속에 있는 사람 중 최소 네 명은 그런 광경을 관찰하기를 즐겼을 것이다. 목사와 교사는 자연을 무척 사랑했다. 이제는 네 것이 된 그 사랑과 기쁨은, 역시 네 것이 된 어둠을 상쇄하는 역할을 한다. 이 사람들의 영혼이 들어오기 전 본래의 네가 과연 이런 감정을 느꼈을지는 가늠할 길이 없다.

평화로운 아침이다. 다른 때 같았으면 너도 방에서 좀 더 뭉그적거리며 느긋하게 시간을 보냈을 것이다. 하지만 오늘은 해야 할 일이 있다. 아무도 모르게, 혼자서.

창턱 너머로 해가 보이고 침대 위로 빛줄기가 내리쬘 만큼 해가 중천에 떠오르자 너는 마지못해 일어나 서툰 걸음으로 침대에서 내려온다. 평생을 다해 쌓아온 성인의 능력과, 얼빠진 여덟 살짜리 아이의 미숙한 반사 신경과 부족한 체력을 조화시키기란 매우 어렵다. 정신적으로는 더 힘들다.

네가 지금 살고 있는 집은 새 집 같기도 하고 오래된 집 같기도 하다. 집에 이름을 붙이지 않기로 모두가 뜻을 모았으므로 이곳은 그저 '집'이라 불린다. 저택도 아니고 영지도 아니다. 데번이 훔친 돈을 다 털어 경매로 이 집을 샀을 때 이 2층짜리 낡은 오두막은 지붕이 썩어 내리고 곳곳이 허물어져가는 중이었다. 40년간 방치되어 웬만한 사람은 살 수 없는 곳으로 변해 있었다. 어쨌든 대부분의 인간에게는 그랬다.

하지만 유능하고 힘센 이터 다섯이 집수리에 나서자 집은 곧 밝고 쾌적한 곳으로 재탄생했다. 자연석을 보강하고 마루를 새로 깔았으며 그 위에 두꺼운 러그를 깔았다. 모퉁이마다 서가를 배치했고 창가에 앉을 수 있는 넓은 퇴창을 설계했으며 헤스터가 만드는 맥주와 벌꿀 술을 저장할 지하실을 팠다. 재로우와 빅, 그리고 모두가 즐거운 저녁 시간을 보낼 게임 룸도 만들었다.

살금살금 복도로 나간 너는 잠시 멈춰 서서 데번과 헤스터의 방 안을 들여다본다. 헤스터의 안경이 침대 옆 탁자 위에 다리가 접힌 채 놓여 있다. 침대 위에 서로 얽혀 있는 둘의 형상이 보인다. 검은 머리와 갈색 머리가 뒤섞인 채 서로의 허리에 팔을 감고 있다. 헤스터가 인기척을 느낀 듯 잠깐 꿈틀하더니 다시 긴장을 푼다. 데번은 조금도 뒤척이지 않는다. 요즘 데번은 잠을 깊이 잔다. 네가 어릴 때는 한 번도 본 적 없는 모습이다.

좋다. 그들의 평화로운 모습에 너는 만족과 안정감을 느낀다.

너는 다시 발걸음을 옮긴다. 구부러진 계단을 내려가 덩굴 식물과 몽환적인 조명으로 장식된 거실로 들어간다. 이 집의 거주자들에게 빛은 불필요하지만 데번은 빛과 함께 사는 삶도 선택할 수 있어야 한다고 말한다. 어둠 속에서도 앞을 잘 볼 수 있을수록 이런 선택지를 가져야 한다고 말이다. 너는 동의할 수밖에 없다.

농가 스타일의 커다란 식탁 옆을 지나간다. 저녁에 모두가 모여

275

함께 밥을 먹는 곳이다. 사방에 책이 꽂혀 있다. 부엌도 있지만 음식 조리보다는 맥주 양조에 적합한 형태로 개조되었다. 양조장은 네 가족의 주요 수입원이다. 다행히 이터들은 사는 데 큰돈이 필요하지 않기에, 네 가족은 신속하게 빚(소형 양조장을 설립하는 데는 제법 많은 돈이 든다)을 청산하고 비록 시골이긴 하나 안락한 중산층의 삶을 살아가기 시작했다. 수년간 최소한의 삶만 영위해왔던 너는 이러한 변화가 마음에 든다.

재로우의 게임 룸은 공동 공간과 분리되어 있는 방 하나에 자리를 잡았다. 친밀한 공간이자 너에게는 유용한 공간이다. 이곳이 너의 목적지다. 한쪽 구석에 놓인, 윤이 나는 나무 테이블 위에 타자기가 반짝이고 있다. 너는 이 테이블에 다가가 조용히 의자를 빼고 타자기에 깨끗한 종이 한 장을 밀어 넣는다.

타자기는 작년에 네 생일 선물로 받은 것이다. 네가 사달라고 했고 데번은 당황하면서도 기꺼이 네 부탁을 들어주었다. 데번은 늘 그런 식이다. 자신은 이해가 안 되더라도 웬만하면 네게 맞춰주려고 한다. 가끔은 조금만 더 널 이해해주면 좋겠다고 생각할 때도 있지만 그래도 그의 노력을 늘 고맙게 생각한다.

그렇기 때문에 너도 데번을 돕겠다고 이러고 있는 것이다.

여섯 가문의 가부장께

잠시 멈춘다, 생각을 정리한다, 타자기의 리턴 키를 누른고 새 줄을 시작한다. 너는 타닥타닥 소리를 내며 정확하게 자판을 두드린다. 글자들이 빠른 속도로 빈 페이지를 채운다.

너와 데번은 비밀을 만들지 않기로 했다. 둘 사이에 신뢰를 지키기 위한 약속이자 계약이었다. 그리고 거의 3년간 둘 다 그 약속을 지켰다. 거의 맹목적으로.

하지만 적어도 네가 보기에 데번은 지금 흔들리고 있다. 트라쿼어 사건의 여파로 세일럼과 아이 아버지가 자취를 감췄다. 대다수의 가문 구성원들과 함께 알 수 없는 곳으로 거주지를 옮긴 것이다. 가문 전체가 바짝 긴장한 채 데번의 귀환을 경계하며 신경을 곤두세우고 있었다. 자기들의 관행을 조정하고 국경을 주시하기까지 했다.

인간들이 점점 더 그들의 존재를 알아차리고 있는 것은 또 다른 문제였다. 트라쿼어 하우스 화재 사건은 경찰 수사로 이어졌고, 시신은 온데간데없이 주인 없는 정장만 가득한 섬뜩한 저택에 대한 기사가 몇 달간 신문에 오르내렸다. 인간들의 관심에 겁을 먹은 가문들은 하룻밤 사이에 잠적해버렸다.

물론 네 식구들 모두 세일럼의 행방을 찾기 위해 계속 애쓰고 있지만, 어디로 가야 할지, 가서 무얼 해야 할지도 모르는 상태로 무작정 잉글랜드로 돌아갈 수는 없는 노릇이다. 헤스터는 마니가 준 자료와 추측을 동원해 너와 자신에게 필요한 약 조제법을 이제 막 정확히 알아낸 터였다. 장비를 찾고 설치하는 데 상당한 시간이 걸렸고, 너와 헤스터는 점점 줄어드는 리뎀션 비축량에 의존한 채 불안한 몇 년을 보냈다.

귀환 작전을 계획하는 것은 완전히 다른 차원의 어려운 일이다.

필요한 장비와 정보를 확보하기도 어렵지만 제대로 계획을 수행하기는 더더욱 어렵다. 그동안 세일럼의 행방은 더욱 묘연해졌다. 너는 데번이 초조해하는 모습을 본다. 자기보다 다른 이를 먼저 생각하기에 치르는 대가다. 데번은 네 누나 대신 너를 선택했기 때문에 수년째, 그리고 지금도 여전히 고통을 받고 있다.

결국 너는 비밀을 만들지 않겠다는 약속을 지킬 것이다. 일단 저지르고 나중에 용서를 구하면 된다. 데번은 네가 하려는 일을 절대 허락하지 않겠지만, 이렇게 한다고 실질적인 위험이 따를 것 같지는 않다는 게 네 판단이다. 최악의 결과라고 해봤자 답장을 못 받는 정도에 그칠 테고 전보다 상황이 나빠지지는 않을 것이다.

반면 일이 잘 풀리면 앞으로 나아갈 길이 열릴 것이다. 어쩌면 협상이 가능해질지도 모른다.

아마 여러분들은 내가 죽었다는 소문을 들었을 겁니다. 3년간 아무 소식이 없었으니 그렇게 믿었다 해도 이상한 일은 아니죠. 이렇게 뒤늦게 연락을 드려 미안합니다. 하지만 나는 내 지식을 이용하려는 데번과 그의 패거리에게 인질로 잡혀 있다가 최근에야 겨우 탈출에 성공했습니다.

그리하여 가문들의 저택으로 서신을 보냈지만 답장을 받지 못했습니다. 사정을 알아보니 대다수 가문이 인간 사회로부터 더 멀리 떨어진 곳으로 물러난 듯 보이더군요. 동료 기사들과 전 사령관인 킹 시는 이미 죽거나 뿔뿔이 흩어졌습니다. 이것이 나의 마지막 기회입니다.

아래에 언급한 신문 어디든 개인 광고를 게재해주기를 간절히 요청합니다. 여러분이 썼다는 걸 알 수 있게 '프레이저' 앞으로 메시지를 작성해주십시오. 전해드릴 엄청난 정보가 있는데, 먼저 본토로 돌아가는 데 도움이 필요합니다.

기사 램지 페어웨더 드림

마지막으로 리턴 키를 한 번 더 누르고 타자기에서 편지를 조심스럽게 꺼내 입김을 후 불어 잉크를 말린다.

너나 데번이 편지를 보내면 가부장들은 답장하지 않을 것이다. 하지만 상대가 램지라면 답장을 보낼 이유가 충분할 거라고, 너는 생각한다. 특히 네가 지어낸 정보를 그들이 믿는다면.

램지로 위장하는 건 쉬운 일이다. 네가 사실상 램지이기 때문이다. 아니, 램지의 잔여물이라고 해야 할까. 이것은 데번이 이해하지 못하는, 혹은 이해하고 싶어 하지 않는 많은 것 중 하나이고, 그래서 너는 데번에게 이 일을 숨겨야 한다는 것을 안다.

네 엄마이자 네 엄마가 아닌(네 머릿속의 다른 스물여섯 명은 데번이 낳거나 키운 아이가 아니니) 이 여자는 어떤 면에서는 무척 강하지만 때로는 연약한 모습을 보이기도 한다. 지나치게 단련되고 지나치게 연마된 검처럼 언제든 부서질 수 있는 치명적인 무기다. 너라는 존재를 이루는 다면적 현실은 그에게 엄청난 고통을 가져다줄 수 있다. 어쩌면 데번이란 존재를 부러뜨릴 수도 있다.

네가 봐온 바에 따르면 부모란 아이의 어릴 때 모습은 너그럽게 받아들여도 아이가 변해가는 모습을 지켜보기는 힘들어한다. 데번이 너의 괴물 같은 본성을 받아들이고 사랑해준 것은 사실이지만, 네 안에 있는 다른 수많은 괴물까지 받아들여주길 바랄 수는 없다.

그들은 어떤 식으로든 다 괴물이다. 누구나 살면서 적어도 한 사람에게는 괴물이 된다. 데번이 그걸 가르쳐줬다. 네 죄책감을 덜어주려고 한 말일 테지만, 맞는 말이기도 하다.

잉크가 마르자 너는 편지를 깔끔하게 접어 봉투에 넣고 혀로 핥아 봉인한 다음 우표를 붙인다. 생전의 램지는 여느 북이터들과 마찬가지로 글을 쓰지 못한다는 한계를 지니고 있었다. 타자기를 사용하는 것도 불가능했다. 하지만 대부분의 기사처럼 그 역시 용과 인간을 시켜 자신의 말을 받아쓰게 했고, 따라서 가부장들은 기사단이 보낸 서신을 받는 상황에 익숙했다. 때로는 가문들끼리 서신을 주고받기도 했다. 레이븐스카 가부장 말고도 마니 같은 인간을 '고용'한 가문들이 있었다는 이야기다.

너는 이 모든 걸 똑똑히 기억하고 있을 테니 무슨 말인지 알 것이다.

램지의 기억 속에는 또 하나의 비밀이 있다. 어차피 알려줘봤자 아무 소용없다고 생각해 네가 데번에게 말하지 않은 정보다. 너는 가부장들이 공동으로 사용하고 있는 왕립 우편 사서함의 주소를 알고 있다. 이 주소는 집과 연결되어 있지 않으며 윈터필드 가문의 새 주소지와도 아무 상관이 없다. 하지만 그들이 여전히 사서함 요금을 지불하고 있다면 결국 네 편지를 받게 될 것이다.

너는 영리하다. 그래서 이 봉투에는 발신인 주소가 적혀 있지 않다. 이 집의 위치를 특정할 수 있게 하는 건 아무것도 없다. 답장을 하고 싶으면 네가 편지에 구체적으로 명시한 방법을 따르는 수밖에 없다. 일단 그들이 편지를 받고 답장을 하기로 결정한다면 말이다. 그것까지 네가 통제할 수는 없다.

타이핑을 하는 동안 20분이라는 시간이 눈 깜짝할 사이에 지나갔다. 램지의 경험을 토대로 며칠간 머릿속으로 썼다 지웠다 하며 다듬고 또 다듬은 글이었다. 비가 올 때를 대비해(여기는 아일랜드였다) 너는 봉투를 작은 배낭 안에 넣고 노트와 펜, 쌍안경도 챙긴다. 혹시라도 누가 물으면 새를 관찰하러 나왔다고 하면 된다.

양말과 부츠를 신고 너는 집 밖으로 나온다. 배낭을 한쪽 어깨에 메고 시내로 향하는 진흙 길을 걷는다. 네가 집을 비운 사이에 데브와 헤스가 일어날지도 모르지만 그들은 널 걱정하지 않을 것이다. 이른 아침 산책은 너의 일과 중 하나이기에 어른들을 걱정시키지 않는다.

안개가 세상을 덮어 꿈결 같은 시골 분위기를 자아낸다. 아일랜드는 안 그래도 약간 다른 차원의 공간처럼 보일 때가 있는데, 특히 이런 아침에는 현실과 초현실의 경계가 모호해진다.

당연히 너는 이곳을 사랑한다. 안정감, 고요함, 아름다움, 동물들. 말 그대로 바다에 둘러싸여 가문의 영향력에서 벗어난 섬. 산전수전 다 겪었지만 다정한, 네가 부모로 여기는 어른들. 3년 전에는 상상도 할 수 없었던 삶이 이제는 너의 일상이 되었다.

그러니까, 너는 이 삶을 보호하고 지키기 위해 뭐든 할 것이다. 가능하다면 너의 누나도 이 삶을 누릴 수 있게 할 것이다. 세일럼이나 세일럼의 아버지 루턴을 찾을 수만 있다면.

2.5킬로미터쯤 걸어가자 안개가 걷히며 마을과 거리에 나와 있는 사람들 몇몇이 시야에 들어온다. 이미 문을 연 빵집 돌계단 앞에 사람들이 기분 좋게 줄을 서 있다. 마을 사람들은 친절하고 너는 그들과의 교류를 즐기지만 오늘은 그들과 이야기하는 모습을 누구에게도 보이고 싶지 않다.

우체국은 여기서 멀지 않다. 우체국 밖에 빨간 우체통이 등대처럼 서 있는 모습이 보인다. 너의 편지는 우체통 투입구 속으로 미끄러지듯 들어가고, 너는 잠시 숨을 죽이고 그것이 다른 우편물 위로 톡 하고 떨어지는 희미한 소리에 귀를 기울인다.

하루 이틀 후면 편지가 도착할 것이다. 그들이 얼마나 자주 사서함을 확인하는지, 그 사서함을 이용하고 있기는 한지 너는 확신할 수 없다. 만약 가문들이 더 이상 그 사서함을 이용하지 않거나 우편물을 확인하지 않는다면 네 편지는 막다른 길에 도달해 그대로 잊히고 말 것이다.

이제는 확실히 운에 맡겨야 할 때다. 그래도 어쨌든 해볼 만한 일이라고 생각한다.

너는 배낭을 어깨 위로 높이 들어 올리며 빵집 앞에 줄을 선 사람들에게 손을 흔들고 환한 미소를 건넨다. 그리고 발길을 돌려 안개가 자욱한 길을 따라 데번과 헤스터가 기다리고 있을 시골 오두막으로 돌아간다.

지은이 **서 니 딘** Sunyi Dean

미국 텍사스에서 태어나 홍콩에서 자라 현재는 영국에 거주하고 있다.
자폐스펙트럼을 가지고 있으며 특이한 주제의 추리 공상 소설을 주로 쓴다.
2022년 8월 데뷔작인 『책을 먹는 자들』로 선데이타임스 베스트셀러에 올랐다.
2024년 차기작을 준비 중이며, 현재 작가인 스콧 드레이크퍼드와 함께
〈퍼블리싱 로데오 팟캐스트〉를 진행하고 있다.

✳

옮긴이 **한지원**

고려대학교 신문방송학과를 졸업하고 텍사스대학교에서 커뮤니케이션학을 공부했다.
현재는 좋은 책을 읽고 발굴하고 번역하며 살고 있다. 옮긴 책으로는 『코카인 블루스』
『아찔한 비행』『테스토스테론 렉스』『베라 켈리는 누구인가?』『말라바르 언덕의 과부들』
『멘탈의 거장들』『편집 만세』 등이 있다.

책을 먹는 자들 | 2권

펴낸날 초판 1쇄 2024년 3월 15일
지은이 서니 딘
옮긴이 한지원
펴낸이 이주애, 홍영완
편집장 최혜리
편집2팀 이정미, 박효주, 홍은비
편집 양혜영, 문주영, 장종철, 한수정, 김하영, 강민우, 김혜원, 이소연
디자인 기조숙, 김주연, 윤소정, 박정원, 박소현
마케팅 김태윤, 김민준
홍보 김철, 정혜인, 김준영
해외기획 정미현
경영지원 박소현
펴낸곳 (주)윌북 출판등록 제 2006-000017호
주소 10881 경기도 파주시 광인사길 217
전화 031-955-3777 팩스 031-955-3778 홈페이지 willbookspub.com
블로그 blog.naver.com/willbooks 포스트 post.naver.com/willbooks
트위터 @onwillbooks 인스타그램 @willbooks_pub
ISBN 979-11-5581-696-7 (04840) 세트 979-11-5581-697-4 (04840)